琼 瑶

作 品 大 全 集

幸运草

琼瑶 著

作家出版社

琼瑶，本名陈喆，作家、编剧、作词人、影视制作人。原籍湖南衡阳，1938年生于四川成都，1949年随父母由大陆赴台生活。16岁时以笔名心如发表小说《云影》，25岁时出版首部长篇小说《窗外》。多年来笔耕不辍，代表作包括《烟雨蒙蒙》《几度夕阳红》《彩云飞》《海鸥飞处》《心有千千结》《一帘幽梦》《在水一方》《我是一片云》《庭院深深》等。

多部作品先后改编成为电影及电视剧，琼瑶也因此步入影视产业。《六个梦》系列、《梅花三弄》系列、《还珠格格》系列等，影响至深，成为几代读者与观众共同的记忆。

琼瑶以流畅优美的文笔，编织了众多曲折动人的故事。其作品以对于梦的憧憬和爱的执着，与大众流行文化紧密结合，风靡半个多世纪，成为华文世界中极重要的文学经典。

我為愛而生，我為愛而寫

文字裡虛度過多少春夏秋冬

文字裡留下多少青春浪漫

人世間雖然沒有天長地久

故事裡火花燃燒愛也依舊

復禄

目 录

陌生人

那个陌生人第一次出现在我窗外是星期六的晚上。那是个月亮很好的夜晚，我和爸爸妈妈在客厅里听了一阵我所喜欢的古典乐，然后退回到我的卧室里。习惯性地，我先开亮了桌上的台灯，再从抽屉里拿出了日记本，坐在桌前，用手支着脸，开始思索这一天有什么值得记载的事。这是个平淡的日子，太平淡了，我发了许久的呆，日记本上仍然没有记下一个字。我本能地凝视着窗帘，窗帘是淡绿色的，我爱绿色，室内所有的布置几乎都是绿色，绿灯罩，绿床单，绿桌布，窗台上还放着一盆小小的绿色的万年青。窗帘在微风中拂动，月光透过窗帘，使那窗帘变得像烟雾般透明，绿得莹洁，绿得轻软。我走过去，拉开窗帘，只为了想看月亮，可是，第一眼，我就看到了他！他笔直地挺立在窗外不远处的一盏街灯下面，静静地凝视着我的房间。街灯把他照得很清楚，他的个子颀长，背脊挺直。虽然这是春天，他却只穿着一件白衬衫，底下是条藏青色的裤子。我无法看清他的面貌，事实上，猛然发现窗外站着这么个人，已经让我吓了一跳，尤其他那种若有所思的宁静，和围绕在他身边的阴沉气氛，使我更加不安。我迅速地把窗帘拉上，回到桌前坐下，但却不能平静。十分钟后，我再走到窗前，从窗帘的隙缝里向外窥视，那个陌生人已经不见了。

这是一个开始，三天后的夜晚，那个陌生人再度出现在我窗前。当我拉开窗帘的一刹那，惊恐使我血液凝住，他依然站在那盏街灯下面，注视着我的窗子。两次相同的情况，使我断定这不是偶然。几乎出于反射动作，我立即拉拢了窗帘，但我没有退开，却在窗缝中窥视着他。他似乎有点失望，轻轻地摇了一下头，靠在街灯的柱子上，低头望着地下，地下，他颀长的影子正被街灯长长地投在柏油路面上。大约过了五分钟，他又抬头望了我的窗子一眼，就转过身子，双手插在口袋里，慢慢地向巷子的尽头走去。我目送他的影子在巷头消失。奇怪，心里竟浮起一种苍凉的感觉。

又过了几天，那是个雨夜，雨滴在窗玻璃上滑落，街灯上的电线上挂了许多水珠，晶莹透明得像一串项链。他不知道什么时候又来了。我正在书桌前记日记，窗帘是拉开的。偶然一抬头，我看到了他，与以前不同的，他披了一件雨衣，并没有戴雨帽，我几乎可以看到他的头发上的雨珠。我放下笔，用手托住下巴，静静地望着他，下意识地感到他也在望着我。就这样，我们彼此望了很长的一段时间，雨下大了，大滴的雨点叮叮咚咚地敲着窗子，透过窗玻璃上的雨水，他的身子变成个模糊的影子，但他仍然没有走。雨越下越大，看着他伫立在雨中，使人惶惑而不安。我拉起窗帘，再度把他关在我的视线之外。

不知道为什么，我没有把这个困扰着我的陌生人事件告诉爸爸妈妈。每天晚上，我们一家三人照例是聚集在客厅里，唱机上播放着一张我所爱听的唱片。爸爸叼着他的烟斗，坐在沙发里，膝上堆满了他的设计图。有时，我会跑过去，把他的设计图抢过来抛在茶几上，警告地说：

"你应该把你的晚上给我们，爸爸，这不是工作的时间！"

爸爸会一把拉住我，故意板起脸来说：

"告诉我，珮容，你今年几岁？"

"十八！"我说。

"胡扯！十九啦，腊月二十八日的生日，忘了吗？一辈子十八岁，是不是？你看，你离开顽皮的年龄已经很远了！再过两年，也该找个男朋友结婚了……"

"别说！爸爸！"我喊，挤在他身边坐下，用手勾住他的脖子，耍赖地说，"我不交男朋友，爸爸，我嫁给你好吗？"

"胡说八道！"爸爸拉下我的手来，在我脸颊上拧一下，把我推开说，"永远长不大！赶快去听你的……模特儿吧！"

"莫扎特！"我抗议地喊，"爸爸，你不尊敬音乐家！"

"好好，莫扎特！"爸爸笑着说，望了望妈妈，"静如，我们太惯这个女儿了！"

妈妈从她的编织上抬起头来，悄悄地微笑，她那美好的眼睛明亮而生动。

哦，我真爱我的家，我真爱我的妈妈和爸爸！他们是我的一切，爸爸学的是建筑，但他的绘画造诣也很深，他有科学家冷静的头脑，也有艺术家的风趣和热情。我想，我至今没有男朋友，也和爸爸有关，他使我轻视全天下的男孩子。虽然爸爸已经四十五岁，但他仍然是个极漂亮的男人，他的浓眉，他的眼睛、鼻子都漂亮，他那宽阔结实的胸膛使人有安全感，我真喜欢把头埋在他的胸前，不管我已经超过了撒娇的年龄。妈妈呢，她是个美人儿，我真庆幸自己遗传了她那对大而黑的眼睛。每当有人夸我的眼睛长得好，我就想带他去见见妈妈，妈妈不但把她的眼睛遗传给了我，而且把她的音乐兴趣也遗传给了我。她学的是钢琴，而我学了小提琴，不过，我的小提琴远不如妈妈的钢琴。我的脾气急，耐心不够，很容易出错。妈妈则恬静温柔，清丽得像一潭水。只是，妈妈比较多愁善感，也很容易受惊。爸爸和妈妈，好像天生就一个是保护者，一个是被保护者。

在这样的家庭中长大，我是幸福的，幸福得不知道世界上有忧愁，我尽我的全力去享受着人生，享受着父母的爱。我没有一般少女们的什么春愁秋怨，也不想恋爱和交友，我只要我的爸爸妈妈和我的音乐。但是，这个陌生人的出现扰乱了我的平静，我不想把这事告诉爸爸妈妈。每到晚上，我退回到自己的房间里，总会拉开窗帘看看。雨夜之后一星期，他又出现了。

那夜，他出现得很晚，我已经记完了日记，正在练小提琴。对于正规的琴谱，我的兴趣不大，总喜欢拉一些曲子，尤其是一些小曲子，像《梦幻曲》《冥想曲》《罗曼史》《小夜曲》等。这天，我爱上了萨拉萨蒂的《流浪者之歌》，一连拉了好几遍，拉第三遍的时候，偶尔回头对窗外看去，不禁吃了一惊。他站在那儿，这次，并不在街灯底下，而是就在我的窗子外面，距离窗子这么近，我可以完全看清他。他依然穿着件白衬衫，看起来破旧，可是很整洁，他的脸庞瘦削，两眼深凹，但却炯炯有神。我无法看出他的年龄，可能三十几，也可能四十几，也可能五十几。他的眉头微锁，眼睛深邃，当我中辍演奏而注视他的时候，他也凝视着我。一刹那间，我觉得像中了催眠术，这张陌生的脸上有什么东西撼动了我，我拿着提琴，呆呆地望着他。他的眼睛像在对我说话，我渴切地想知道他在说什么。就在这时，门被推开了，我迅速地转过身子，妈妈正走了进来。她望着我，温柔地说：

"为什么一个曲子拉了一半就不拉了？我喜欢听你拉这支《流浪者之歌》，再拉一遍吧！"

"好的，妈妈。"我说，很快地回头再对窗子看一眼，就这么一会儿的时间，那个陌生人已经不见了。

我再度拉起《流浪者之歌》，但，我的情绪如此不安定，脑子里像奔马飞驰似的闪着好几个问题：他是谁？他为什么要站在我的窗外？看他的样子并无恶意，也像受过高等教育，但怎会如此地落拓潦倒？我心不在焉地拉着琴，一连错了好几个音，只得停下来。妈妈诧异地看着我问：

"怎么了？"

"没什么，"我懊恼地说，"今天晚上拉不好琴，不拉了！"

我收起提琴，妈妈审视着我。我扣起了提琴盒，妈妈走过来，牵住我的手让我坐在床上，她站在我面前，用手抚平我的头发，沉吟地说：

"有什么事要告诉我吗？珮容？"

"没有。"我很快地回答。

"没有什么属于女儿要对妈妈讲的话吗？"妈妈说，紧紧地注视我，"在大学里，有没有比较要好的男同学？"

"哦，妈妈！"我说，"你知道不会有的！"

妈妈微微地皱了一下眉，她的眼睛看起来很忧愁。

"珮容，"她说，"你大了，有许多事，你是应该关心的，这个星期天，爸爸公司里新进来的一个年轻人要来吃饭，你也学着招待招待客人！"

"哦，妈妈！"我叫，"我不要长大，我也不要你们给我安排这些事，我讨厌这些！我宁愿比现在再小十岁！"

"不要说傻话！"妈妈拍拍我的肩膀，慈爱地说，"早点睡吧！记得关窗子，晚上风大！"她转身向门口走去，我目送她走到门口，突然跳起来叫：

"妈妈！"

妈妈回过头来，我扑上去，像个孩子般抱住她，把头靠在她怀里。

"妈妈，我愿意永远跟你和爸爸在一起，"我激动地说，"直到死，直到死，妈妈，别急着要我出嫁！"

妈妈摸着我的头，微笑着说：

"傻孩子！真的长不大！"

妈妈走出房间，我关上房门，刚转过身子，就大大地吓了一跳，那个人！又站在窗外了！因为事先毫无防备，这次真的使我心魂俱碎，他的忽隐忽现使我想起幽灵和鬼怪。事实上，他那憔悴的面容、深沉忧郁的眼光也真像个幽灵。我用手抓住自己的衣领，一连退后了好几步，嘴里不禁颤颤抖抖地问：

　　"你……你是谁？"

　　他望着我，眼光变得非常柔和，然后，他对我点了点头，似乎在叫我不要怕。我鼓足勇气，向视窗走了两三步，他又对我点点头，同时微微笑了一下。我的恐惧心消失了，取而代之的，是强烈的好奇，我问：

　　"你要什么？"

　　"我不要什么，"他说话了，是北方口音，声调低沉而富磁性，"你的琴拉得很好，只是，萨拉萨蒂作这曲子的时候是带着浓厚的感伤意味的，假若你能去体会一个流浪者的心情，然后把你的感情奏进琴里去，那就更动人了！"

　　"萨拉萨蒂！"我轻轻地叫着，靠近了视窗，奇怪这个陌生人对音乐竟是内行。而且，他说这几句话，显然是故意要使我明白他是个行家。

　　"你是谁？"我问。

　　"一个流浪者！"他说，笑笑，笑得十分凄凉。

　　"你为什么要站在我的视窗？"我率直地问。

　　他无所置答地笑笑，然后说：

　　"明天你下了课在校门口等我，我们谈谈好吗？"

"你知道我明天有课？你知道我在哪个大学？"

"明天是星期四，下午一点半到三点半的课，对吗？你是×大音乐系二年级的学生，主修管弦乐！"他笑着说。

"你是谁？"我悚然而惊，睁大眼睛望着他。

"不要怕！"他收起了笑容，脸色显得很严肃很诚恳，"我对你没有一点点恶意和企图，请你相信我！"

我能相信他吗？但是，我相信了，他的脸色使我相信，他的眼神使我震动，我觉得他有一种特殊的力量，使我迷惑，也使我信任。我点了点头，轻声说：

"好，明天三点半钟在校门口见。"

"还有一个请求，"他说，"能够不让你家里的人知道这件事吗？"

我很犹豫，活了十九岁，我从没有什么事是瞒着爸爸妈妈的。但，他那恳切的声调使我软化了，我点了点头，很快地关上窗子说：

"你快走吧！"

同时我听到有脚步声在走廊里响了起来，爸爸的声音在门外说：

"珮容，是不是你在说话？"

"没有，"我慌乱地说，一把拉上了窗帘，"我在背诗呢，爸爸。"

"背诗？"爸爸推开房门，衔着他的烟斗，含笑站在门口，对我眨眨眼睛说，"什么时候你对诗又感到兴趣的？念出来让我听听是首什么诗？"

要命！我就从来记不住一首诗，这个谎撒得实在太不高明，迫不得已，我只好把临时想起来的两个乱七八糟的句子念了出来：

"山前有个崔粗腿，山后有个粗腿崔……"

爸爸"噗"的一声笑了起来，烟斗差点滚到地下，他忍住笑说：

"你这是一首什么诗呀？"

我也想起来了，这原是个绕口令，我竟把它念出来了。没办法，只得也望着爸爸发笑。爸爸笑得摇摇头说：

"你怎么越大越顽皮了？深更半夜不睡觉，在这儿念什么粗腿腿粗的？快睡吧！"他一只脚跨出房门，又回过头来说，"哦，忘了告诉你，我们公司里新聘了一个成大建筑系毕业的学生，名字叫唐国本，星期天我们请他吃饭，你别出去，在家里招呼一下。"

"糖果盆？"我说，"爸爸，你是不是准备把这个'糖果盆'介绍给我做男朋友呀？我对'糖果盆'不感兴趣，你还不如找个'盐罐子'来！"

"好了，别说笑话了吧，快睡觉！"爸爸说，跨出房门，眼角却堆满了笑。

关好了门，我立即上床睡了。但这是我有生以来第一个失眠之夜。我眼前始终浮着那个清癯的陌生人的面貌，和那对深邃忧郁的眼睛。何况，从不撒谎的我竟撒了谎，我欺骗了我所挚爱的爸爸，只为了这个素不相识的陌生人！我该不该这样做？我会不会做错了事？

第二天，准三点半钟，我在校门口看到了他。这次，他的衬衫烫得很平，头发也梳得很整齐，他眼睛中有着喜悦的光辉，嘴角带着微笑，这一切使他看起来年轻了许多。他走过来，从我手中接过提琴盒子，说：

"我们到哪里坐坐？"

"随便！"我说。

"植物园，怎样？"他问。

植物园！那是个阴森森暗沉沉的地方，但是，现在是个大白天，阳光正和煦地照着大地。而且，这个陌生的男人眼光正直坦白，我不相信会出什么事。于是，我点了点头，跟他到了植物园。

在植物园的一棵椰子树下，我们坐了下来。奇怪，我，竟会跟一个陌生的男人——我甚至不知道他姓什么，来自何方——在植物园中单独约会！他坐着，沉思地望着前面，一只手腕搭在椅背上。他的服饰虽简单破旧，但却另有一种高贵洒脱的气质。我看看他，等他开口，但他一直没有说话。在我们前面，有一棵矮小的植物，叶子扁而长。过了许久，他忽然指着那棵小树说：

"这种植物叫作印度松香，在三四月间会开一种白色的花，香味浓烈，好远就能闻到。"

我奇怪地看着他。

"你怎么知道？"

"我跑过许多地方，看过许多东西。"他笑笑说，然后望着我，眼睛里带着几丝令人难解的伤感，"你问过我为什么常到你窗外去，你想知道吗？"

"当然！"我说。

"在一个月前，我一次从你的校门口走过，刚好你从学校里出来，我一直跟着你到你的家门口，望着你走进去，同时也发现你的房间有个靠街的视窗，以后，我就无法自已，只得常常去探望你！"

"哦，这理由并不好！"我说，心里有点气愤，无法自已，这个无法自已是什么意思？

"是的，这理由并不充足，"他说，沉默了好一会儿，才又低声说，"主要是，你长得像极了我的女儿！"

"你的女儿？"我诧异地问。

"嗯。"他点点头，神色有点恓惶，"如果我和她不失散，她该也有你这么大了！"

"你——"我望着他，他那忧郁的眼睛使我心折，"你怎么会和她失散的呢？"

"这个——"他苦笑了一下，"这说来太复杂了，你不会懂的，别说了！"

"你说吧，我会懂的！"我热切地说。

"不，还是不谈的好，简单说起来，是她母亲离开了我，把她也带走了。"

"她母亲不要你了，是吗？她母亲很坏吗？"

"不！不！她母亲很好，你不会懂的，不要说了，许多事——"他困难地望着前面那棵印度松香，有点儿语无伦次，"我们不能解释的，那时候，我太年轻，把她带走是对的，她母亲是好的，我的过失比她大。"他望望我，又苦笑了一下："我告诉你这些，只是要你明白我对你并无恶意，不要再追问了，再问下去，你就是在割我的旧伤口了。"

我同情地看着他，一刹那间，觉得自己和他很亲近了。我点点头说：

"你很想你的女儿吧?"

"是的，很想，十分想。你不会了解这种渴想的。人，年纪越大，对于家的渴望就越深切。"

"你现在没有家吗?"

他笑笑。

"我现在什么都没有。"他说，然后挺了挺身子，"来，我们谈点别的吧，例如，谈谈你的音乐!"他打开我的提琴盒子，拿出了琴，微笑地望着我："那天晚上，我听到你拉的琴，你的技术已经很纯熟了，但是情感不够，要做一个好的音乐家，一定要把你的情感和音乐糅在一起。"他站起身来，十分内行地把琴夹在下巴下，试了试音。然后紧了紧弓上的马尾，又重新调了调琴弦。接着，就轻缓地奏出那首萨拉萨蒂的《流浪者之歌》。我眩惑地望着他，琴声像奇迹般从他的弓下泻了出来，那熟悉的调子在他的演奏下变得那么哀伤凄凉。他的脸色凝重，眼光迷蒙，我觉得自己像置身梦中，完全被他的脸色和琴声所震慑住。一直等到他奏完，我仍然怔怔地望着他。他对我笑笑，在琴上拨了两下，放下琴说："这和你拉的有没有一些不同?"

"你——"我迷惑地说，"你是谁?"

"别管我是谁！来，让我更正一下你的指法，拉拉看！"
他把琴递给我。

"不，"我说，"我不能拉，告诉我你是谁，你是个音乐家吗？"

"我不是！我永远不会成为一个音乐家！"他说，把琴放在椅子上，"我曾经学过几年音乐。你好好练习，你是有天才的。你现在缺乏的只是经验。来，你不愿意拉给我听听吗？"

我不能抗拒他，他的话对我有着魔力。站起身来，我奏了几个练习曲，他认真地听着，也认真地指正了我的几个错误。我发现他所说的都比我的教授更内行，这使我对他更感到茫然和眩惑。春天的天短，只一会儿，太阳已经偏西了，椰子树瘦长的影子在地下伸展着。他帮我收起琴，像个长辈般拍拍我的肩膀，说：

"不早了，快点回去吧，免得你妈妈爸爸着急。"

"告诉我，你叫什么名字？"我说。

"我没有名字。"他回避地说，调开话题问，"你每天在灯底下写些什么？"

"记日记！"

"提起过我吗？"

"是的，我常写'那个陌生人又来了'！"

他笑笑，提起我的琴。

"走！我送你去搭公共汽车！"我们向植物园门口走，我觉得有满腹的疑问，却无法问出口。走了一段，他说："你就叫我作'陌生人'吧！我对你本就是个'陌生人'，不是吗？"

"以前是，现在不是了！"我说。

"现在也是。你了解了我多少？你知道我多少？可是，我知道你名叫沈珮容，是不是？"

"你怎么知道的？"

"这太简单了，随便问问人就知道了！"

我们走出了植物园，向三路公共汽车停车站走，他沉默了一段时间，然后严肃地说：

"我有一个要求！"

"什么？"我问。

"你决不能把我们认识的事告诉任何一个人，包括你的父母！行不行？"

"为什么？"

"不为什么，我不愿意任何人知道我！你愿不愿意和我做个忘年之交，有时间的时候和我散散步，谈谈音乐？相信我，我没有任何企图，只想做你一个'老'朋友！"他特别强调那个"老"字。

"你并不老！"我说，热切地望着他，"我愿意！很愿意！你可以到我家来，我爸爸妈妈一定会欢迎你！"

"不！绝不！"他坚定地说，"如果你把这事告诉了你的父母，那我们的交情就到此而止，以后你再也见不到我了。"

"好吧，我同意保密！"我说，猜测地看着他，"我知道了，你一定是个有名的音乐家，但是现在落魄了，所以你不愿意别人知道你！"

他笑了笑。"随你怎么猜吧！"他说。

公共汽车来了，我接过提琴盒子，上了车，他微笑地站在下面看我。我对他挥挥手说：

"星期天上午九点钟，还在植物园见！"

他点点头。车子开走了，我才想起星期天还有个什么"糖果盆"呢！但是，管他呢，我的心已经被这段奇遇所胀满了，再也没有空余的地方可以容纳什么糖果盆盐罐子了！

星期天，我和他又在植物园碰头了。他看来精神很好，我们谈了许多话，我告诉了他很多我自己的故事，他耐心地倾听，鼓励地微笑着，我说得多，但他说得很少。到中午，我们才勉强地分手，我说勉强，是因为我多么希望继续留在他身边！他照旧送我到车站，当我上了车，他说：

"再见，小朋友！"

"我不是你的小朋友！"我从车窗里伸出头去说，"我已经十八岁，不，十九岁了！"

"我可以做你的父亲，你还不是我的小朋友吗？"他笑着说，亲切而温柔。

车开了。我带着迷茫而温暖的心跨进家里。客厅中，妈妈爸爸正在款待一个青年，看到我进去，那青年从沙发里站了起来，我望着他，他有宽宽的肩膀和高高的个子，一对坦白而澄清的眼睛，薄薄的嘴唇，宽阔的上额和英挺的眉毛。怪不得爸爸妈妈会看上他呢，实在漂亮！但是，我不会爱上他的，我自己知道得很清楚。爸爸对我责备地看了一眼，大概是怪我一清早就跑了出去，一面对那个唐国本说：

"这是我的女儿，沈珮容。来，珮容，见见这位……"

"我知道。"我抢着说，对那青年眨眨眼睛，"你就是'糖果盆'吧？"

"糖果盆？"他说，挑了挑眉毛，"看样子我这名字取得不大好！"他洒脱地笑了起来，毫无拘束及难堪的样子。糟糕，这正是我所欣赏的典型，爸爸的眼光真厉害！我必须筑起坚固的防御工事，不让这个男孩子攻进我的心中来，因为从他的眼睛中，我已经看出他对我的欣赏和好奇了。这是个危险人物！

"我这个女儿是从小骄纵得不像样子的！"妈妈说，对我皱皱眉，但嘴角却带着笑。

"你不知道，我们就这么一个女孩子，"爸爸说，"又顽皮成性，从小就是……"

"哦，好了！"我叫，对唐国本说，"赶快设法打断他的话，要不然你就必须听上一大堆我小时候的故事，那些真没意思！"

唐国本又笑了，爸爸妈妈也笑了，我呢，也跟着笑了。我们吃了一顿愉快的午餐，午餐后，妈妈似乎特别高兴，居然破例地弹了一段钢琴。由于妈妈的演奏在先，我的小提琴也无法逃避，只得奏了一段《小步舞曲》。但听众并不放松，我只好再奏，这次，我奏了《流浪者之歌》，这曲子使我想起那"陌生人"，我灌注了我的情感，专注了我的精神。一曲既终，唐国本疯狂地鼓着掌，妈妈有点诧异地说：

"你好像进步了很多！"

"我最近得到名师指导嘛！"得意之余，我差一点儿泄露天机，幸好大家都没有注意。只有妈妈沉思地凝视了我好一会儿。

　　唐国本一直在我们家玩到了五点钟才告辞。这之后，他就成了我们家的常客，每隔一两天，总要在我们家吃一顿饭。爸爸欣赏他，妈妈喜欢他。我呢，说不出所以然来，但，我坚定地不让自己走进他细心布置的陷阱里去。因此，直到夏天来临，我没有跟他出游过一次，我利用各种借口，推掉了他每一个约会。而另一方面，我和那个"陌生人"却频频见面，现在，已不限制于植物园。碧潭、乌来、银河洞，我们都同游过。这天，我们相约在碧潭游泳，太阳灼热地照着，我穿着件大红的游泳衣，戴着一顶大草帽。我们并坐在茶棚里喝汽水。最近，他显得沉默而憔悴，似乎有着沉重的心事。我用吸管敲着他的手背说：

　　"你不快乐，为什么？"

　　"我很快乐。"他笑着说，然后突然问，"你那个'糖果盆'还常来吗？"

　　"是的，"我迅速地看了他一眼，他的脸上有着关切，除此以外，看不出别的东西，"他常来，而且越来越勤了。"

　　"你为什么不喜欢他？"他追问。

　　"我很喜欢他呀！"我辩解地说。

　　他深深地凝视我，我站起来说：

　　"划船好吗？"

　　我们租了一条小船，他划，我坐在船头玩水。烈日把水都晒温了。只一会儿，他的额上已布满汗珠，他把船搁浅在沙滩上，我们相对静静地坐着。这是个十分炎热的下午，风是静止的，天上的浮云好像都不移动。我觉得脸颊发烧，脑中膨胀。过了许久，他说：

"再过不久，我要走了。"

"走？走到哪里去？"我问，诧异地看看他。

"到一个很远的地方去！"他说，避开我的眼光。

"什么时候去？"我问，呼吸急促，我的手抓紧了船舷。

"还没有一定，也许五六个月以后，也可能几星期以后。"他说，淡淡地，好像在讲一件平淡无奇的事。我忽然对他萌出一股强烈的恨意，他说得那么轻松，轻松得可恶！这个陌生人，是的，陌生人！我了解他多少？相交半年，连他的姓名都不知道！我恨恨地瞪着他，说：

"反正你是要走的，你惹我干什么？"

他像受到针刺一样猛地跳了一下，立刻瞪住我的脸，严肃地望着我说：

"你在说什么？"

"我说，你为什么要到我视窗去招惹我？为什么要和我一次又一次地约会？你是什么鬼存心？"

他的脸色变得苍白了，好半天没说话，然后叹口气，显得十分懊丧。

"是的，我错了！"他无力地说，"珮容，相信我，我是把你当女儿看的，你是——你——"他困难地咬咬嘴唇，又叹了口口气："你长得太像我的女儿，我一直有个幻觉，以为我是带着我的女儿散步，带着我的女儿玩，我在给我的女儿讲音乐家的故事，教她拉小提琴……我忘了你可能没有把我当作父亲看。是的，我——错了，我不该招惹你！"

他的声音苍凉忧伤，我注视着他，他似乎在一刹那间变得苍老了。我坐近他，激动地抓住他的手：

"好吧，"我说，"你把我当女儿看好了，但是，不要走，行吗？"

他对我苦笑，用手抚弄我的头发，就像爸爸常做的一样，他轻声说："不行，珮容，许多事我们是不能自己做主的。"

我默然不语，第一次领略了人生的哀愁。他拍拍我的手背，鼓励地笑笑说：

"高兴起来！珮容！"我勉强地笑了笑，他的笑容也和我同样勉强。我觉得心中充满了激情和哀伤，泪水悄悄地升进了我的眼眶里，在我眼眶中打转。我深深地吸了一口气，努力抑制着，不让泪水滚下来。他握住了我的手，低声说：

"别难过，在你这一生，这种分离总会有的。你有一个很幸福的家，有很光明的未来，你是个值得人羡慕的孩子，还有什么事值得流泪呢？我是流浪惯了的，从不会在一个地方久住，你问过我为什么和我的女儿分开，这也和我的流浪生活有关。那时候，我很年轻，而且很苦，我半工半读地进了音乐学院，同时我和一个富家名媛恋爱了。她的父亲反对我，甚至囚禁起她来，但，她私自来找我。为了她，我没有毕业，我们逃到远方，没有一点积蓄，也没有工作能力，我只得参加一个巡回乐队，到各地表演，这是我流浪生活的开始。她也跟着我到处流浪，一年后，孩子落地了，娇生惯养的她，实在吃不了这种苦，而我又无力改善这种生活，于是，争吵发生了。我没办法请用人帮忙带孩子，她又要带孩子，又要洗衣烧饭，而且三两天就转换环境，这些，把她折磨得瘦骨支离。她开始责备我没有用，骂我连家都养不好，发誓不愿再过流浪的日子，甚至于骂我不是个男子汉！我在她的责备下几乎要发疯，看到她吃苦受累我又难过得想自杀。在苦闷了的时候，我就喝酒求醉，结果，我们的生活越来越恶劣，我酗酒，她骂街，孩子哭叫不停，整日几乎没有片刻宁静。一天，我醉了，她又叨叨不休地骂了起来，趁着三分酒意，我叫她滚，告诉她，如果不是因为她跑到我家里来找我，我就不会拿不到毕业文凭，更不会找不到一个正经的工作，也不必吃这许多苦。这些话伤了她的心，第二天，我表演了节目回来，发现她已经走了，把孩子也带走了！从此，我失去了她和女儿，我在灯前发誓，跑遍天涯海角，我要把她们找回来，到现在，我已经找了十七年了。"他看着我，感伤地笑笑，"珮容，你是个快乐的孩子，你不会明白人生也有苦的。"

"我知道了，"我说，"你又要去找你的女儿了？"

他摇摇头：

"不，我已经放弃了，这次，我要到一个很远的地方去定居。很久很久之后，她们或者也会到那个地方来找我的。"

他抬头看着天边，眼睛中闪着奇异的光。我被他的神情所震慑，也呆呆地望着他。好久之后，他突然说：

"走吧！该回去了！"

他拿起了桨，向回程划去。

在公共汽车站，我向他说：

"我喜欢你，真喜欢你，但愿你永远不走！"

车来了，我跳上了车，从窗口看着他，他伫立在那儿，脸色显得出奇地感动，眼睛里有着泪光。

回到家里，给我开门的竟是唐国本，他用手撑在门上，拦住门不让我进去，瞪着我的脸说：

"哪里去了？我等了你一个下午！"

"让开路！你管不着！"我没好气地说，但他仍然拦在门上，微笑地看着我，好像我是个供人观赏的小动物似的。我跺了一下脚，对他狠命地推了一把，趁他身子一歪的时候，从他胳膊底下钻进了房里。进房后一抬头，才发现爸爸正站在我面前，他抬抬眉毛又皱皱眉毛，说：

"怎么了？永远长不大！你今年十几岁了？"

"十八岁！"我说，向自己的卧室冲去。

"又变成十八岁了！"爸爸在我身后嘀咕了一声。

我从卧室门口回过头来，对唐国本做了个鬼脸。

"再见，'糖果盆'！我累了，要睡一会儿！"我溜进房里，带上了房门。

夏天过去了，秋天来了，太阳收敛了它的威力，人们也披上了夹衫。我和"陌生人"更加熟稔，也更加亲密了。山边泽畔，我蹦跳的影子常伴着平静的他。他和我谈肖邦和李斯特的故事，讲星星的位置，讲北国及各地的风俗，讲他的流浪经历。他不再说他要远行的话，我们相处的每个时间都充满了愉悦，我常戏呼他作"老爸爸"，因为他总以老爸爸自居，他也常玩笑地叫我作"女儿"，甚至"宝宝"，说我是他女儿的化身。我们真成了一对忘年之交，听他轻哼着世界名曲，才真是人生的至乐。他有一副磁性的歌喉，嗓音柔美，感情丰富，我实在奇怪他以前的爱人怎会舍得离开他！

那天，我们在碧山岩玩，因为不是星期天，游人非常稀少。在那小小的瀑布旁边，他唱起一支我从没有听过的歌，歌词不是中文，无法听懂，调子却婉转缠绵，荡气回肠。我问：

"这是首什么歌？"

"一首意大利的情歌，"他说，眼睛闪亮，脸上有一种奇异的光辉，"许多年前，我常唱这一支歌，这是她最喜欢听的一首歌。她常靠在我的肩膀上，要我再唱一遍。有了孩子后，冬夜，我们守在炉边，每当她不高兴了，我就唱起这首歌，她会溜到我的膝前来，把头放在我的膝上，我们的小女儿躺在摇篮里，瞪着大而黑的眼睛向我们凝视。"他深深吸了一口气："人，到中年之后，竟会这样渴望一个家！"

"歌词的意思是什么？"我问。

"我们曾试着把它译成中文，"他说，忧郁地笑笑，"事实上，大部分是她译的，我对诗歌的领略力没有她高。让我念给你听吧。"他柔声地念出一首十分美的小诗：

春花初绽，看万紫千红怒放，

山前水畔，听小鸟枝头歌唱，

江南春早，

莺飞柳长，

啊，莫负这，大好时光！

我心已许，两情缱绻，

愿今生相守，愿再世不离，

啊，任时光流逝，任物换星移，请信我莫疑！

啊，任云飞雨断，任海枯石烂，此情永不移！

　　他念完了，又用中文轻轻将这首歌再唱了一遍，我合目凝神，为之神往。等他唱完后，我热切地说：

　　"教我唱！好吗？"

　　他教了我，十分细心地教了我。然后，他说：

　　"这是我教你的最后一样东西了！"

　　"怎么？"我诧异地问。

　　"要走了！以后，"他顿了一顿，"不知道要什么时候再见面了！"

　　"啊！"我叫，抓住他的手，"不！你不要走！我们相处得不是很快乐吗？难道你对我没有一点留恋！"

　　"我留恋，太留恋了。"他说，神色凄然，"但是，我必须走，这是——不得已的。"他拍拍我的手背："我走了，你要安安定定地生活，你有一个很幸福的家！"

　　"告诉我，你到哪里去？离开台湾吗？"

　　"是的，离开台湾。"他轻声说。

　　"到哪里？告诉我，有一天我或者会去找你的！"

　　他笑笑，没有说话。

　　"你什么时候走？"

"快了，下星期，或者再下一个星期。"

"我要去送你。"我说，想让自己坚强起来，我向来自认为是个坚强的孩子的。但是，泪水升到我眼眶里来了，我抓牢他的手，哽塞地重复了一句：

"我要去送你。"

他突然揽住了我，把我的头拥在他的胸前，他的嘴唇轻碰我的前额。他喃喃地说：

"好孩子，别流泪！宝宝！"

听他叫"宝宝"，我哭了。始终，我弄不清楚自己对他的感情，对他有一份强烈的依恋和崇拜。听他用亲密的声音叫宝宝，使我肠为之折，我像孩子般攀住他，近乎撒赖似的说：

"不要走！不要走！"

"别哭，珮容，"他说，"我还会再见你一次，下星期天在植物园见！"

"你一定要走吗？你是个狠心肠的人！"我叫。

他叹息了一声：

"下星期天，我等你！"

这一天，我失去了欢乐，我们变得非常沉默，当他照例在公共汽车站和我道别的时候，我觉得他似乎离我已经很遥远了。他的眼睛迷离如梦，神色憔悴，脸颊分外消瘦。我们在车站握手道别。他依然目送我跨上公共汽车，我把脸贴在窗玻璃上望他，他孤独地伫立着，夕阳把他瘦长的影子投在地下，显得那样寂寞凄凉。忽然，我觉得心中一阵痛楚，我有个预感：我已经失去他了。

星期天，我迫不及待地等着星期天，等着那个见最后一次的日子。星期六晚上，唐国本又来了，他技巧地想约我出去跳舞，我拒绝了。于是，我们一家三口伴着他坐在客厅里，他的谈锋收敛了许多，我看得出来，他那漂亮的眼睛里有着忧愁。我，一直自认为还是孩子的我，难道已经使这个男孩子痛苦了？我觉得有点儿于心不忍，于是，我自动地为他拉了一两段小提琴。然后，只为了一时的兴致，我说：

　　"我唱一个最近学会的歌给你们听吧！"

　　放下小提琴，我走到钢琴前面坐下，打开琴盖，开始以不十分纯熟的手法弹起"陌生人"教我的那一首意大利情歌。一面弹，一面唱了起来：

　　　　春花初绽，看万紫千红怒放，

　　　　山前水畔，听小鸟枝头歌唱，

　　　　江南春早，

　　　　莺飞柳长，

　　　　啊，莫负这，大好时光！

　　我从钢琴上看过去，唐国本正欣赏地倾听着。我继续唱了下去：

　　　　我心已许，两情缱绻，

　　　　愿今生相守，愿再世不离，

　　　　啊，任时光流逝，任物换星移，请信我莫疑！

　　　　啊，任云飞雨断，任海枯石烂，此情永不移！

我唱完了，十分得意地站起身子，合上钢琴盖，回过头来说：

"怎么样？好不好听？"

可是，我的笑容顿时凝结了。我看到妈妈靠在沙发里，脸色惨白，眼睛一瞬也不瞬地盯着我，她拿着茶杯的手剧烈地颤抖着，茶都溢出了杯子。她的嘴唇毫无血色，面如死灰。我跑了过去，叫着说：

"妈妈，你怎么了？"爸爸也跑过来，焦急地摇着妈妈的手问：

"静如，什么事？"

妈妈看了爸爸一眼，神志似乎恢复了一些，她软弱而无力地说：

"没什么，我突然有点头晕。"

"我去请医生！"唐国本热心地说，向门外冲去。

"静如，你去躺一躺吧！"爸爸说。

我和爸爸把妈妈扶进屋里，让妈妈躺下。爸爸着急地跑出跑进，问妈妈要什么东西。一会儿，医生来了，诊察结果，说是心脏衰弱，要静养。医生走了之后，唐国本也告辞了。妈妈对爸爸说：

"我想休息一下，你到外面坐坐吧，让珮容在这儿陪我。"

爸爸温存地在妈妈额上吻了一下，要我好好侍候妈妈，就带上房门出去了。爸爸刚走，妈妈就一把抓住了我的手，她的手指是冰冷的。她紧张地注视着我，迫切地问：

"珮容，刚才你唱的那一支歌，是从哪儿学来的？"

我望着她，她那大而黑的眼睛灼热而紧张，一个思想迅速地在我心中成形，我觉得心脏沉进了地底下，手指变得和妈妈的同样冰冷了。

"妈妈，"我困难地说，"你知道这首歌的，是吗？"

"你从哪里学来的？谁教你唱的？"妈妈仍然问。

"一个男人教我唱的，"我说，残忍地盯着妈妈变得更加苍白的脸，"一个小提琴手，一个流浪的艺人。他面貌清癯憔悴，个子瘦削修长，有一对忧郁而深邃的眼睛。"妈妈的脸色已白得像一块蜡，我继续说："他年约四十三四岁，他说他在找远离他而去的妻子和女儿，已经找了十七年了！"

妈妈从床上坐了起来，紧紧拉着我，喘息地说：

"他在哪里？带我去！"

"我不知道他是谁，我也不知道他在哪里！"我说，挣脱了妈妈的手。我所归纳到的事实使我震惊，我茫然地向门外跑去。但，妈妈死命地拉住了我的衣服，用近乎哀求的口吻说：

"告诉我一切，珮容，不要走！他把一切都告诉了你，是吗？你知道你的身世了，是不？"

"不！"我站定身子，回过头来看着母亲，母亲的脸在我的泪光中显得模糊不清，"他从没有告诉我，直到今天晚上，我才知道他是我父亲！他从没有对我说过，从没有！"我用手蒙住脸，哭了起来："如果我知道就好了，他那么孤独寂寞，而又贫困！妈妈，你不该离开他！"

"我折回去找过他，"妈妈说，眼光如梦，"但是，他已经离开了！我贫病交迫，你爸爸收留了我，为我治病，一年后，我改嫁了他。玳容，我只是个弱者，我无力抚养你，也无脸回到娘家去，而且，你爸爸确实好，他待你就像亲生女儿一样。"

这是实情，不是吗？但我另外那个亲生父亲呢？那个孤独而寂寞的父亲呢？我扑到妈妈怀里，断断续续地说出了整个经过情形，然后，我抬起头来，坚定地说：

"妈妈，让我回到他身边去吧！你不知道他多么渴望一个家！哦，妈妈，我喜欢他！你不会再回到他身边了，我知道，你离不开这个爸爸，而且，这样对爸爸也太不公平。但是，让我走吧！我要给他一个家。哦，妈妈，假若你看到他那种忧伤的样子啊！他早已知道我是他的女儿，他早已知道你在这儿，但他不想破坏我们，反而宁愿自己独自离去！妈妈，我要跟他去了，我要我的父亲！"

我哭了，妈妈也哭了，直到爸爸闻声而来的时候。爸爸急急地走进来，诧异地看着哭作一团的我们，然后，他搂住我说：

"别哭，玳容，妈妈的病没关系，马上就会好的！"然后，又吻着妈妈的脸颊说："静如，只要休息休息就会好的，千万别担心，玳容是小孩，不懂事！"

我挣脱开了爸爸的怀抱，迅速地跑出了房间，跑到我自己的卧室里。我把房门锁上，冲到窗子前面。拉开了窗帘，窗外，没有一个人影，只有街灯光秃秃地站在街边。我扑倒在床上，静静地哭泣起来，我为我自己哭，也为妈妈哭，也为我那个可怜的爸爸哭。

我一夜不眠，睁着眼睛等天亮，终于，星期天的黎明来临了，我悄悄地下了床，梳洗过后，就溜出了大门。踏着清晨的朝露，我来到植物园。距离我们约定的时间还有三小时。我在那棵印度松香后面的椅子上坐了下来，开始计划见到他后要讲的一切话。我要告诉他，妈妈对他的思念和我对他的爱，我要跟他到任何地方，安慰他，也陪伴他。

时间一小时一小时地过去，九点钟已经到了，我变得十分焦灼和不安，他却毫无踪影。一个工人模样的人走了过来，对我不住打量着，更增加了我的不安。那工人终于站定在我面前，问：

"你是不是沈珮容小姐？"

我大吃一惊：

"是的，你是谁？"

"这里有一封给你的信。"

他递了一个信封给我，我接过来，迅速地抽出信笺，于是，我看到几行简单的字：

珮容：

请原谅我等不及再见你一面了，我走了！

人生，有许多事不能由我们自己安排，能够遇到你，是我这生最大的幸福，可见命运对我依然是宽大的。你给过我许多快乐和安慰，不是你自己所能预料的，小珮容，谢谢你，我能再叫你一声宝宝吗？

若干年前，我曾叫我那襁褓中的小女儿作"宝宝"。

你有个幸福的家，但愿你能珍惜你的幸福，爱
你的妈妈和爸爸！他们是世界上最好的父母！

祝福你

陌生人

我看完信笺，那个工人模样的人依然站在那儿没有走，
我急急地问：

"你认得这个写信的人吗？"

"是的，"那人说，"不但认得，而且我们同住在一起，他
是个好人！"

"他现在到哪里去了？"我迫不及待地问。

"他去了！"他肃穆地站着，用手指指天。

"你是说——"我两眼发黑，不得不抓住椅背。

"他死了！"那工人简洁地重复了一遍，"他早就有肝癌，
一年前，医生就宣布他顶多活六个月，但他奇迹似的还超出
了六个月。

"星期一晚上去的，临死前，他叫我把这封信在今天到这
儿来交给你！"星期一！正是他教我唱歌的第三天！我呆呆
地坐着，这打击来得太快，使我几乎没有招架之力，好半天，
那工人犹豫地说：

"如果没有什么事，我就走了！"

"他——"我急忙说，"葬了吗？"

"是的，依他的意思，我们几个伙伴出钱把他火葬了，把

他的骨灰丢进了海里，他真是个好人，对朋友真够慷慨，临死的时候，他还含笑说他无牵无挂了，他说，他最关心的两个人，都生活得很好。他，唉！真是个好人！"

我靠在椅子里，一句话都说不出来，那人和我点点头，就自顾自走了。我茫然地抓着椅子和信笺，心中空空洞洞的，好像灵魂和思想都已经脱出了我的躯体，我不能想，也不能做什么，这两天来的遭遇使我失魂。过了许久许久，我才摇摇晃晃地站起身来，望着那棵印度松香，自言自语地说：

"这种植物叫作印度松香，在三四月间会开一种白色的小花，香味浓烈，好远就能闻到。"

这是第一次约会时，"陌生人"，不，我的父亲说过的话，我依稀记得他怎样站在那椰子树下，调整琴弦，教我拉那首萨拉萨蒂的《流浪者之歌》。

我不稳定地迈着步子，走出了植物园。完全不明白自己怎样走回到了家门口，我机械化地按了铃，有人给我开门，我像个梦游病患者一样晃进了家门。一只有力的手攥住了我的手腕，一个熟悉的声音在问：

"珮容，你怎么样了？发生了什么事？"

我茫然地瞪着他——那个年轻而漂亮的男人。不能明白他在说什么，也不明白他是谁。然后，我又晃进了妈妈的房间，接触到妈妈那对大而黑的眼睛，听到她惊恐的叫声：

"珮容！你怎么了？"

我站住，仿佛听到自己的声音在说：

"妈妈，他已经走了，我们再也找不到他了！"

然后，我就像个石膏像般扑倒了下去。

　　我病了两个月，病中，似乎曾经呓语着叫爸爸，每当此时，爸爸的脸一定会出现在我的床前，用他大而清凉的手放在我灼热的额上，安慰地说：

　　"珮容，爸爸在这里！"

　　"爸爸，我要爸爸！"我叫着，心中想的是另一个爸爸。

　　当我神志恢复时，已经是冬天了。我的身体逐渐复原，妈妈爸爸小心呵护着我，爸爸每天给我买各种水果点心，妈妈呢，在这儿，我看出一个女人的忍耐力，她曾经倒下去过，但她迅速地站起来了。现在，她全心都在我的身上，她谨慎地避免在我面前提到那个"陌生人"。每当我们单独相处时，她握住我的手，我们静静地不发一语，心中都在想着那同一个人。唐国本，他成了我病床前的常客，他带来各种书籍和说不完的笑话，还带来属于青年的一份活力，他小心地想把那份活力灌输到我身上来，鼓舞起我以前那种兴致和欢笑。他每次来了，总高声地叫着：

　　"'糖果盆'又来了！欢不欢迎？"

　　我想笑，但是笑不出来。

　　两个月的卧病，我该是一个最幸福的病人，周围全是爱我和关心我的人，但，我却寂寞地怀念着那自称"陌生人"的父亲，是的，他是个陌生人，直到他死，我何曾知道自己是他唯一的亲人！"我要到一个很远的地方去定居，很久很久之后，她们或者也会到那个地方来找我的！"这是他说过的话，不错，总有一天，我会和他在另一个世界里见面，但愿那个世界里，不会有贫穷、矛盾和命运的播弄。

在我又满屋子里走动时，已是腊岁将残，新年快开始的时候了。爸爸始终不知我致病的原因，只有妈妈明白。那天，我们在客厅中生了火，唐国本也来了。我仍然苍白瘦削，安静地蜷缩在沙发椅中。爸爸想提起我的兴致，要我拉一下小提琴，卧病以来，好久没有碰琴了。拿起了琴，我奏了一曲萨拉萨蒂的《流浪者之歌》，一曲未终，已经热泪盈盈了，爸爸把我拉过去，审视着我说：

"怎么了，小珮容？"

"没什么，"我笑笑，泪珠在眼眶中转动，"我爱你，爸爸。"我说，这是真的，我多爱我的两个父亲！我开始明白我的幸福了。

"哦，"爸爸揉揉鼻子，故作欢笑说，"你还想撒娇吗？珮容，你今年几岁了？"

"二十岁。"我说。

"哦？"爸爸诧异地望着我。

"你忘了？腊月二十八是我的生日。"我说。

"嗯，不错，你长大了！"

不是吗？二十岁是成人的年龄了，我确实长大了。唐国本在望着我微笑，我走过去说：

"国本，陪我去看场电影吧，我闷了。"

"哦，"唐国本有些吃惊地看着我，然后笑着说，"好，我们去看《出水芙蓉》吧，这是旧片新演。"

我们走出房子，我把手插在他的手腕中。门在我们身后合拢了，关起一个未成年的我，也关起我的天真和欢乐。

若梅

　　唱机里正在播送着舒伯特的《小夜曲》，偌大的一个音乐厅里只有几个人。士尧喝了一口咖啡，焦灼地看了看表，三点二十分，离约定的时间还有十分钟。士尧不敢相信吴德言会来，但他却不能不抱着希望。

　　距离他稍远的一个角落里，坐着一男一女，那女的年龄似乎很轻，短短的头发，脸上总带着笑容，正低低地在和那男的讲话。这使他又想起若梅来，若梅不是这种类型，而且若梅也比她美得多。

　　士尧用小匙搅动着咖啡，咖啡跟着那搅动现出无数的回旋……

　　那是两年前，他正读高三。

　　"喂！老孟，告诉你一个天大的新闻，我们班上又要增加一个女生了，是从台中女中转来的！"那是中午休息的时间，小李坐在桌子上，用一种神秘万分的态度对他说。

"哦，是吗？你又该准备追求了？"士尧玩笑地说。

"不行了！"小李摇摇头，一副愁眉苦脸的样子，"开学第一天我就发誓这学期不追女孩子了，否则明年考不上大学，岂不灾情惨重！"接着，小李又皱皱眉头说："不过呀，我今天早上在注册组看到她，她在办注册手续，告诉你，我们的班花黄燕玲也比不上！"

"居然比黄燕玲还美？"士尧不信地说。

"真的！但是，鄙人并不喜欢，太瘦了！林黛玉型。老孟，你可以去追追看！"

"我没兴趣！"士尧耸耸肩，在桌上的笔记本上乱涂着。

"你真是好学生！这学期又该拿奖学金了！"小李赞叹似的叹了口气，在他肩膀上拍了一下走开了。

下午第一节是语文课，由导师孙老师兼任。那节正在讲多尔衮《致史可法书》。课上了一半，门开了，训导主任带了一个女同学走了进来，对孙老师低低地讲了几句话，又对那女同学讲了几句话，就转身走了。于是，孙老师转过头来对全体同学说：

"我们班上又多了一位新同学，这是沈若梅同学，希望大家照应她一点！"

士尧禁不住地打量着她，她穿着女生制服，白上衣，黑裙子。圆圆的脸儿，一对水汪汪的大眼睛，小巧的鼻子和薄薄的嘴唇。皮肤很白，白得有点不健康。个子高，瘦而苗条。她不安地站在那儿，畏怯而又腼腆地用对大眼睛环视着室内的同学，好像怕谁伤害她似的。

"孟士尧!"孙老师喊,"到隔壁教室去看看有没有多余的桌椅,有的话搬一套过来!"

士尧站起身来,到隔壁教室中搬了一张桌子和一把椅子来,在教室中放好了。孙老师带着若梅走了过来,对若梅说:

"这是孟士尧同学,是本班班长,你缺了两星期课,有什么跟不上的地方,可以问他。在班上有什么问题也可以找他!"

若梅点点头,抬起那对水汪汪的眼睛看了他一眼,士尧感到浑身都发起热来,不自禁地把头转了开去,却正好看到小李在对他做鬼脸……

音乐厅中还是只有那几个人,唱片已经换了一张爵士乐。士尧看看手表,约定的时间已经到了,但是吴德言仍然没有影子,他猜他是不会来了。突然,士尧感到一阵不安,如果吴德言来了,他又该怎么向他开口呢?自己又算是若梅的什么人?非亲非故,他又有什么资格向吴德言谈这件事呢?但,为了若梅,他知道自己必须硬着头皮做下去。

前面那对男女仍然在低低地谈话,他又想起若梅来……

高三下学期,他们忙于准备毕业和考大学,全班决定取消环岛的毕业旅行,只在三天旅行假中抽一天出来到阳明山去玩。

一清早,他们就出发了,若梅、黄燕玲、他,还有小李等七八个人,一直都在一道儿走。若梅不时偷偷地看看他,似乎有什么话想和他说。他也不时地看看若梅,她显得很憔悴,脸色看起来是苍白的。

走到了山顶的阳明公园，大家在草地上环坐成一个圈子，孙老师提议做"碰球"的游戏，由全班每个人报数，然后一个起头喊"我的几球碰几球"，被碰到号码的人要立即应声再碰出去，如果忘了碰出去，就要受罚。报数的结果，若梅是五号，士尧是十七号。

　　碰球一开始，大家就像有默契似的，都把目标集中在若梅身上，每个人都叫着，"我的十球碰五球"，"我的三球碰五球"，"我的一球碰五球"，若梅疲于奔命地应付着，把每一个碰来的球都碰出去。士尧目不转睛地望着若梅，她转动着眼球，显得很紧张，而且逐渐有点手足失措。士尧觉得心里非常地不忍，生怕她会受罚，正在这时，一个同学改变目标地喊出了：

　　"我的十二球碰十七球！"

　　士尧正全心都集中在若梅身上，浑然不知别人碰的是自己，仍然紧紧注视着若梅。只见若梅也紧张地望着他，一脸焦急的神情，微微地张着嘴，似乎想告诉他什么，这时，小李已经吼了出来：

　　"好！孟士尧做狗叫！"

　　"不！叫他爬三圈！"

　　"叫他向每人磕个头！"

　　最后，士尧唱了一首《教我如何不想她》，总算是解了围。唱完之后，他看到若梅亮晶晶的眼睛望着他，一面抿着嘴儿，对他偷偷地微笑着。

　　团体游戏做完之后，大家就散开各人玩各人的了，士尧看到若梅正一个人坐在一块假山石上，似乎非常地疲倦，就悄悄地走过去说：

"我知道一个地方，很阴凉，又没有什么人，要不要去坐坐，可以休息一下。"

若梅点点头，两人悄悄地离开了大家，绕到公园外面的一个小亭子里坐了下来。四周没有其他的人，显得非常地安静。若梅低垂着头，玩弄着一块小手帕，一直不开口。士尧轻轻地说：

"我给你的信收到没有？"

若梅点点头，然后忽然抬起头来说：

"以后绝不要把信寄到我家里去！我爸爸不许我交男朋友，如果落到他们手里就完了！"

"可是，我信里并没有写什么，我不过问你今天要不要参加旅行而已！"

"但他们就会认定这是男朋友的信了！"若梅微微地仰着头，脸颊上泛起一片红晕。

士尧觉得一阵震颤穿过他的全身，他望着若梅那张恬静而美丽的脸，那对脉脉含情的大眼睛，那小巧的鼻子和嘴。感到心里一阵阵的冲动，想告诉她许多心里的话，但却又说不出口。半天之后，若梅把眼光转开说：

"刚才碰球的时候，你在出什么神呀？"

"我一直在为你担心，都忘了他们在碰我了！"

士尧"扑哧"一声笑了出来，若梅也笑了。士尧觉得她眼角里有着无数的柔情。

"哦！我们该回到公园里去了，要不然他们要找我们了！"若梅说，一面从椅子上站了起来。

"等一等！"士尧一把拉住她的手，心脏在胸腔里像擂鼓般撞着，"我一直有几句话想对你说，我……我……我一定要趁这个机会告诉你，自从……自从给你搬桌椅那天起，我就……，我以前从没有过这种心情……我……"士尧觉得自己语无伦次，他向来不是一个拙于口才的人，但现在他感到简直没有办法表达自己的意思。可是，当他抬头看着若梅的时候，他发现那对水汪汪的大眼睛是那么温柔而感动地望着自己，她的脸上带着个那么了解而又鼓励的神情，于是，他觉得无须再说下去了。只是轻轻地拿起她的手，用自己的两只手紧紧地握着。

"哈！哪儿也找不到你们，原来躲在这儿！"

忽然一个声音传了过来，士尧回过头去，原来是小李和另外一个同学，若梅立即抽回了手，脸涨得绯红了。

士尧悻悻地望着小李，从来没有任何一个时候，像现在这么地讨厌这个小丑型的人物……

超过约定的时间十分钟了，士尧啜了一口咖啡，咖啡是冷而涩的……

那天，他在校园里温习了一点功课后便到教室里来，看到小李带着一脸神秘的表情站在教室门口，正在向另外的几个同学说着什么，一看到他，立即说：

"训导处叫你赶快去！"

他狐疑了一会儿，转身向训导处走去，走到训导处门口时，却碰巧看到若梅从里面出来，脸色苍白，眼眶红红的，满脸委屈而又惨淡的神情，他拦住了她：

"训导处也叫你？有什么事吗？"

她抬起头来，畏怯而又惊恐地向训导处门口看了一眼，微微地张开了嘴，想说什么，还没说出口，眼泪就迅速地涌进了眼眶里，她垂下了头，轻轻地咬着下嘴唇，匆匆地走开了。士尧望着她的背影，呆了一阵，然后走进了训导处。

训导主任用锐利的目光望了他一眼，瘦瘦长长的脸庞上有一股冷酷的味道。士尧站在桌子前面，等着他开口，他却自顾自地翻着学生的家庭调查表，半天之后，才抬起头来，冷冷地望着他说：

"孟士尧，我记得你一向是个品学兼优的模范生。嗯？"

士尧低着头，没有说话。

"你知道我们虽然是个男女兼收的学校，但是向来不许学生谈恋爱的！你为什么明知故犯？"

士尧仍然不说话。

"听说你和沈若梅一天到晚眉来眼去，上课时传递情书，是真的吗？"

"我们并没有传递情书……"士尧想申辩。

"不用辩嘴！"训导主任冷冷地说，"你们这些十八九岁的小孩子懂得什么恋爱呢？求学时代不好好读书，总向电影学习，一天到晚拉拉扯扯，像什么话？何况你们就快毕业了，不好好准备考大学，一天到晚谈恋爱！亏你还是好学生呢！"

"我们根本没有怎么样……"

"不用你说，我全知道！"训导主任仍然冷冷地说，仿佛他了解任何事情，"我已经通知了你们班上的风纪股长，如果你再和沈若梅说话，或通情书，我可不管你是不是已经读到了高三，两人一起开除！也好给低年级的同学做个榜样！好，现在你走！"

士尧还想说话，但训导主任给他做了一个阻止的手势，就又去翻着那些家庭调查表了，一面漠然地说：

"不要多说，记住我的话就是了！"

士尧走出了训导处，心中冒着一股无名的怒火，无法想象，若梅受了训导主任这一番话后会多难堪，她向来是那么腼腆而又胆小的。其实，他和若梅从没有过任何亲热的举动，除了旅行那次之外，也没有通过情书，只偶尔若梅有问题问他时，他们交换了一两个深深的、长长的注视。

回到教室，若梅正倚着窗子站着，看到他走进来，只默然地看了他一眼，她眼睛里的泪光亮晶晶的……

音乐厅里陆陆续续地又来了一些人，快四点钟了。士尧喝了一口咖啡，望着壁上的风景画片，画片里是一棵正在落叶的枫树，枫树下面是一条小河。

士尧记起了他第一次和若梅的出游，其实，那也是他唯一的一次和若梅出游。那时他们已经参加过升学考试，若梅偷偷地从家里溜出来，他们到碧潭去划船，又到空军烈士墓去凭吊一番。若梅很少说话，总是带着娇羞的微笑，用那对脉脉含情的大眼睛望着他。相反地，他却说了很多话，他告诉她自己童年的故事，自己和寡居的母亲所过的清苦生活，以及自己的抱负和一切。她一直安静地倾听着。以前在校中，他们虽然天天见面，却迫于训导处的压迫，有很长的一段时间连话都没有说过。按道理，他们彼此是很陌生的。但，士尧却感到若梅和他非常亲近，好像就是他身体的一部分。当晚，他们分手的时候，他曾问她：

"若梅，我可以给你写信吗？"

若梅抬起一对惊恐的眼睛来，拼命地摇着头说：

"以前训导处曾经写信告诉我爸爸，关于我和你的事情，我爸爸把我狠狠地骂了一顿。他说并不反对我交男朋友，只是不许我和你来往。说你年龄太轻，没有一点经济基础，家里又穷。他说，假如再发现我和你来往，就要把我关起来，今天我还是偷偷跑出来的呢！"

士尧低下了头，他发现自己和若梅的恋爱竟是如此没有保障、没有结果的事情。半天后，他才问：

"那么，我们什么时候再见呢？"

"下星期天，我会溜出来，我们在台北车站碰头，好吗？"

但是，下个星期天她并没有来，再下一个星期天也没有，不久，他收到她一封信，大略说：她父亲已经发现那天她和他到碧潭的约会，把她狠狠地打一顿，并且限制她再出门。信写得很凄惨，末尾说：

　　你今年十九岁，四年后才能大学毕业，从我现在所处的环境来看，我大概不能等你那么久了……
　　士尧，对我死了心吧，以后我们可能不会再见面了。

接到这封信后，他曾经到她家门口去等她，希望能有机会碰到她谈一次，可是，他却始终没有碰到她。

大专联考放榜，他考上了师大，若梅却如意料之中地没有考上大学。他想尽办法想去见她，却始终不能如愿，而她，却再也没有给过他一封信。

一直到那年的圣诞节晚上，他去参加一个圣诞舞会，却出乎意料地碰到了若梅。

若梅变了，完完全全地变了。士尧几乎不认得她，她穿了一件红色的洋装，头发烫过了，卷曲地披在肩膀上，妆化得很浓，画了眉毛，涂了胭脂和口红。她依然很美，但却失去了往日的那份飘逸和清秀，代替它的是一份庸俗的美。在她旁边，站着一个高大的青年，很潇洒漂亮，但却带着一种纨绔子弟的习气，满脸的油滑。嘴里衔着一支烟，亲亲热热地挽着若梅的腰。他们看起来是很出色的一对，士尧觉得被刺伤了。

当士尧走过去和若梅打招呼的时候，若梅似乎吃了一惊，在那一刹那间，她的眼睛里闪过一抹迷茫而痛楚的光芒。但，马上她就恢复了，她世故地拉着士尧身边的青年说：

"让我来介绍一下，德言，这是我中学同学孟士尧先生。"一面转过头来对士尧说，"这是吴德言先生，在政大外交系。"

士尧对吴德言点了个头，就匆匆地走开了，他受不了若梅那虚伪的笑容，更受不了她那世故的态度。

那天晚上，若梅显得很活跃。她和吴德言亲热得像一对未婚夫妇，他们跳了各种的舞：伦巴、探戈、恰恰……若梅高声地谈笑着，一扫往日的那种娇羞和腼腆的态度，士尧痛心地感到，他的若梅已经死去了。

快散会的时候，士尧无法抑制地请若梅跳了一个舞，在跳舞的时候，他觉得有许多话想说，但却一句也说不出来，直到一舞将终，他才说了一句：

"若梅，你变了。"

在那一瞬间，他发现往日的若梅又回来了。她望着他，眼睛里迅速地充满了泪水，但却始终没有说一句话。一舞既终，他把她送回到吴德言身边，自己却默默地走出了会场。

这次之后，他又有很长的一段时间没有看到若梅。直到前几天，他听说若梅病了，病得很重，他再也无法遏止自己想见若梅的欲望，他直接到若梅家里，请求见见若梅，凑巧若梅的父母都不在家，他居然顺利地见到了她。

在若梅的卧室里，他见到了若梅，她脸色苍白地靠在床上，并不像传说的那样病重，只是非常憔悴而消瘦，那对大眼睛显得格外地大，但却空洞而无神。

"若梅！"士尧喊了一声，不知道该再说什么，但若梅却已泫然欲涕了，她略带颤抖地说：

"我真没想到你还会来看我！"

士尧问起她的病，她说没有什么，但接着却失声痛哭了起来，士尧抓住她的手，她挣脱了，呜咽地说：

"我现在已经不值得你碰了！"

"这话怎么说？"士尧急急地问。

44

"你真以为我有病吗？其实只是……只是……我有了孩子，但他不肯结婚！"

士尧觉得心里像冰一样地冷了。

"他是谁？"

"吴德言，你见过的。"

"你怎么会……"士尧痛心地咬着嘴唇。

"就是圣诞节那天晚上我……我……喝醉了……"

士尧一句话也讲不出来，突然，一个念头在他的心中滋长，他可以娶她，他并不在意那个孩子。但是，现实的问题却推翻了这个念头：他，一个二十岁的学生，他将拿什么来养活她？而且，母亲又会怎么说呢？

"士尧，你走吧！绝对不要再来找我了！"若梅推着他说，"我只是一个堕落的女孩子！爸和妈要我忘记你，拼命给我介绍男朋友，有钱的，有地位的……我和他们玩……和他们跳舞、喝酒、打牌，我……"

士尧站起来，匆匆地对若梅说：

"我要为你解决这件事！若梅，我仍和第一次见到你时一样地爱你！"

若梅望着他，微微地张着嘴，睫毛上闪烁着泪珠……

音乐厅里的人更多了，士尧望望手表，已经四点钟了，他站起身来，想付了账回去，忽然，一个高大的青年站在他面前：

"哈哈！孟士尧，你有什么话要和我谈吗？"

他抬起头来，是吴德言，双手插在裤袋里，嘴里歪歪地叼着一支香烟。

"坐吧！"他招呼着吴德言，又叫了一杯咖啡。

"你上次不是说有话要和我谈吗？说吧！别婆婆妈妈。究竟是什么事？"吴德言开门见山地问。

"是关于若梅的事！"

"是关于若梅的事？"吴德言眯着眼睛看着他。

"她有了孩子，你难道不知道吗？"士尧有点冒火。

"你是她的什么人？"吴德言冷冷地问。

"朋友！我想，你应该负起这个责任来，否则我写信把全部的经过告诉你在新加坡的父亲，听说他是一个很守旧而有正义感的老人，是吗？我想，你并不愿意断绝经济来源和父子关系吧！"

吴德言喷了一口烟，紧紧地望着他，接着却"嘿嘿"地笑了起来：

"你怎样证明那孩子是我的呢？听说你和若梅也很不错的，谁知道那是不是你的'成绩'呢！"

在士尧还没有弄清楚是怎么一回事以前，他发现自己的拳头已经落在吴德言的下颌上了。紧接着，他觉得自己的小腹上挨了一拳，他冲了过去，带倒了桌子，一阵"哗啦啦"的巨响，咖啡杯子碟子碎了一地，他和吴德言扭在一起，他感到无数的拳头落在自己的头上和肩上，他也奋力反击着。音乐厅里大乱了起来，客人们都纷纷地叫着走开，伙计们冲上来想拉架，但他们却打得更凶。

忽然，士尧觉得有一只手抓住了他的衣领，同时，吴德言也被人拉开了，他抬头一看，看到三四个员警站在那儿，冷冷地望着他们说：

"跟我们到派出所去！"

他无言地低下头去，默默地跟着员警走下楼梯。

一星期后，在学校的布告栏里，贴出了孟士尧在外打架生事、记大过两个的通知。同时，士尧收到若梅和吴德言结婚的请帖，随着请帖，一张小小的纸条飘了下来，士尧拾起了纸条，上面是若梅的笔迹，只有寥寥的几个字，是一阕词：

芳信无由觅彩鸾，人间天上见应难。瑶瑟暗萦珠泪满，不堪弹！

枕上彩云巫岫隔，楼头微雨杏花寒，谁在暮烟残照里，倚阑干！

若梅结婚的那一天，天正下着细雨，士尧步行到结婚礼堂，徘徊在礼堂门口，等到听到了《婚礼进行曲》，他才站定在门口，望着若梅的父亲挽着若梅走出来；她的头上蒙着婚纱，使她的脸显得模模糊糊，眼帘垂着，睫毛下有一圈黯淡的阴影，脸上木然地毫无表情……

士尧离开了礼堂。外面，雨似乎越下越大了。

桎梏

　　她疲倦极了，疲倦得只要让她躺下来，她就一定会睡着的。但，她知道，这不是睡觉的时间，她必须工作！是的，工作！她握着笔的手几乎不稳了，稿纸上的字迹像从砚台里爬出的蜘蛛所爬行出来的，那样一丝丝，一条条，长的，短的，乱七八糟的，不论是谁都不会认出这些字的。可是，她还是要抄写下去！钢笔尖向纸上一点，然后突然歪向一边，稿纸上又多了一条蜘蛛丝，她叹口气，放下笔来，把头扑在桌子上。

　　"我睡五分钟吧，我就睡五分钟！"

　　她想着，头靠在手腕上，疲倦几乎立即征服了她，那铅似的沉重的眼皮一合下来就再也睁不开了。尽管还有几千个"必须工作"的念头在她胸中起伏，但她什么都无法管了。她的意识已经朦朦胧胧，神志也恍恍惚惚了。就在这恍惚和朦胧的情况中，她看到她那刚学走路的儿子从床上爬了起来，摇摇晃晃地走到了床沿上，还不住地往前走，她紧张地大叫：

"别再走！停住！小葆！"

但，她叫不出声音来，她疲倦得张不开嘴，疲倦得发不出声音。于是，"轰隆"一声，孩子从床上摔到地下，紧接着是尖锐的啼哭声。她惊跳了起来，醒了！桌上一灯荧然，床前什么都没有，帐子垂得好好的。她安心地吐出一口气，甩甩头，想把那份睡意甩走。于是，她看到房门开了，门前正站着一个男人，趔趄着要进来又不进来。她恍然，那一声响原来是门响。看清了来人，她的睡意全消了，她一唬地站起身，冲到门口去，哑着嗓子说：

"葆如，你居然还晓得回家！"

经她这样一说，那男人索性走进来了。但是，始终低垂着头，一语不发。她退后几步，望着他，他头发零乱，面容憔悴，肮脏的衬衫一半拖在裤子外面，一半塞在裤子里面，满脸的胡子楂，还有满脸的沮丧。无力地垂在身边的手，骨头把皮撑得紧紧的。她张开嘴，一肚子的怨气和愤怒急于发泄，可是，她却什么话都说不出来，在怨气和愤怒的后面，怜悯和心痛的感觉又滋生起来。她咬咬嘴唇，像一个母亲看到自己打架负伤回来的孩子，又气又痛，又想骂，又想怜。终于，她咽了一口口水，费力地说：

"吃过饭没有？"

他摇摇头。

"几顿没有吃了？"心痛的感觉在扩大。

他不说话，仍然摇摇头。

"我到厨房去看看，还有什么可吃的没有。"

她转身向厨房走，但，那男人，一把拉住了她的手，就势在地上跪了下去，用手抱住了她的两条腿，他的脸紧贴在她的腿上，沉重地啜泣了起来。

"美珩，我对不起你。"

她的心收紧，痛楚着。"别原谅他！"内心有个小声音在说，"别心软，每一次他都是这样表演的，你原谅了他这一次，又要原谅他下一次了！"可是那男性的啜泣声沉重地敲在她心上。他的眼泪湿透了她的旗袍下摆，热热地浸在她腿上。她闭了闭眼睛，用手抓住他的头发，那零乱、干枯、而浓密的黑发，颤抖着说：

"你把薪水都输光了？"

老天！希望还有一点剩余，能清一清肉店的欠债。但，腿边的头微微地点了两下，做了一个"是"的答复，她的心沉进了地底下，又提着心问：

"还——欠了人没有？"

"是的，欠了——"他的声音低得听不清楚，"大约三千多块。"

她一个站不稳，身子一矮，也跪了下去。她直视着葆如的脸，那张布满了惭愧、懊丧和痛苦的脸，那发黄的眼睛和下陷的面颊，颤颤抖抖地说：

"葆……如，你，你要我怎么办呢？"

葆如垂下了眼帘。

"美珩，"他吞吐着说，"你原谅我，这是最后一次，我向你发誓，以后我再也不赌！这次一定是真的，我是真正懊悔了，美珩，只要你原谅我！我不再赌了，如果我再赌，你带孩子离开我！这一次，你原谅了我，我们再重新做起，慢慢还债，我发誓苦干！"

　　每次，都是同样的一篇话，她苦涩地想。不行了，这次不能原谅了，她应该狠下心来离开他了，让他自己去和那些还不清的赌债挣扎，她不能再管他。不能让他把她和孩子拖垮！那累积而上的赌债是永不可能还清的！她吃力地站起身来，疲倦地走到桌子旁边，看到那不成字迹的抄写稿子，她觉得头发晕，这还是经人介绍才找到的抄写工作，计字收费，四块钱一千字，三千多块钱将是多少字！她仆倒在桌上，泪水把抄好的稿子糊成了一片。"我不能再管他了！我不能再管他了！我不能再管他了。"她心中辗转地呼喊着。

　　一只手怯怯地伸到她肩膀上。

　　"美珩！"充满了哀求的声音，"我知道我不好，我知道我已不足以请求你原谅，我使你吃苦，我对不起你和孩子，但是，美珩，请看在四年的夫妻分上，再原谅我一次！你知道，你是我一切的力量，没有你，我只有更加沉沦下去！美珩！我决心悔过了，我好好办公，晚上帮你抄写，一年之内，我们可以把赌债还清，再从头做起！美珩！你知道我并不是坏人，你要给我机会！"

　　这些话她已听过多少次了？她慢慢地抬起头来，凝视着他，凝视得越长久，心中越痛楚，这个男人！她那么深，那么切地爱着的男人！他们的结合经过多少的努力，为了要嫁给他，她断绝了自己和父母的关系，因为父母要强迫她嫁给另一个对父亲地位有帮助的大人物的儿子。她失去了所有的亲戚和原来的社会关系。可是，现在，她得到了什么？凝视着，凝视着，泪光又使一切朦胧了，她慢慢地摇摇头，一个字一个字地说：

"葆如，我不能，我要离开你了。我无法一次又一次地原谅你！"

像是听到死刑的宣判，他的脸色一下子变得惨白，他抓紧了她的手腕，嘶声地喊：

"不！美珩，你走了我只有死！"

她望着他，是的，她知道，他说的是实情，他是个那样依赖着她的孩子！他怕她走，却又无法戒赌！她能怎么办呢？真狠下心来离开他？她知道得更清楚，她也做不到。于是，她捧住脸，痛哭了起来，她的哭声惊动了床上熟睡的孩子，孩子用恐惧而迷茫的声音叫：

"妈妈，妈妈！"

她扑到床边去，抱起了孩子，把他抱到那个父亲面前，含泪说：

"你看看，这是你的儿子，已经半个月没有钱买奶粉给他吃了！你看看，看清楚一点，孩子已经快忘记你的相貌了！摸摸他身上还剩下多少肉，抱抱看他又轻了多少？"

做父亲的抱住孩子，立即泣不成声：

"小葆，原谅爸爸，明天起，爸爸要重新学做人！"

又是两天没见到葆如了，美珩用不着打电话给葆如的公司，也知道葆如这两天根本没上班。她把抄写好的稿子收集起来，用橡皮筋圈着。然后抱起小葆，锁上房门，走了出去。

她所抄写的是台大王教授的一本学术著作的稿本，每次都亲自送到王教授家里去，这工作已持续了好几个月了。她希望这本大著作永远不要完，否则她又将失去这笔收入。

走进王教授的院门，王太太正在修剪花枝，看到她，慈祥地笑笑说：

"好早呀！朱太太。"

美珩笑笑，递上手里的稿子。王太太进去取了钱给她，三百元，又可以维持好几天了，只是，葆如的赌债怎么办呢？她知道那些流氓，如果不付钱给他们，他们会要葆如的命，那是些无法无天的家伙。接了钱，她低低地道了一声谢，转身要走，王太太叫住了她，迟疑地说：

"朱太太，你先生在哪儿工作呀？"

"××公司。"她说。

"那儿的待遇不错嘛！"王太太不解地看看她。

"是的，不过……"她虚弱地笑笑，她不能说葆如每个月输光所有的薪水，又欠下成千上万的赌债。因此说了两个字，她又把话咽住了，只呆呆地站着发愣。王太太显然也看出她为难，点点头说：

"生活太困难了，钱真不禁用。"

美珩苦笑了一下，低声说了再见，抱着孩子走了，走了好远还感到王太太的眼光在她身后怀疑地注视着。她在食品店买了罐奶粉，这对现在的经济情况来说，是太奢侈了一些，但她无法漠视孩子日渐枯瘦的小身子。回到家里，四壁萧然，葆如仍然没有回家。她慢慢地调奶粉给孩子喝，心中在盘算要不要就此一走了之？葆如是不可能改过了，她何必还要等他回来？抱着孩子，收拾点东西，走了算了。但是，但是，但是，就有那么点放不下的东西，像一个无形的桎梏，拴住了她的人和她的心。

孩子狼吞虎咽地喝那杯奶粉，那副馋相引起她一阵辛酸，他才只有一岁半呢！别的孩子在这时候是离不开奶粉的，但他喝一杯奶粉已经是打牙祭了。她把头靠在那小身子上，沉痛地说：

"小葆，早知如此，我不该让你来到这世界上的！"

她模糊地想起，那时候，他们曾经多么幸福。那时葆如还没有沉溺于赌，他们的生活虽不富裕，也不贫苦，他在××公司地位很低，不过是个小职员，但收支平衡，精神愉快。他们曾经盼望小葆这条小生命，盼望小葆来点缀这个小家庭，盼望孩子的笑语给这小家庭带来更多欢笑。可是，孩子出世不久，葆如就染上了赌博的恶习，而一经染上，就像抽鸦片烟似的无法断绝。他发过誓，赌过咒，而她相信，他的发誓、赌咒，和决心都是真的，但是，他戒不了。他抵制不了赌博的诱惑，一年半的时间，他使他们倾家荡产，还负债累累。

"妈妈！要要，喝喝。"

孩子嚅着嘴唇，指着空杯子说。美珩眼圈一红，就想掉眼泪，她抱起孩子来，哄着说：

"我们要节省着喝，一天只能喝一杯。来！乖，陪妈妈洗衣服。"

在后面的水龙头边，她把泡着的衣服搓上肥皂，用力洗着。这份工作，以前葆如是决不让她做的，他们请人洗衣服，她的手一直白白细细的保养得很好。现在，没有人来欣赏她的手了，也没有人来保护她的手了。葆如，他怎么会变成这样子的呢？他原是那样富有诗意的一个男人，他懂得安排生活，细致，熨帖，他们之间的爱情浓得像一杯酒，他离不开她，她也离不开他。可是，怎么会有今天呢？人，为什么会前后转变，判若两人呢？

孩子在水盆边玩水，把水"稀里哗啦"地泼洒着。她额上的汗掉进盆里的肥皂泡沫里，她始终做不惯粗事。婚前，她是养尊处优的小姐，新婚，她是娇滴滴的妻子，现在，她什么都不是了。洗衣，烧饭，抱孩子，还要为生活和债务所煎熬，她早已就不敢照镜子了。早知今日，她或者该听从父母的安排，嫁给那大人物的儿子！她把盆里的脏水泼掉，换上一盆清水，水在盆里荡漾出无数涟漪，她的脸出现在盆里，憔悴，苍白，而浮肿。她掠掠头发，对盆细看：

"这是我吗？"

一层深切的悲哀由心中直冒出来，酸楚从鼻子里向上冲。

"妈妈，爸爸，爸爸。"孩子爬到她身边，无意识地说。

"你爸爸？你爸爸又去赌了，赌得不要家了。"轻轻地说，揽过孩子来，"他不要我，连你也不管了吗？"望着那张酷似葆如的孩子的脸，她又呆住了，忘了洗衣服，也忘了做一切的事。

衣服洗完了，拿到前面竹篱围着的小院子里去晒，隔壁的刘太太也在晒衣服，两个女人隔着篱笆点了个头。美珩在想着晒完衣服要到菜场上去买点猪肝给孩子吃，说不定葆如今天也会回来，赌得眼睛红红的，几顿没吃饭，他总要把身体弄垮的！人又不是铁，怎么禁得起那样夜以继日不眠不食地赌？何况在赌桌上一定是神经紧张的。正想着，刘太太说话了：

"朱太太，你先生忙些什么呀？刚才回家又匆匆忙忙地走掉？"

美珩一怔，停住了晾衣服，问：

"他刚刚回来了？"

"怎么？你没看到吗？他回来又走了，我还听到你们小葆喊爸爸呢！"

对了，小葆是叫过爸爸的，但他回来为什么又悄悄走掉？猛然间，她放下衣服，冲进了房里，急急地打开书桌的抽屉，里面，刚刚拿回来的抄写的钱已空无所有了。只在放钱的地方，多了一张小纸条，上面潦草地写着：

美珩：原谅我，我必须扳本。

扳本？扳本！她把抽屉砰地关上，一下子跌坐在椅子里，想大哭大叫大骂，却只是颤抖着嘴唇，什么声音都吐不出来。

逐渐地，颤抖从嘴唇一直扩展到四肢，将近一个月的熬夜抄写全完蛋了！未来的日子怎么过？小葆的猪肝呢？营养呢？孩子靠什么成长？她握紧了拳，自己的指甲陷进了手心，她不觉得痛，牙齿咬破了嘴唇，也不觉得痛，她只有心在绞痛，绞痛得她什么其他的感觉都没有。

"葆如，你还算个人吗？你还是个男子汉吗？是女人赖以生存的大丈夫吗？"

凄苦，悲痛，和愤怒中，这几句话从她齿缝中迸了出来，她的拳头握得更紧了。

"朱太太！朱太太！"门外，刘太太一阵急喊，"看你们小葆在做什么哟！"

美珩三步两步地冲到门口，一眼看到小葆正把她刚洗好还没晒的那些放在盆里的衣服，都倒翻在地下，还拖着湿衣服像拉车似的在地上拖。她冲上前去，一把捉住了小葆，劈头盖脸地一阵乱打，孩子吓得"哇"的一声大哭了起来，美珩如同没有听见，发狂似的打下去，打得又重又急，孩子惨叫不停。刘太太看不过去了，嚷着说：

"朱太太，你是怎么了呀？他小孩子懂什么呢？他才多大一点呀！"

美珩住了手，不住地喘着气，瞪视着小葆，孩子受了惊吓，又痛，又怕，小脸被打得通红，全是隆起的手指印，仍然噎着气在哭。美珩抱起了孩子，抱进了室内放在床上，审视着他脸上的伤痕，猛地搂紧了孩子，"哇"的一声也哭了起来，边哭边说：

"小葆，你怎么要来到这世界上呢？我为什么要生下你呢？小葆，我不是要打你，我要打的是你父亲呀！"

经过一番长久的挣扎，美珩知道她不能再妥协下去了。"赌"已经把葆如变成了另一个人，一个她所不认识的陌生人，她有什么义务该为这个陌生人吃苦受罪呢？

当她蹲在地上收拾衣箱的时候，她就一直用这种思想来武装着自己脆弱的感情。小葆在箱子旁边爬着玩，不时把她已收拾好的衣服又从箱子里拉出来，她耐心地把衣服从孩子手里骗出来，慢慢地叠，细细地叠，小小心心地放进皮箱，好像她在做一件很艺术化的工作。衣服并不多，但她足足收拾了两小时，还没有收拾到一半。然后，一件墨绿色的长大衣一下子把她拉回到过去，抚摸着那件大衣，她又心神不属了。

那是结婚第一年的冬天，他想给她买件大衣，她也想给他买件大衣，但是绝没有经济能力买两件。她记得他们曾经怎么样争吵过，那种亲密的争吵，那种善意的争吵，各为了对方的利益而争执。最后，由于无法协议，只得干脆谁也不买，那笔买大衣的钱被存进了银行。可是，当他一天下班回来，他给了她这件大衣，他用掉了银行存款，还包括那年的年终奖金！她责备他买得太贵了，但，他笑着拥着她说：

"看你穿得漂漂亮亮，就是我的愉快。"

如今，他不再管她穿什么衣服了，许久以来，他几乎连正眼都没有看过她一眼。抚摸着这件大衣上长长的绒毛，她感到眼角湿润，心旌摇荡。小葆把箱内的衣服又都拉了出来，散了一地，她挥去了睫毛上的泪珠，再重新收集那些衣服，但她折叠得更慢更慢了。

门突然开了，葆如出现在门口。正和每次赌博回来之后的面容一样：憔悴，灰白，疲倦而沮丧。眼神是失神的，仓皇的和懊恼的。如果赌博之后是如此地痛苦，她实在奇怪他为什么仍然沉迷于赌？她望着他，心底冒出的又是那种复杂的情绪，愤怒，怨恨，悲痛，和着怜悯及痛心。葆如看到她和衣箱，一刹那间，他的嘴唇惨白如死，他冲到她面前，跪下去，抓住了她的手：

"美珩！不要！美珩！"他哀求地凝视着她。

"我已经无法忍耐了。"美珩竭力使自己的声调僵硬，但在僵硬的语音中，却带着微微的颤抖。

"最后一次，美珩，你原谅我这最后一次！"

"我已原谅了你无数的最后一次了！"

"这次是真正的最后一次，我向你发誓！"

"我能相信你的誓言吗？"美珩咬着牙说，把衣服往箱子里堆。葆如抓紧她的手，从箱子里又把衣服拿出来。

"请你，美珩，那么多次你都原谅了，你就再原谅一次，就这一次！"

"这一次之后还有下一次，下一次之后还有再下一次！葆如！我不能！这最后一次不知道要最后到何时为止？你置我们母子生活于不顾也算了，你还偷走我抄写的钱，偷走小葆买食物的钱，你根本就没有人性！"

"我知道我错了，只请你原谅这一次！"

"不行！"她坚决地说，"我一定要走了，与其三个人一起毁灭，不如让你一个人毁灭！"

"美珩，美珩，美珩。"软软的声音带着浓浓的哀伤，"请看在我们四年生活的分上，请看在我们共同建立这个小家庭的分上，请看在我们相恋相依的岁月分上，请看在我们的孩子分上……"

"孩子！"她爆发地大喊，"你心目里何尝有孩子？"

"我有的，只是赌博把我弄昏了，每次一面赌，我一面想着你，想着孩子，但是，鬼迷住我，我就停止不下来，我总想翻一点本，给孩子买两罐奶粉，给你买件衣料，你多久没穿过新衣服了。可是，我运气不好，总是输，越输越急，就越停不住手。美珩，你不了解，一坐上赌桌子，就下不来了！"

"你为什么要去？为什么要去？"她叫着说。

"以后，我再也不去了！我答应你。美珩，你千万别走，我们再来建立这个家。美珩，你曾经那么爱我，你忍心在我决心悔过的时候把我扔下不管？美珩，请你，求你！你那么善良，那么好，你就再饶我一次，真真正正的最后一次！"

美珩眼里蒙上了一层泪光，她看不清楚了，眼前一切的东西都在泪影中浮动。葆如的声音仍然在她耳边凄楚地响着：

"美珩，你就当我是一个回头的浪子，你再收容我一次，我必须依赖你的爱和鼓励而生活。你知道，美珩，你总说对犯了罪的人，应该教育开导，不该判死刑。如果你离开我，你就等于判了我的死刑！"

"可是，你要我怎么办呢！"她崩溃地喊，泪如雨下。

"再原谅我一次，最后一次！"

"但是，我不信任你！我不信任你！我一丝一毫都不信任你！"

"你要我怎么做就可以信任我？"

"你怎么做我都不能信任你。"

他悲痛地望着她，然后，他摇摆着站起来，走到桌子旁边。她继续凝视着衣箱，茫然地凝视着，不知该何去何从。小葆胆怯地望望她，走过来摸摸她的手臂，她恍如未觉，仍然凝视着那在泪雾里越来越模糊的衣箱。暗中，她心底很清楚而又很悲哀地明白，这衣箱是一辈子也收拾不清的，她已被许多无形的东西锁住了，锁得牢牢的。

葆如回到了她身边，轻轻地说：

"信我了吧。"

他伸出一只手给她，她赫然发现他在手背上刺下"戒赌"两个大字，刚抹上去的蓝墨水和点点血液混在一起。她一惊，惶然地抬起头来，望着他那对诚恳而哀求的眼睛，心痛的感觉又从心底向四肢扩散。

"你，你？"她口吃地说。

"我总不能带着戒赌两个字上赌桌，是不是？"他说，惨然地笑着，"你该相信我的决心了。"

"葆如！"她喊，想不到这声呼唤中竟带出了那么多的感情。葆如一下子就把她揽进了怀里。她哭着喊："你改了吧！真的改了吧！"

"你相信我，我这次是真的了！"

衣箱被放回了原处，衣服又回到了抽屉里。整夜，他们忙着计划未来，找兼差，增加收入，开源节流，刻苦还债。未来在憧憬中变得美化了，她似乎又回到了新婚的时代，充满了数不清的计划和美梦。黑夜里，她摸着小葆瘦小的身子叹息，许愿似的说：

"你会胖起来，很快地胖起来，只要这个家又像一个家，你就会胖起来。"

他有三天准时回家，她可以在他的瞳仁里找到自己失去了许久的笑脸。第四天，他又迟迟未归，她打电话到公司里去问，那边的回答是：

"朱先生一天都没来上班，所以我们已经不得已地撤了他的职，他实在旷职太多……"

听筒从她无力的手里落了下去，她一步步地挨回了家里，感到的是彻骨彻心的寒冷。依着桌子，她乏力地坐进椅子中，她知道，他今夜又不会回来了，明天？后天？回来后将是憔悴，苍白，而疲倦的。她把脸埋进了手心里，紧紧地埋着，小葆攀着她的腿，她可以感到那只枯瘦的小胳臂上骨头的棱角……

"走吧！离开他！只有离开他！"

她想着，可是，那种迷迷茫茫、混杂着心痛的感觉又在她心上咬噬，他回来，谁知道又是几顿没吃饭？失去了她，他会怎样？

她不移不动地坐着，在这无形的桎梏中挣扎，喘息。挣扎，喘息。挣扎，喘息……

花语

一

　　刚刚放暑假没多久，鹃姨从南部寄来一封长信给妈妈，全信都是谈她的乡居——她的小小的农场和那广大的花圃。信末，她轻描淡写地附一句：

　　　　如果小堇过厌了都市生活，而有意换换口味的
　　　　话，不妨让她趁这个暑假到南部来陪陪寂寞的阿姨。

　　妈妈看完了信，当时就问我：
　　"怎么样？小堇，要不要到鹃姨那儿去住几天？"
　　"再说吧！"我不太热心地说。虽然我久已想去参观参观鹃姨那十分成功的花圃，可是，乡下对我的诱惑力毕竟不很大，主要还是因为端平。到乡下去就不能和端平见面，这是

我无法忍耐的；要我整天面对着花和鹃姨，我不相信我会过得很快活，因此，鹃姨的提议就这样轻轻地被我抛置在脑后，再也不去想了。妈妈也没有再提起过，直到我和端平闹翻。

端平是政大外文系四年级的学生，我们相识在去年圣诞节一位同学办的圣诞舞会中。自从那天见面后，我就像是几百年前欠了他的债，如今必须偿还似的。接二连三地约会，每次约会中都夹着争执和怄气。他长得很漂亮：白皙，雅致，修长。他的谈吐风趣而幽默，这些都足以攫住我。但是，他却像是一只不甘愿被捕捉的野兽，我无法用我的力量圈住他。他对付我的那股轻松和满不在乎的劲儿，使我怒不可遏。因而，每次在一起都是不欢而散，事后，我却又渴望着和他再度相聚。

他除了我之外还有好几个女友，这些他并不隐瞒我（这使我更生气）；而我，认识他之后就对任何男子都不发生兴趣了。我希望他只有我一个，但我又不能限制他和别的女孩交往，何况他也没有和我走到可以彼此干涉的那么亲密的地步。我知道我只是他若干女友中的一个，和那些女友并没有什么不同，这损伤了我的自尊。多少次我下定了决心不理他了，可是，一看到他那洒脱的微笑和黑幽幽的眼睛，我的决心就完全瓦解。就这样，我在他若即若离的态度下颠颠倒倒，弄得脾气暴躁心情恶劣。

这天，我亲眼看到他和一个装束入时的女孩子手挽手地从新生大戏院里走出来。当天晚上，我和他就大吵了一架，发誓再也不要理他，但他满不在乎地和我说"明天见"。当他走了之后，我开始模糊地领悟自己的可悲，我已经在这个感情的困境中陷得太深了！他可以控制我，我却不能控制他……一种要挣扎求生似的念头来到我心中，我立即整理行装，当妈妈问我做什么的时候，我坚决地说：

"到鹃姨那儿去！"

当天的夜车把我载离台北。上车前，我发了一个电报给鹃姨，通知她我抵达的时间。火车在黑暗的原野里疾驰而去。我靠在车厢里，凝视车窗外远远的几点灯火，茫然地想着鹃姨那儿会不会是一个躲避感情的好所在。

列车在早上六点钟抵达楠梓，这儿距高雄只剩下两站路。我提着旅行袋，下了火车，在晨光熹微中走出火车站。站在车站外面，我茫然四顾，不知到鹃姨的农场应该向哪一个方向走。看样子，鹃姨并没有到车站来接我；或者，她根本没有收到我的电报。犹豫中，我正想去问问人看，突然，有一辆台湾最常见的那种三轮板车，停到我的面前。踩着车子的是个戴斗笠的年轻人，他用很标准的汉语问我：

"你是不是江小姐？"

"对了！"我说。

"李太太叫我来接你！"

李太太一定指的是鹃姨。我看看那板车，迟疑着是不是要坐上去，那车夫已不耐烦地望着我，指指车子说：

"上来哦！"

我跨上板车，把旅行袋放在车上，自己坐在板车的铁栏杆上。车子立即向前走去。我在晓色中四面眺望，到处都是菜田，绿油油的，新翻的泥土呈灰褐色，暴露在初升旭日之下。板车沿着一条并不太窄的黄土路向南进行，极目看去，这条路好像可以通到世界的尽头。菜田里已经有着早起的农人和农妇在弯着腰工作，低覆着斗笠，赤着脚，好像除了田地外对什么都不关心，车子走过，并没有人抬起头来注视我。

太阳渐渐上升，我戴起了我的大草帽，这在台北最大的帽席店里购买的草帽和那些农人的斗笠真不可同日而语。草帽上缀着塑胶的人造假花——一束玫瑰和一枝铃兰，扎在下巴上的是粉红色的大绸结。乡间的空气是出奇地清新，只是带着浓厚的水肥味道，有些儿煞风景。我奇怪农人们为什么不用化学肥代替水肥。

车子走了半小时，还没有到达目的地。我望望车夫的背脊，一件已发黄的汗衫，上面并没有汗渍，显然我对他而言是太轻了。我想问他还有多久可以到，但他埋着头踩车，似乎只有踩车子是他唯一的任务，我也就缩口不问了。鹃姨竟然居住在如此荒僻的乡间，使我殊觉不解；一个独身女人，手边还有一点钱，为什么不在城市中定居，而偏偏到乡下来种花养草呢？如果对花草有兴趣，在城市里照样可以弄一个小花园，何苦一定要住在穷乡僻壤里呢？但是，从我有记忆力起，就觉得鹃姨不同于一般女人，自也不能用普通的眼光来衡量她了。

鹃姨是妈妈唯一的妹妹，但是长得比妈妈好看，妈常说我长得有几分像鹃姨，或者也由于这原因，鹃姨对我也比对弟妹们亲热些。鹃姨只比妈妈小两岁，今年应该是四十五岁。

据说她年轻时很美，但是在婚姻上却很反常。她一直没有结婚，到台湾之后，她已三十几岁，才嫁给一个比她大三十岁的老头子，许多人说她这次婚姻是看上了那老人的钱。五年前老人去世，她得到一笔遗产。葬了老人之后，她就南来买了一块地，培养花木，并且有一个很小很小的农场。自从她离开台北，我们就很少看到她了，只有过年的时候，她会到台北去和我们团聚几天，用巨额的压岁钱把我和弟妹的口袋都塞得满满的。

车子停在一个农庄前面，一大片黄土的空地，里面有几排砖造的平房，车夫刹住了车，跳下车来说：

"到了！"

到了？这就是鹃姨的家。我跨下车子，好奇地四面张望。空地的一边是牛栏，有两条大牛和一条小牛正在安闲地吃着稻草。满地跑着鸡群，鸡舍就紧贴在牛栏的旁边，牛栏鸡舍的对面是正房，正是农村的那种房子，砖墙，瓦顶，简单的窗子和门。空气里弥漫着稻草味和鸡牛的腥气，我侧头看去，在我身边就堆着两个人高的稻草堆。我打量着四周，一阵狗吠突然爆发地在我身后响起，我回头一看，一只黄毛的大狗正穷凶极恶地对我冲来。我大吃一惊，慌忙跑开几步。狗吠显然惊动了屋里的人，我看到鹃姨从一扇门里跑出来，看到我，她高兴地叫着：

"小堇，你到底来了！"说着她又转头去呼叱那只狗，"威利，不许叫！走开！"

我向鹃姨跑去，但那只狗对我龇牙咧嘴，喉咙里呜呜不停，使我害怕。鹃姨叫：

"阿德，把威利拴起来吧！"

那个接我来的车夫大踏步走上前来，原来他名叫阿德。他伸出一只结实而黝黑的手，一把握住了那只狗的颈项，把它连拖带拉地拽走了。我走到鹃姨身边，鹃姨立即用手揽住了我的腰，亲切地说：

"爸爸妈妈都好吗？"

"好。"我说。

我跟着鹃姨走进一间房间。这房子外表看起来虽粗糙，里面却也洁净雅致，墙粉得很白，窗格漆成淡绿色，居然也讲究地钉了纱窗和纱门。这间显然是鹃姨的卧室，一张大床，一个简单的衣橱，还有一张书桌，两把椅子，如此而已。我放下旅行袋，脱掉草帽，鹃姨握住了我的手臂，仔细地望着我说：

"让我看看，怎么，好像比过年的时候瘦了点嘛！"

我的脸有些发热，最近确实瘦了，都是和端平闹别扭的。我笑笑，掩饰地说：

"天气太热，我一到夏天体重就减轻。"

"是吗？不要紧。"鹃姨愉快地说，"在我这儿过一个夏天，包管你胖起来！"

天呀！鹃姨以为我会住一个夏天呢！事实上，我现在已经在懊悔这次南下之行了。端平今天一定会去找我，知道我走了他会怎么样呢？或者一气之下，就更去找别的女孩子，他就是那种个性的人！我心中痒痒的，开始觉得自己走开是很不智的，恨不得立即回台北去。

"坐火车累了吗？"

"不累。"我振作了一下，望着鹃姨。她穿着一件粗布的蓝条子衣服，宽宽大大的，衣领浆得很挺。头发在脑后束了一个髻，用一根大发针插着，拦腰系着条带子，一种标准的农家装束，朴实无华。但却很漂亮，很适合于她，给人一种亲切而安适的感觉。

"如果不累，到你的房间来看看吧，半夜三更接着电报，吓了我一跳，以为出了什么事呢，原来是通知我你来了，赶紧准备了一间房子，看看缺什么，让阿德到高雄去给你买。"

穿过了鹃姨房间的一道小门，通过另一间房间，就到了我的屋子，有一扇门直通广场，有两扇大窗子。房内光线明亮，最触目的，是一张书桌上放着一个竹筒做的花瓶，瓶内插着一束玫瑰，绕室花香，令我精神一振。那朵朵玫瑰上还沾着晨露，显然是清晨才采下来的。我欢呼一声，冲到桌前，凑过去一阵乱嗅，叫着说：

"多好的玫瑰！"

"自己花圃里的，要多少有多少！"鹃姨微笑地说。

我望着那新奇的花瓶，事实上，那只是一个竹筒，上面雕刻着龙飞凤舞的两个大字："劲节"。鹃姨不在意地说：

"这花瓶是阿德做的。"

阿德？那个又粗又黑的小子？我有些奇怪，但没说什么。室内的布置大约和鹃姨房里差不多，一个带着大玻璃镜的梳妆台显然是从鹃姨房里移来的。床上铺着洁白的被单，我在床上坐下去，一种松脆的声音簌簌地响起来，我掀开被单，原来底下垫着厚厚的一层稻草。鹃姨说：

"垫稻草比棉絮舒服，你试试看。"

"哦，好极了，鹃姨。"

"我说你先洗个脸，然后睡一觉，吃完午饭，你可以到花圃去看看。"鹃姨说，一面扬着声音喊，"阿花！阿花！"

听这个名字，我以为她在叫小猫或是小狗，但应声而来的，却是个十四五岁、白白净净的小丫头。鹃姨要她给我倒盆洗脸水来。我这样被人侍候，觉得有点不安，想要自己去弄水，鹃姨说：

"这儿没有自来水，只有井水，你让她去弄，她整天都没事干。"

后来我才知道阿花是鹃姨用五千元买来的，她的养父要把她卖到高雄的私娼寮里，鹃姨就花了五千元，把她接了过来。

洗了脸，我真的有点倦了。在火车上一直想着和端平的事，根本就没合过眼，现在确实累了，连打了两个哈欠。鹃姨问我要不要吃东西，我在火车上吃过两个面包，现在一点都不饿。鹃姨拍拍我的肩膀，就出去了。我关上房门，往床上一躺，那簌簌的稻草声使人松懈，那触鼻而来的草香也令人醺然。我合上眼睛，端平的脸又跑到我的脑中来了，我猜测着他找不到我之后会怎样，又懊恼着不该轻率地离开他，带着这种怀念而忐忑的情绪，我蒙蒙眬眬地睡着了。

二

　　我做了许多个梦，断断续续地。每个梦里都有端平的脸，他像个幽灵似的缠绕着我，使我睡不安稳。然后，我醒了，首先映入眼帘的，是从视窗透进来的斜斜的日光，然后我看到窗外的远山，和近处牛栏的一角。一时间，我有些懵懂，不知道自己置身何方。我转侧了一下，从床上探起半个身子来，于是，我看到阿花正坐在门边的椅子里，在静静地缝纫着什么，看到我醒来，她立即站起身，笑吟吟地说：

　　"你睡了好久，现在都快三点钟了。"

　　是吗？我以为我不过睡了五分钟呢！我下了床，伸个懒腰，发现洗脸架上已经放好了一盆清水，没想到我下乡来反而被人侍候了。我望望阿花问：

　　"你缝什么？"

　　"窗帘。阿德哥到高雄买来的。"

　　我看看那毫无遮拦的窗子，确实，窗帘是一件很需要的东西，鹃姨想得真周到。洗了脸，梳梳头发，鹃姨推门而入，望着我微笑。

　　"唔，"她很得意似的说，"睡得真好，像个小婴儿，饿了吧？"

　　不错，我肚子里正在"咕噜咕噜"地叫着，我带着点怯意地对鹃姨微微一笑。还没说什么，一个"阿巴桑"就托着个盘进来了，里面装着饭和菜，热气腾腾的。我有些诧异，还有更多的不安，我说：

"哦，鹃姨，真不用这样。"

"吃吧！"鹃姨说，像是个纵容的母亲。我开始吃饭，鹃姨用手托着头，津津有味地看着我吃。我说：

"鹃姨，你怎么没有孩子？"

鹃姨愣了一下，说：

"有些人命中注定没有孩子，就像我。"

"你喜欢孩子吗？"我再问。

"非常非常喜欢。"鹃姨说，慈爱地望着我，仿佛我就是她的孩子一般，忽然间，我了解了鹃姨的那份寂寞，显然她很高兴我给她带来的这份忙碌，看样子，我的来访给了她一个意外的惊喜。

吃过了饭，鹃姨带我去看她的花圃。室外的阳光十分厉害，我戴上草帽，鹃姨却什么都没戴。我们走过广场，又通过一片小小的竹林，林内有一条践踏出来的小路，小路两边仍然茁壮长着青草。竹林外，就是一片广阔的花圃，四面用竹篱笆围着，篱笆上爬满了一种我叫不出名目来的大朵的黄色爬藤花。篱门旁边有一架老式的、用人工踩动的水车，这时候，一个赤着上身的男人，戴着斗笠，正俯身在修理那水车的轴，鹃姨站住说：

"怎么样，阿德？坏得很厉害吗？"

阿德迅速地站直了身子，转头看看我和鹃姨，把斗笠往后面推了推，露出粗黑的两道眉毛，摇摇头说：

"不，已经快修好了，等太阳下山的时候，就可以试试放水进去。"

他站在那儿，宽宽的肩膀结实有力，褐色的皮肤在阳光照射下放射着一种古铜色的光，手臂上肌肉隆起，汗珠一颗颗亮亮地缀在他肩头和胸膛上，充分地散漫着一种男性的气息。我不禁被他那铁铸般的躯体弄呆了。这使我又想起端平，那白皙温雅的面貌，和面前这个黝黑粗壮的人是多么强烈的对比！

"今天的花怎样？"鹃姨问。

"一切都好。"阿德说，走过去把篱笆门打开，那门是用铁丝绊在柱子上的。

我和鹃姨走了进去，一眼看到的，红黄白杂成一片，触鼻花香。在隆起的花畦上，大部分栽植着玫瑰，有深红、粉红和白色三种，大朵的、小朵的，半开的、全开的，简直美不胜收。鹃姨指着告诉我，哪一种是蔷薇，哪一种是玫瑰，以及中国玫瑰和洋玫瑰之分。越过这一片玫瑰田，有一大片地培植着成方块形的朝鲜草。接着是各种不同颜色的扶桑花、木槿花和万年青、变色草。再过去是各式菊花，大部分都没有花，只有枝叶，因为还没有到菊花的季节。接着有冬天开的茶花、圣诞红、天竺等。我们在群花中绕来绕去，走了不知道多少路，鹃姨耐心地告诉我各种植物的花期和栽培法，我对这些都不大留意，那五色斑斓的花朵已让我目不暇给了。

在靠角落里，有一间玻璃花房，我们走进去，花房中成排地放着花盆，里面栽着比较珍贵而在台湾较少见到的花木，大部分也都没有花，只是各种绿色植物。鹃姨指示着告诉我：

百合、鸢尾、苜蓿、郁金香、金盏、蜀葵……还有各种吊在房里的兰花，有几棵仙人掌，上面居然开出红色的花朵。鹃姨笑着说：

"这是阿德的成绩，他把兰花移植到仙人掌上来。"

"什么？这红色的是兰花吗？"我诧异地问。

"是的，它吸收仙人掌的养分生存。"

这真是生物界的奇迹！一种植物生长在另一种植物上面！我想，动物界也有这种情形：像寄居蟹，甚至人类也一样，有种人就靠吸收别人的养分生存。想到这儿，我不禁哑然失笑了。走出花房，鹃姨又带我参观各种爬藤植物，茑萝、紫薇、喇叭花和常春藤，在一块地方，成片地铺满了紫色、红色和白色的小草花。鹃姨告诉我那叫作日日春，是一种随处生长的野花，没有什么价值。但是我觉得很好看，比一些名贵的花好看。参观完了花圃，鹃姨带我从后面的一扇门出去，再把门用铁丝绊好。

我们沿着一片菜田的田埂绕出去，我知道那些菜田也是鹃姨的。又走了不远，有一个水塘，塘里有几只白鹅在游着水，塘边有几棵粗大的榕树，垂着一条条的气根，树下看起来是凉阴阴的。我们过去站了一会儿，鹃姨说：

"塘里养了吴郭鱼，你有兴趣可以来钓鱼。"

"这塘也是你的吗？"我问。

"是的。"

从塘边一绕过去，原来就是花圃的正门。阿德正踩在水车上面，把水车进花圃里去，看到我们，他挥挥手示意，继续踩着水车，两只大脚忙碌地一上一下工作着。鹃姨仰头看看他，招呼着说：

"差不多了，阿德！也休息一下吧！"

"就好了！"阿德说，仍然工作着，阳光在他赤裸的肩膀上反射。

回到了屋里，我解下草帽，在烈日下走了半天，我全身都是汗，连头发都湿漉漉地贴在额上，鹃姨却相反地没有一点汗，她望着我笑笑说：

"到底是城市里的孩子。"

我站到窗口去吹风，一面问：

"你请了多少人照顾花圃？"

"花圃？只有阿德。"

"他弄得很好嘛！"我说。

"主要因为他有兴趣，他——"鹃姨想说什么，看了我一眼又咽回去了，只说，"他的人很不错！"

太阳落山后，天边是一片绚丽的红色，还夹带着大块大块的玫瑰紫，美得出奇。我站在广场上，看阿花喂鸡；那只穷凶极恶的狗经过一天的时间，对我像是友善多了，但仍伏在牛栏前面，用一对怀疑的眼睛望着我。风吹在身上，凉爽而舒适。我望望前面的田野，和那片绿茵茵的竹林，不由自主地顺着午后鹃姨带我走的那条路走去。走进了竹林，我仰视着那不太高的竹子，听着风吹竹动的声音，感到内心出奇地宁静，端平的影子不再困扰我了。忽然，我孩子气地想数数这竹林内到底有几支竹子，于是我跳蹦着在每支竹子上碰一下，一面大声数着：

"一二三四五六七八……"

数着数着，我数到竹林那一头的出口处，猛然看到那儿挺立着一个人，我吓了一大跳，"哇"地叫了一声，才看出原来是阿德。他静静地立在那儿望着我，不知道已经望了多久，两条裸着的腿上全是泥，裤管卷得高高的，肩上扛着一根竹制的钓鱼竿，一手拎着个水桶，仍然戴着斗笠，赤裸着上身。我叫了一声之后，有点不好意思，他却全不在意地对我笑笑，笑得很友善，他有一张宽阔的嘴，和两排洁白的牙齿，他推推斗笠说：

"你数不清的，因为你会弄混，除非你在每数过的一支上做个记号。"

我为自己孩子气的举动发笑。我说：

"我不是安心数，只是好玩。"为了掩饰我的不好意思，我走过去看他的水桶，原来里面正"泼刺刺"地盛着四五条活生生的鱼。我叫着说："哪里来的？"

"塘里钓的。你要试试看吗？"他问。

"用什么做饵？"

"蚯蚓。"

我从心里翻胃，对肉虫子我一向不敢接近。

"明天我帮你弄。"他像是猜到了我的意思。

"蚯蚓并不可怕，想想看，虾还不是大肉虫子一个，你吃的时候也觉得肉麻吗？还有海参和黄鳝，你难道都不敢碰吗？"

我望望他，他的态度不像个乡下人，虽然那样一副野人样子，却在"野"之中透着一种文雅，是让人难以捉摸的。我和他再点点头，就越过他向塘边走去，他也自顾自地走了。好一会儿，我望着榕树在塘中投下的暗影，凝视那鱼儿呼吸时在水面冒的小气泡。不知不觉地，天已经黑了，阿花带着威利来找我，我才知道是吃晚饭的时间了。

走进饭厅，我不禁一怔。鹃姨正坐在饭桌上等我。使我发怔的并不是鹃姨，而是坐在同一桌上的那个年轻男人——阿德。我是费了点劲才认出他是阿德的。他已去掉了斗笠，显然还经过了一番刷洗，乌黑而浓密的头发，粗而直，像一个大棕刷子。棕刷子下是一张方方正正的脸，粗黑的眉毛带点野性，大而率直的眼睛却显得温雅。他穿上了一件洁白的衬衫和一条干净的西服裤，使他和白天好像完全换了一个人。我诧异地走到餐桌边，鹃姨说：

"散步散得好吗？"

"好。"我心不在焉地说，仍然奇怪地望着阿德，阿德大概被我看得不大舒服，眨眨眼睛说：

"还不吃饭吗？"

我坐下来吃饭。但是，下午三点钟才吃过午餐，现在一点都不饿，对着满桌肴馔，我毫无胃口，勉强填了一碗饭，就放下饭碗。阿德却狼吞虎咽地吃了四大碗，看得我直瞪眼睛。当我看到他吃完了第四碗，又塞下了三个大馒头，我代他都噎得慌，他却若无其事。

饭后，我在娟姨房里谈了一会儿家常，实在按捺不住自己的好奇，我说：

"阿德是怎么样一个人？"

鹃姨看了我一眼，笑着说：

"他引起你的好奇心了吗？"

"哦，他好像很——很怪。"

"是的，他确实是个怪人。"鹃姨说，"他是台大植物病虫害系毕业的学生。"

"什么？"我叫了起来，"他是个大学生吗？"

"不像吗？"鹃姨问我。

"哦——我只是没有想到。"

"三年前我登报征求一个懂得花卉的人，帮我培植花圃，他应征而来。"鹃姨说，"他对植物有兴趣，久已想有个机会做些研究工作，我留下了他，以为他不会干久的，谁知他却安分守己地做了下来，而且，还帮我做许多粗事。他从不知疲倦，好像生来是为工作而活着的。"

"他没有亲人吗？"

"没有。他是只身来台。"

"他是北方人吗？"

"山东。"

怪不得他有那么结实的身体！我思索着说：

"他为什么愿意在这荒僻的地方待这么久呢？鹃姨，我猜他一定受过什么打击，例如失恋，就逃避到乡下来，为了治愈他的创伤。或者他有什么不得已的苦衷，或者是——"我灵机一动说，"或者他犯了什么法，就在这儿躲起来……"

鹃姨"扑哧"一笑，用手摸摸我的头说：

"小堇，你小说看得太多了，幻想力太丰富。告诉你，阿德是一个天下最单纯的人，单纯得没有一丝一毫人的欲望，因此他反而和人处不来，而宁可与花草为伍了。就这么简单，你千万别胡思乱想。"

这天夜里，我睡不着，倚窗而立，凝视着天光下的广场，我感到虽然下乡才一天，却好像已经好多天了。我又想起端平，他现在在做什么？手表上指着十点钟，在乡间，这时间好像已是深更半夜了，城市里现在正灯火辉煌，人们还在熙熙攘攘地追求欢乐呢！端平会不会正拥着一个女孩子，在舞厅里跳热门的扭扭舞？

我的思想正萦绕在端平和扭扭舞之中，忽然，破空传来一阵清越而悠扬的箫声，我心神一震。这袅袅绵绵的箫声那样清晰婉转，那样超俗雅致，把我满脑子的杂念胡思都涤清了。我感到心中一片空茫，除了倾听这箫声之外，什么都没有了。

三

不知不觉地，我下乡已经一星期了。

这天，我起了个绝早，时间才五点钟，窗外曙色朦胧。我提了一个篮子走出房间，想到花圃去采一些新鲜的花来插瓶。走进花园，园门是敞着的，我一眼就看到阿德正在工作，他采了大批的花，放在三轮板车上，看到了我，他愉快地说：

"早，小姐。"

"你在做什么？"我奇怪地问。

"运到高雄去呀！"

"卖吗？"我问。

"有固定的花房向我们订货，每天早上运去。"

"哦，你每天都起这么早吗？"我问。

"是的。"

"运到高雄要走多久？"

"一个多小时。"

惭愧，想必每天我起床的时间，他都早在高雄交货了。原来这板车是用来运花的。他望着我的篮子说：

"要花？"

"我想随便采一点。"

他递给我一束剑兰，说：

"这花插瓶最漂亮。"

我把那束剑兰放在篮子里，然后走开去采了些玫瑰和一串红。阿德也继续他的工作。我采够了，挽着篮子走回到阿德旁边，望着他熟练地剪着花枝。忽然，我想起一件事，问：

"阿德，为什么昨天夜里没有吹箫？"

他看看我，笑笑：

"不为什么，"他说，"吹箫只是好玩而已，但也有条件。"

"条件？"我不解地问。

"别吹得太高亢，别吹得太凄凉，"他说，"还有，在无月无星的夜晚，别吹！"

"为什么？"他的话引起了我的兴趣，我把花篮抱在怀里问。

"太高亢则不抑扬，太凄凉则流于诉怨，都失去吹箫的养情怡性的目的。至于月光下吹箫，我只是喜爱那种情致。张潮在《论声》那篇文章里说：春听鸟声，夏听蝉声，秋听虫声，冬听雪声，白昼听棋声，月下听箫声，山中听松声，方不虚此生耳。所以，月下才是该吹箫的时候。"

我凝视他那张方方正正的脸，和结实而多毛的手臂，未曾料到这外表粗犷的人也有细致的一面。

"你很奇怪。"我深思地望着他说。

"是吗？"他不经意似的说，把一大捆玫瑰花移到车上，又抬头望望我说，"你知道你这个样子像什么？"他指指我怀里的花篮。

"像什么？"

"一个卖花女！"

"哦？"我笑笑，从篮里拿出一枝玫瑰，举在手里学着卖花女的声音说，"要吗，先生？一块钱一朵！"

"好贵！"他耸耸鼻子，样子很滑稽，像一头大猩猩，"我这车上的一大捆，卖给花店才二十元呢！"

我笑了，突然想起刘大白那首《卖花女》的诗，我说：

"你知道刘大白的诗吗？"

"不知道。"

"有一首《卖花女》，我念给你听！"于是我念：

春寒料峭，

女郎窈窕，

一声叫破春城晓；

花儿真好，

价儿真巧，

春光贱卖凭人要！

东家嫌少，

西家嫌小，

楼头娇骂嫌迟了！

春风潦草，

花儿懊恼，

明朝又叹飘零草！

江南春早，

江南花好，

卖花声里春眠觉；

杏花红了，

梨花白了，

街头巷底声声叫。

浓妆也要，

淡妆也要，

金钱买得春多少。

买花人笑，

卖花人恼，

红颜一例和春老。

　　我念完了。我看到他抱着手臂站在车子旁边，静静地望着我，他的眼睛里有一种领悟和感动，过了好久，他长长地透了口气说：

　　"一首好诗！好一句'春光贱卖凭人要'！"他俯头看看车里堆着的花束，又看看我，看看我的花篮，摇摇头说，"'红颜一例和春老'！太凄苦了！台湾，花不会跟着春天凋零的！"说完，他突然想起什么似的说："糟了！今天一定太迟了！"说着，他对我摆摆手，把板车抬出花圃，弄到广场上。我偎着篱笆门，目送他踏着车子走远了，才转身关上篱笆门。我的鞋子已被露水湿透了。

　　提着花篮，我缓缓地走进我的房间。才跨进房门，我就看到鹃姨正坐在我的床沿上凝思，我的棉被已折好了，想必是鹃姨折的，这使我脸红。鹃姨坐在那儿，沉思得那么出神，以致没有听到我的脚步声，她手中握着我的一件衬衫（我总是喜欢把换下的衣服乱扔），眼睛定定地望着那衬衣领上绣的小花。我站在门边，轻轻地"嗨"了一声，她迅速地抬起头来望着我，一瞬间，她那美丽的大眼睛中浮起一个困惑而迷离的表情，然后，她喃喃地说：

"小堇！"

我对她微笑。

"鹃姨，你在做什么？"我问，一面想走到她身边去，但她很快地举起一只手阻止我前进，说：

"站住，小堇，让我看看你！"

我站住，鹃姨以一对热烈的眼睛望着我，然后她轻轻地走近我，突然把我的头揽在她怀里，紧紧地拥了我一下说：

"哦，小堇，你长得这好，如果你是我的孩子就好了！"

不知怎么，我觉得她的声音中有些颤抖，我怜悯起她来了，可怜的鹃姨，她孤独得太久了。她到底只是一个平常的女人，在花与田地的乡间，她能得到多少慰藉呢？我用面颊摩擦她那浆得硬挺的粗布衣服，她身上有种使人亲切的肥皂香。我说：

"鹃姨，离开乡下，到台北来和我们一起住吧！"

她用手抚摸我的头、我的脖子，然后放开我，对我笑笑。她的笑容看起来怪凄苦的，她摇摇头说：

"我不喜欢城市。"

说完，她拾起我要洗的衣服走向门口，到门口她又回过头来，愉快地说：

"小堇，今天给你杀了只鸡，等下多吃几碗饭！"

我笑笑，鹃姨走了，我开始把花拿出来，忙着剪枝，插瓶。

中午时分，一个骑着摩托车的绿衣邮差从黄土路上飞驰而来，我正和鹃姨倚门而立，看阿德制服一条突然发怒的公牛，那公牛险些把他掀倒在地上，但他终于捆住了它，那牛被绑在大柱子上，还不住地在地下踢足，嘴里冒着白沫子。邮差的车声把我们的注意力全吸引过去了，鹃姨接过了信，看看封面，递给我说：

　　"小堇，是你的信！"

　　我一看封面，心就狂跳了起来，那是端平的字迹，我抢过信封，把它贴在胸口，顾不得鹃姨怀疑的目光，也顾不得掩饰我的激动情绪。我冲进了我的卧室，"砰"的一声把门关上，立即拆开了信封，倒在床上细看。

　　这是一封缠绵细腻的情书，一上来，他责备我的不告而别，说是"害苦了他"，然后他告诉我他怎样用一副乒乓球拍子贿赂小弟说出我的地址，他说找不到我，他干什么都无情无绪了，最后他写：

　　　　乡间有什么东西吸引你待那么久？赶快回台北
　　来吧，我有一大堆计划等着你来实行，别让我望眼
　　欲穿！

　　看完了信，我心中痒痒的，恨不得马上回台北。门外有人敲门，我慌忙把信塞到枕头底下，起来打开门，鹃姨含笑地站在门外说：

　　"谁来的信？男朋友吗？"

我的脸发热，掩饰地说：

"不是。"

鹃姨也没有追问，只说：

"来吃饭吧！"

这天，我是食不知味了，那只特为我杀的鸡也淡然无味。整天我都心魂不定，神不守舍。我想立即整装回台北，又觉得对此地有点茫然的依恋，不知道是鹃姨的寂寞使我无法邃别，还是花圃的花儿使我留恋，反正，我有些去留不定。晚上，我终于忍耐不住，对鹃姨说：

"鹃姨，我想明天回台北去了。"

鹃姨正在梳头，听到我的话，她的梳子猝然掉到地上。她愣了愣，拾起了梳子，转过身来望着我，呆呆地说：

"小董，是鹃姨招待得不好吗？"

我大为不安，咬了咬嘴唇说：

"不是的，鹃姨，只是我有一点想家。"

鹃姨对我走过来，把手按在我的肩膀上，她的眼睛并不望我，却直视着窗外，眼睛显得空空洞洞的。她用一种特殊的声调说：

"小董，你家里的人拥有了你二十年，你竟不能多分几天给我吗？小董，伴着我生活很乏味是不是？明天让阿德陪你到高雄玩一天，大贝湖、西子湾……都蛮好玩的，只是多留几天吧。"

我抱住她的腰，紧紧地偎着她，叫着说：

"哦，鹃姨，我很爱这儿！我一定留下来，直到暑假过完！"

四

　　月光，好得使人无法入睡，整个广场清晰得如同白昼，那缕箫声若断若续地传来，撩人遐思。我悄悄地打开门，轻轻地溜到门外，我只穿了一件睡袍，脚上是从台北带来的绣花拖鞋。循着箫声，我向花圃走去，风吹在我裸露的手臂上，凉丝丝的，却使人分外清爽。

　　花圃的篱笆门半掩半合，我闪身入内，跟踪着箫声向前走，猛然间，箫声戛然而止，我看到阿德正躺在一片金盏花边的草地上，用一对炯炯发亮的眸子盯着我。我站定，对他笑笑。他坐起身来，粗鲁地说：

　　"你跑到这儿来做什么？黑漆漆的，不怕给蛇咬一口？"

　　"你不怕蛇，我为什么要怕蛇？"我说，想在草地上坐下去。

　　"别坐！草上都是露水！"他说。

　　"你能坐我也能坐！"我坐了下去，事实上，我的拖鞋早被露水浸透，睡袍的下摆也湿了一截。他拦住我，脱下了他的衬衫铺在地上，让我坐。我说：

　　"你不冷吗？"

　　他耸耸肩，算是答复。

　　我坐在他身边，从他手里拿过那支箫来，这是用一管竹子自制的，手工十分粗糙，没想到这样一根粗制滥造的箫竟能发出那么柔美的声音！我用手抱住膝，好奇地望着阿德那张黝黑而缺乏表情的脸，静静地说：

"阿德，把你的故事讲给我听！"

"我的故事？"他愣愣地说，"我的什么故事？"

"你别瞒我，"我说，"你骗得了鹃姨，骗不了我，你为什么甘愿到这乡下来做一个花匠？好好的大学毕业生，你可以找到比这个好十倍的工作！到底为什么？一个女孩子吗？"

他望着我，眼光是研究性的，发生兴趣的。然后，他摇摇头说：

"什么都不为，没有女孩子，没有任何原因。"

"我不信。"

"不信？"他笑笑，"不信也得信，我只是喜欢花，喜欢植物，喜欢自然。我讨厌都市的百相，讨厌钻营谋求，讨厌钩心斗角！和花草在一起，使人变得简单，我就爱这种简单。"

我摇头。

"一般青年不是这样的，"我说，"如果你真如你说的原因，那么你太反常了。现在的人都是大学毕了业就想往外面跑，到纽约、到伦敦、到巴黎……到世界的繁荣中心去，没有人是像你这样往台湾的乡野里跑的。"

"你也是那些青年中的一个吗？"他在月光下审视我。月色把一切都涂成了银白色，我们在月光下可以彼此看得很清楚，"你的梦想也是出去？"

"出去未尝不是一条路，台湾地方小，人口越来越多，大学生多如过江之鲫，青年无法发展，自然就会往外面跑，何况欧美的物质文明毕竟是我们所向往的。不过，你要我为出去奔走、钻营，我是不干的，我只是想……"

"想什么？"他问，微微地眯起了眼睛。

"结婚，生孩子。"不知是什么力量，使我坦率地说出了心底最不为人知的一份秘密。在阿德面前，我好像不需要伪装，可是在别人面前，我一定要把这可笑而平凡的念头藏起来，去说一些堂而皇之的大计划。"结婚，生孩子。"我重复了一遍，用手去拔地下的杂草，"和一个相爱的人共同生活，拥有一堆淘气的小娃娃，越淘气越好。"我笑了，"那么，生活在什么地方都一样，台湾也好，外面也好。"

"有对象了吗？"他问。

"对象？"我想起端平，那温文的面貌和乌黑深邃的眼睛，心底一阵燥热。接着，我发现什么地叫了起来："哦，我在问你的故事，倒变成你在问我了，告诉我，阿德，你没有恋爱过吗？"

"没有。"他肯定地说，"跟你说吧，我有个木讷的大毛病，在学校读书的时候，同学们给我起一个外号，叫我红萝卜。"

"红萝卜？为什么？因为你皮肤红吗？"确实，他的皮肤是红褐色的。

"不止于此，主要，我不能见女孩子，我和女同学说话就脸红，女同学见到我就发笑，我也不知她们笑些什么。结果，一看到女同学我就逃走。"

我大笑了起来，笑得好开心。他继续说：

"更糟的是，我变成了女同学们取笑的目标，看到我，她们就叫我来，乱七八糟问我些怪问题，看着我的窘态发笑。继而男同学也拿我寻开心。我真恨透了那些人，恨透了和人接触，我怕见人，怕谈话，怕交际，怕应酬。于是，受完军训后，我就选择了这个与植物和自然生活在一起的工作。从此，我才算是从人与人的桎梏中解脱出来。"

我不笑了，抱住膝望着他说：

"可是，阿德，我觉得你很会说话！"

"是吗？"他似乎轻微地震动了一下。

我没有再说话，我们都沉默了一会儿，然后我问：

"你每天晚上都在花圃里吗？"

"是的，我喜欢躺在这草地上。"

"做些什么呢？"

"不做什么，只是……"他停顿了一下，轻轻说，"听花草间的谈话。"

"什么？"我叫，"花草怎会谈话？"

"会的。"他说，"花有花的言语，如果你静静听，你会听到的。"

"绝不可能！"我说。

"试试看！"他微笑地说，"别说话，静静地坐一会儿，看你能听到什么？"

我不说话，我们静静地坐着，我侧耳倾听，远处有几声低低的鸟鸣，近处有夜风掠过草原的声音，不知是哪儿传来模糊的两声狗吠，草间还有几声蛐蛐的彼此呼唤声。夜，真正地倾听起来却并不寂静，我听到许多种不同的声音，但是，我没有听到所谓的花语！

"怎么？你没听到什么吗？"他问。

"没有！"我皱皱眉说。

"你没听到金盏花在夸赞玫瑰的美丽？日日春在赞扬露珠的清新，大蜀葵在歌唱着《月光曲》，紫菀在和番红花交友，木棒和吊灯花倾谈，还有变色草正在那儿对蒲公英诉相思哩！"

我"扑哧"一声笑了起来，他的嘴角也挂着笑，眼睛亮晶晶地闪着光，我说：

"一个好游戏！没想到这些花儿正如此忙碌着！现在，我也听到了。常春藤在向茑萝吟诗，喇叭花正和紫薇辩论，大理花正把露珠穿成项圈，送给蔷薇小姐呢！"

我们都笑了。夜凉如水，一阵风掠过，我连打了两个喷嚏。他说：

"你该回去了，当心着凉。"

确实，夜已相当深了，月儿已经西移，花影从西边移到东边了。我不胜依依地站起身来，懒洋洋地伸个懒腰。多么神奇而美好的夜呀！多么有趣的花语！阿德拾起了他铺在地下的衬衫，说：

"我送你回去，小心点走，别滑了脚！"

我踩踩脚，湿透的拖鞋冷冰冰的，冷气从脚心向上冒。没想到乡间的夜竟如此凉飕飕的。我领先向花圃外面走，走得很慢很慢，不住停下来去欣赏一朵花的姿势，和一片叶子的角度。阿德跟在我后面，也慢慢吞吞地走着，一面走，一面不知在沉思着什么。

我走到竹篱门口，脚下颠踬了一下，身子从篱门边擦过去，手臂上顿时感到一阵刺痛，不禁惊呼了一声。阿德对我冲过来，抓住我的手臂问：

"怎么样？什么东西？"

他的手大而有力，握住我的手臂就使我本能地痉挛了一下。我望望我受伤的手，月光下有一条清楚的血痕，是篱笆门上的铁丝刮的，我用手指按在伤口上说：

"没关系，在铁丝上划了条口子。"

"让我看看！"他用命令似的口吻说，把我的手指拉开审视那小小的创口。然后，他的眼睛从我的伤口上移到我的脸上，轻轻说：

"回房去就上点药，当心铁锈里有破伤风菌。"

一切变化就在这一刹那间来临了，他没有放松我的手，他的眼睛紧盯着我的脸，那对眸子在我眼前放大，那么黑，那么亮，那么带着烧灼般的热力。一种窒息的感觉由我心底上升，他那有力的手指握住我的手臂，带着充分的男性的压力。我迷糊了，恍惚了，月光染在他脸上，幻发了奇异的色彩，玫瑰花浓郁的香气使我头脑昏然。我陷进了朦胧状态，我看到他的脸对我俯近，我闻到他身上那种男性的汗和草的气息。于是，我的脸迎了上去，我的手臂抱住了他的腰，我始终不知道是他的主动，还是我的主动。但是，我们的嘴唇相合了。

这一吻在我仓促的醒觉中分开，我惊惶地抬起头来，立即张皇失措，我不知道自己怎么会和他接吻。在我惊惶的眼光下，他看起来和我同样地狼狈，我微张着嘴，似乎想解释什么，却又无从解释，我略一迟疑，就掉转了头，向广场跑去，一直跑到我的房内，关上房门，才喘了口气。注视着窗外月光下的原野，我只能把这忘形一吻的责任，归咎于月光和花气了。

这一夜，我失眠了。我一直想不透这一吻是怎样发生的，和为什么会发生的。当然，我并没有爱上阿德，这是不可能的！我爱的是端平，我一直爱的就是端平。可是，我竟会糊里糊涂地和阿德接吻。如果阿德以为我这一吻就代表我爱他的话，我该怎么办呢？我该如何向他解释，这一吻是因为花和月光？这理由似乎不太充足，但是事实是如此的！我心目里只有一个端平，我始终以为我的初吻是属于端平的，没料到这粗黑而鲁莽的阿德竟莫名其妙地抢先了一步！

我既懊丧又愧悔，伸手到枕头底下，我想去拿端平最近寄来的两封信，可是，我的手摸了一个空，枕头下什么都没有！我记得清清楚楚是把信放在枕头下的，怎么会突然失踪了？难道是阿花给我换被单时拿走了吗？不，今天根本没换被单，中午这两封信还在的，我睡午觉时还看过一遍，那么谁取走了它们？为什么？

早上，我醒得很晚，阿德已到高雄送货去了。中午，阿德说水车又出了毛病，为了修水车，没有和我们共进午餐，下午，我到花圃去找他，我必须跟他说明白，那一吻是错误的，我绝没有"爱上他"。因为他是个实心眼的人，我不愿让他以后误会我。整个花圃中没有他的影子，菜田里也没有，在外面瞎找了一遍，塘边、竹林里都没有，我回到房里，鹃姨正坐在我的床上发呆。

"鹃姨。"我叫。

"不睡睡午觉？大太阳底下跑什么？又不戴草帽！你看脸晒得那么红！"鹃姨以一种慈爱而又埋怨的声音说。

"我随便走走。"我说，无聊地翻弄枕头，枕下却赫然躺着我那两封信。我看了鹃姨一眼，没说什么，不动声色地把枕头放平，我不懂鹃姨要偷看端平的信做什么！

黄昏的时候，我在水井边看到阿德，他正裸着上身，浑身泥泞，从井里提水上来，就地对着脚冲洗。我走过去，他看到我，呆了一呆，表情十分不自然，又俯身去洗脚，我把握着机会说：

"阿德！"

"嗯。"他头也不抬地哼了一声。

"昨天晚上，"我吞吞吐吐地说，"你别当作一回事，我……根本……莫名其妙，那月光……你懂吗？"

他迅速地抬起头来，他的脸已经涨得通红，他的眼睛恶狠狠地盯着我，恼怒地说：

"你根本用不着解释，昨晚你的表情已经向我说明一切了！这事是我不好，别提了吧，就当没发生过！"他的语气像在生气，脸更红了，脖子上的筋在起伏。说完，他把水桶用力往井中一送，"稀里哗啦"地提上一大桶水，泄愤似的对场中泼去，泄完，他头也不回地走了。奇怪，看着他这粗犷的举动，我反而对他生出一种特殊的感情。我知道我已伤了他的自尊，尤其是这一番多此一举的笨拙的说明，事实上，他已整天在躲避着我，显然他是明白一切的，我又何必再去刺他一刀呢！

看样子，我的乡居生活是应该结束了。

五

午后，我到鹃姨房里去。

鹃姨不在房内，我坐在她书桌前等她，等了一会儿，仍然没有看到她。我伸手在桌上的一排书里随意抽了一本，是本《红楼梦》。我无聊地翻弄着，却从里面掉出一封信来，我拾起来一看，信封上的字迹显然是妈妈的，妈妈写给鹃姨的信，大概是我来此以前写的吧。纯粹出于无聊，我抽出了信笺，看到了以下的一封信：

鹃妹：

　　你的信我收到了，关于小菫这孩子，我想仔细和你谈一谈。

　　去年过年时你到台北来也见到了，小菫不但已经长大成人，而且宛似你当年的模样，举动笑语之间，活似你！有时，我面对着她，就好像看到的是你年轻的时代。她不但相貌像你，而且，那份任性的脾气，和满脑子稀奇古怪的幻想，都和你当年一样。这些，还都不让我担心，现在最使我不安的，是她的感情。鹃妹，我想你明白我的意思。我不能再让她步你的后辙！

回想起来，我帮你抚养小董，已经整整二十年了。二十年来，孩子叫我妈妈，我也支付了一份母亲的感情，相信并不低于你这个生身母亲。因此，对她的一切，我观察得极清楚，也就极不安，我只有问问你的意见了。

去年冬天，小董结识了一个名叫梅端平的年轻人，几乎立即就陷入了情网。关于端平这个孩子，我只用几个字来描写，你就会了解，那是个极漂亮、极诙谐而又带点儿玩世不恭味儿的年轻人。底子可能不坏，但是，社会已把他教滑了。我目睹他如何用些小手腕就把小董弄得颠三倒四，又如何若即若离地逗弄她，就像一只小猫逗弄它所捕获的老鼠一般。小董，和你以前一样，是太忠厚，是太单纯，太没有心机的孩子，固执起来却像一头牛。而今，显而易见，她对端平已一往情深，如果端平对小董有诚意，则也未为不可。但，据我观察，端平和你以前轻易失身的那个男人一样，只是玩玩而已！这就是让我心惊胆战的地方，小董正是阅世不深，还没有到辨别是非善恶的时候，却又自以为已成长，已成熟，已无所不知，无所不晓，这是个最危险的年龄，大人的话她已不能接受，认为是"老古董"，自己的思想又没有成熟。我眼看她危危险险地摸索着向前走，真提心吊胆。每次她和端平出游，我就要捏一把冷汗，生怕她再做第二个你，可是，却无力把她从那个漂亮的男孩子手里救出来！何况，我也承认那男孩子确有吸引人的地方，尤其是对小董这种年轻的女孩子而言。小董还没有到能"欣赏"人的深度的时候，她只能欣赏浮面的，而浮面却多么不可靠！

所以，鹃妹，你自己想想看该如何办，小董到底是你的女儿！我建议你把她接到乡下去住几个月，趁这个暑假，让她换换环境，你再相机行事，给她一点忠告，看能不能把她挽救过来！不过，鹃妹，事情要做得不落痕迹，你千万不要泄了底，少女的自尊心比什么都重要，如果她知道她是你和一个男人的私生女，我不知道后果会如何。切记切记！

还有，你一再夸赞的在你花圃中工作的那个男孩子到底怎样？如果你真中意，而且看准了，不妨也借此机会撮合他们！但是，还是一句老话，要做得"不落痕迹"！

好了，我等你的回信。

即祝好

姐　鹃上　十一月×日

我把信笺放在膝上，呆呆地坐着，足足有五分钟，我无法思想，也无法行动。然后，我的意识一恢复，就感到像被人用乱刀砍过，全心全身都痛楚起来！我握紧那信笺，从椅子里摇摇晃晃地站起来。我明白，为什么我长得和弟弟妹妹不一样？为什么鹃姨特别喜欢我？我是她的女儿，她的私生女！而我这次南下行动全是她们预先安排好的，为了——对了，为了拆散我和端平！我头中昏然，胸中胀痛，眼睛模糊，全身都燃烧着一种要爆炸似的反叛性的怒火。

就在这时，鹃姨走进来了，跟在她身后的还有阿德，他们仿佛在讨论账目问题。一看到我，鹃姨笑着说：

"小堇，阿德明天要去高雄收账，我看你干脆跟他到高雄去玩一天吧！"

来了！这大概也是计划中的！我寂然不动地站着，信纸还握在我手中，我死死地盯着鹃姨的脸，鹃姨的嘴巴张开了，脸容变色了，她紧张地说：

"小堇！有什么事？你不舒服吗？"

我举起了那两张信笺，哑声说：

"告诉我，这不是真的！这上面所写的全是谎话！告诉我！这不是真的！"

看到了那两张信纸，鹃姨的脸一下子就变得惨白了，她举起手来，想说什么，终于又垂下手去，只喃喃吐出了几个字：

"哦，老天哪！"

她闭上眼睛，摇摇晃晃地倒进一张椅子里，我冲了过去，摇撼着她，发狂似的叫着说：

"这不是真的！你告诉我这不是真的！这全是假话！假话！假话！我不是你的女儿！不是！不是！不是！"我拼命摇她，泪水流了我一脸，我不停地叫着说，"我不是你的女儿！我不是的！这都是骗人的！我不是！"

鹃姨挣扎着抓住了我的手，她的手指冷得像冰，但她拍着我的手背，试着让我安静。她用一种苍凉的声音说：

"告诉你那是真的！小堇，我是你的母亲！"

"你不是！"我大叫，痛哭起来，"你撒谎！你骗我！你不是！你没有女儿，你根本就没孩子！你说过的！你根本就没孩子！你说过的！你们骗我到乡下来！你们设计陷害我！你们只是要拆散我和端平！"我泣不成声，仍然神经质地大叫着："你们全是些阴谋家！只是要拆散我和端平，你把我骗到乡下来，不放我回去，现在又胡说八道说你是我母亲，都是鬼话！我不信你！我一个字也不信你！你不会是我母亲，我也不要你！我不要，我不要！"我力竭声嘶，扑在鹃姨身上，又摇她又推她，把眼泪鼻涕弄了她一身。随着我的喊叫，鹃姨的脸色是越来越白，眼睛也越睁越大。我仍然狂叫不停，我诅咒她，骂她，责备她。忽然，一只手抓住了我的衣领，我像老鹰捉小鸡似的被提开到一边，我回头看，是阿德！他冷静地说：

"你不应该讲这些话！你要使她昏倒了！"

我看着阿德，所有的怒火又转变了发泄的对象，我跳着脚大骂起来：

"你是什么人？你管我？我知道了，你也是一份！你也参加了这个阴谋！你们全合起来陷害我！阿德！怪不得那天晚上你敢吻我，原来你有鹃姨做后盾！你们串通一气来算计我！你们！"

我这一棍立刻把阿德打昏了，他寒着一张脸喊问：

"你说些什么鬼话？什么阴谋？"

我一跺脚，向室外冲去，鹃姨大叫：

"小堇！别走！"

"我要回台北去！"我哭着喊，"我马上回台北去！我不要在这里再停一秒钟！"

我冲进我的房内，一面哭，一面把衣服胡乱地塞进旅行袋内。阿花在门口伸脖子，却不敢走进来。提着旅行袋，我哭着走出房门，哭着走到那黄土路上。烈日晒着我，我忘了拿草帽，汗和泪混成一片。我一面走，一面颠踬，头越来越昏，口越来越干，心越来越痛。一块石头绊了我一下，我差点儿栽到路边的田里去。拖着那旅行袋，我步履蹒跚，神志昏乱。终于，我跌坐在路边的草丛中，用手托住要裂开似的头颅，闭上眼睛休息，我慢慢地冷静了一些，慢慢地又能运用思想了。我开始再回味妈妈的那封信，痛楚的感觉就更深了，还不只是发现了我自己那不名誉的身世，更由于妈妈所分析的端平，这使我认清始终就是我在单恋端平，他没有爱上我，只是要和我玩玩。我知道这是真的，但我不愿意承认这是真的，这事实像一把刀，把我的自尊心砍了成千成万的伤口。我就这样茫然地坐在路边，茫然地想着我的悲哀，直到一阵狗吠声打断了我的思潮。

威利对我跑了过来，立即往我身上扑，嗅我，在我身上揉擦它的头。我寂然不动，然后，我看到板车的车轮停在我的面前，我抬起头，阿德正跨在车座上，他跳下车来，一个水壶的壶口送到了我的嘴边，我机械化地张开嘴，一气喝下了半壶。然后，我接触到阿德冷静而严肃的眼睛，他说：

　　"上车来！你的草帽在车上，我立刻送你到车站去！"

　　我站起身，爬上了板车，他站在车边望着我，手扶在车把上，好半天，他说：

　　"再想想看，你真要回台北去？"

　　"唔。"我哼了一声。他继续望着我，静静地说：

　　"你来的前一天夜里，半夜三更一个电报，李太太就把所有的人都吵醒，给你整理房间，我从没有看到她那么紧张过，搬床搬东西，一直闹了大半夜，因此，我在车站一看到你，就猜到你是她的亲生女儿，你长得和她一模一样。"

　　我咬紧嘴唇不说话，他停了一下，又说："还有一件事要告诉你，我没有参加任何阴谋，那晚花圃里的事我向你道歉，我对你来此的事及原因毫不知情，你可以相信我！"

　　我仍然没有说话，他跨上车，说：

　　"好，我们到车站去吧！"

　　板车向车站的方向走去，我呆呆地坐在车上，一任车子向前进行，一面望着那跟着车子奔跑的威利。车站遥遥在望了，我已望到那小镇街道上的青色的建筑，我咬住嘴唇，越咬越紧，我的手心里淌着汗。终于我跳起来，拍着阿德的肩膀说：

"阿德，折回去！快！"

阿德回头望了我一眼，车子猛然刹住，他下了车，凝望我，他那严肃的眼睛中逐渐充满了微笑和温情，他的浓眉向上抬，眉峰微蹙，然后，伸出手来，亲切地摸摸我的手背，说：

"我遵命，小姐。"

车子迅速地掉转了头，向农场驰去，速度比以前快了一倍，威利摇着尾巴，在后面猛追。车子戛然一声停在广场上，我跳下车，对鹃姨的房内冲去，鹃姨已迎到门口，用一对不信任的大眼睛望着我，脸色白得像一尊石膏像，我扑过去，叫了一声："鹃姨！"就一把抱住了她的腰，把头往她的胸前乱钻，泪水汹涌而出。她的手颤抖地搂住了我的头，喃喃地喊：

"小堇！小堇！小堇！"

我哭着，揉着，叫着，最后，我平静了。但，仍然不肯把头从她怀里抬起来，那浆得硬挺的粗布衣服，那股淡淡的肥皂香，是多么亲切，多么好闻！

这天夜里，我在花圃中找到了阿德，他正仰天躺在那金盏花边的草地上，我跪在他身边，怯怯地喊：

"阿德。"

"嗯？"

"你在干什么？"

"不干什么。"他说，"想辞职了。"

"为什么？"

"不为什么。"

"我知道你是为什么。"我说，"阿德，我并不是真的以为你参加了阴谋……"

"别提了。"他不耐地打断我，从草地上坐起来。

"可是，阿德……"我望着他，那方方正正并不漂亮的脸，那粗黑的眉毛和阔大的嘴……猛然间，我向他靠过去，我的手抓住了他的肩膀，"别走，阿德，"我说，"陪我，我们一起听花语。"

他望住我，然后，他的一只手揽住了我的腰，他的声音在我耳边轻轻地响着：

"你过得惯乡下的生活？那是简单得很的。"

"我知道。"

花儿又开始说话了，我听到了。金盏花在夸赞玫瑰的美丽，日日春在赞扬露珠的清新，大蜀葵在歌唱着《月光曲》，紫菀在和番红花交友，木槿和吊灯花倾谈，还有变色草正在那儿对蒲公英诉相思……

"阿德，"我突然想起一件事，"你姓什么，你的全名叫什么？"

他发出一串轻笑。

"这很重要吗？"他问。

"不，不很重要。"我说，"反正你是你。"

黑痣

　　若青坐在那儿，像骑马似的跨在椅子上，下巴放在椅背上。她的眼睛静静地凝视着他脸上的某一点，手指机械地拨弄着放在桌上的钢笔。朱沂看了她一眼，禁不住提高了声音，并且警告似的把课本在桌上碰出一声响来，她仿佛吃了一惊，懒洋洋地把眼光调回到课本上。午后的阳光透过了玻璃窗，在桌上投下了两道金黄的光线。

　　"假如我们在赌钱，"朱沂疲倦地提高了声音，"我们有四粒骰子，每粒骰子有六面，也就是说，有六个不同的数位，从一到六，对不对？现在我们掷一下，可能会掷出多少不同的情形？这个演算法是这样，第一粒骰子的可能性有六种……"

　　若青突然笑了起来，这笑声使朱沂吓了一跳，他抬起头来，实在想不出自己的讲解有什么使人发笑的地方。他望着若青，后者的睫毛飞舞着，微笑地看着他，黑眼睛显得颇有生气，那股懒洋洋的劲儿已消失了，她天真地说：

"你耳朵下面有一颗黑痣，像一只黑蚂蚁。"

朱沂叹口气，坐正了身子，望着若青的脸说：

"若青，你到底有没有心听书？我猜我讲了半天，你根本一个字都没有听进去！假如你不想听的话，我看我们就不要讲算了……"

"哦。"若青吸了口气，眼睛张得大大的，像个受惊的小兔子，"我'努力'在听嘛！"她说，特别强调"努力"那两个字。

"好，"朱沂说，"那么我刚才在讲什么？"

"你在讲，在讲……"她的眼光逃避地在桌上巡视着，似乎想找一个可以遁形的地方。忽然，她抓住了一线灵感，抬起了头，眉飞色舞地说："你在讲赌钱！"

朱沂望着她那满布着胜利神色的脸，有点儿啼笑皆非，他下定决心不让自己被那天真的神情所软化，努力使自己的脸色显得严肃而不妥协。"赌钱？我为什么要讲到赌钱呢？"他继续问。

"这个……"她的眼光又调到桌子上去了，一面悄悄地从睫毛下窥视他，等到看出他没有丝毫放松的样子，她就摇摇头说，"我怎么知道嘛！"然后，长睫毛垂下了，嘴巴翘了翘，低低地说，"你那么凶巴巴的干什么？"

朱沂想不出自己怎么"凶巴巴"了，但，看若青那副委委屈屈、可怜兮兮的样子，他也觉得自己一定很"凶巴巴"了。他叹了口气，无可奈何地把课本翻回头，忍耐地说：

"好吧，让我们再从头开始，你要仔细听，考不上大学可不是我的事！现在，先讲什么叫排列组合……"

若青把身子移了移，勉勉强强地望着课本，一面用钢笔在草稿纸上乱画着。朱沂看着她那骤然阴沉的脸庞，显得那么悲哀，所有的生气都跑走了。他几乎可以断定她仍然不会听进去的，但他只有讲下去，如果不是为了康伯伯的面子，如果不是因为若青是他看着长大的，他才不会肯给这么毫不用功的女孩子补习呢！十七岁，还只是小女孩呢，考大学是太早了一些，这还是个躺在树荫下捉迷藏的年龄呢！朱沂想起第一次见到若青，那是十年前的事了，他那时刚刚考上大学，而若青还是个梳着两条小辫子，坐在门前台阶上唱"黄包车，跑得快，上面坐个老太太……"的小娃娃，而现在，她居然也考起大学来了！时间真是个不可思议的东西。

"从十个球里，任意取出三个来排列……"朱沂不能不提高声音，因为若青的心思又不知道飘到哪儿去了，她的眼睛在他脸上搜寻着，仿佛在找寻新的痣似的。朱沂心中在暗暗诅咒，这么美好的下午，如果不是为了这个鬼丫头，他一定约美琴出去玩了。现在他却在这儿活受罪，而美琴是不甘寂寞的，说不定又和哪个男孩子去约会了。想到这儿，他觉得浑身像爬满小虫子似的，从头发到脚底都不自在。正好一眼看到若青在纸上乱涂，他不禁大声说：

"你在鬼画些什么？"

若青吓得跳了起来，钢笔掉到地下去了。她惶惑地望着朱沂，像作弊的小学生被老师抓到了，惊慌而不知所措。朱沂猛悟到自己真的太"凶巴巴"了，他掩饰地咳了声嗽，把若青乱涂的纸拿过来，一刹那间，他呆住了。那纸上画了一张他的速写，虽然只是简单的几笔，但是太像了，尤其他那股不耐而又无可奈何的神情，竟跃然纸上。耳朵下面那颗黑痣，被画得特别地大，但由于这颗痣，使他那严肃的脸显得俏皮了许多。他惊异地发现，自己竟是个蛮英俊的青年。拿着这张纸，他尴尬地看看若青，简直不知道该怎么办好。若青用待罪的神情望着他，但，渐渐地，她的眼睛里开始充满了笑意，她的嘴巴嘲谑地抿成一条线，颊上两个酒窝清楚地漾了出来。他感到自己也在笑，于是，他温和地说：

"你画得很好呀，为什么不报考艺术系？要考什么医学院？你对医学是……老实说，毫无缘分，我可以打赌你考不上，白费力而已……"

"爸爸一定要我学医嘛！"若青说，接着把头俯近了他，低声说，"告诉你一个秘密，我已经报考了乙组，师大艺术系是第一志愿。我另外填了一份甲组的志愿表骗爸爸，你可不许泄露天机哟！"

朱沂看着她，大笑了起来，若青也跟着大笑了。朱沂对她挤挤眼睛说：

"人小鬼大！"

"哼！"若青耸耸鼻子，像个小猫，"你别在我面前托大，你能比我大几岁？你心里有些什么鬼我都知道，不要看你一本正经地坐在这里讲书，你的心大概早就到沈美琴那儿去了。不过，告诉你，朱哥哥，沈美琴的男朋友起码有一打，和别人去挤沙丁鱼赶热闹多没意思！而且，沈美琴和你一点都不配，要追她你应该先去学扭扭舞！别看她现在跟你很不错，我担保是三分钟热度……"

"你懂得什么？小丫头！"朱沂打断了她，有点惊异于这"小女孩"的话，但却有更多的不安，"来，我们还是来讲书，你说说看什么叫排列组合？"

"不要用排列组合来吓唬我，我将来又不要靠排列组合来吃饭！"若青说，把下巴放回到椅背上，一瞬间看起来沉静，沉静得有点像大人了。她静静地审视着他的脸说："朱哥哥，你看过那出电影吗？片名叫《倩影泪痕》，又叫《珍妮的画像》。"

"不，没看过，怎么样？"朱沂心不在焉地问。

"那电影里的画家第一次看到珍妮的时候，珍妮还是个小女孩，珍妮对他说：'我绕三圈，希望你等着我长大。'她真的转了三圈。第二次那画家见到她的时候，她已经是个长成的少女了。"

"嗯，怎样？"朱沂问。他在想着美琴和她的男友。

"哦，没有什么。"若青说，抬起头来，脸上有着淡淡的红晕，眼睛里有一抹懊恼和失望，"今天不要讲了吧，我根本听不进去！"

"好吧，明天希望你能听进去！"朱沂站起身来，收拾着书本，在这一刻，他只希望自己能生出两个翅膀，飞到美琴身边去。

朱沂每次坐在这豪华的客厅里，总觉得自己像件破烂家具被安置在皇宫里似的，就是那么说不出的不对，连手脚好像都没地方安放。尤其美琴总像只穿花蝴蝶似的满房间穿出穿进，那条彩花大裙子仿佛充塞在房间的每个角落，弄得他眼花缭乱。而收音机里的热门音乐又喧嚣地闹个不停：大鼓、小鼓、笛子、喇叭……真要命！他宁可静静地听柴可夫斯基的东西，最起码不会让人脑子发胀。美琴的尖嗓子和音乐响成一片，他总要紧张地去分辨哪个是音乐，哪个是美琴的声音。

"哦，朱沂，快快，帮我把耳环戴一下，一定赶不上看电影了！……给我一个吻，可以不可以？"美琴又在嚷了，不过那最后两句话可并不是对他说的，那是在唱一个由英文歌 *Seven Lonely Days* 改成中文的歌。朱沂笨手笨脚地赶过去，接过那一副嘀里嘟噜一大串的耳环，根本就不知道该用哪一头戴到耳朵上去，研究了半天才弄清楚，可是就没办法把美琴的耳垂安放到耳环的"机关"里去，何况美琴的脑袋又没有一秒钟的安静，一面让他戴耳环，一面还在穿丝袜，那脑袋就像钟摆似的左晃右晃。朱沂聚精会神地，好不容易瞄准了地方，才预备按"机关"，美琴的头又荡开了，接着，就听到美琴的一声尖叫：

"哎哟！你想谋杀我是不是？"

朱沂吓了一大跳，美琴已经一只手按住弄痛了的耳朵，一只手夺过耳环，对着他叹口气说：

"你真笨，笨得像条牛！连戴副耳环都不会，我真不知道你会干什么。"

朱沂讷讷无言，心里却涌起一阵反感，男子汉大丈夫，岂是生来给人戴耳环的？在公司里，上司称他是"最好的年轻工程师"，可从没有人说他笨得像条牛。论文学造诣，论艺术欣赏，他都是行家，只是，他没学过给女人戴耳环，这就成了"不知你会干什么"了！

"喂，走呀！你在发什么呆，电影赶不上唯你是问，那么慢吞吞的！"美琴又在嚷了。朱沂惊觉地站起来，走到玄关去穿鞋子，心里暗暗奇怪，平常自己多会说话，怎么一到美琴面前就变得像块木头！只会听她的命令，服从她的命令，像个小兵在长官面前一样。

赶到电影院，刚好迟到一小时。朱沂记起从来和美琴看电影，就没有一次赶上过，因为美琴永远在最后一分钟才决定，决定后又有那么一大串手忙脚乱的化妆工作，等到了电影院，总是早开演不知道多久了。美琴站在电影院前面，耸耸肩，对朱沂一摊手说：

"走吧，看半场多没意思！"

"到碧潭划船去如何？"朱沂问。

"两个人，太单调了。哦，"美琴突然像发现新大陆似的叫起来，"今天是星期六，下午空军新生社可以跳舞！走，跳舞去！"说完，不由分说就叫住一辆计程车，还没等朱沂表示意见就钻进了车子。朱沂坐定后说：

"你知道我根本不会跳舞……"

"不会跳，学呀！"美琴习惯性地耸耸肩，然后望着朱沂那张显得有点不安的脸，用手拍拍他的膝头说，"朱沂，你知道我为什么喜欢你？因为你与众不同，看你那股严肃劲儿，你是我男朋友里最正派的一个！跳舞，不会！抽烟，不会！……喝酒，不会！赌钱，不会……这么多有趣的东西你都不会，我真不知道你生活里还有什么乐趣！"

"我的境界不是你能了解的。"朱沂心中想，但不敢说出来。他看看美琴那张美得迷人的脸，那对大而黑的眼睛，睫毛翘得那么动人，厚厚的嘴唇，像苏菲亚·罗兰充满了性感和诱惑！"我爱她哪一点？"他自问，然后又自答，只是简简单单的一个字，"色！"除此以外，他想不出还有什么。他注视着窗外飞驰而过的房子和街道，对自己生出一种模糊的鄙夷感。

空军新生社，挤满了形形色色的人，乐队正在奏一个急拍子的音乐，舞池里一对对的男女在拉着手，一面像打摆子似的抖动，一面转着圈子。朱沂知道这是"吉特巴"，但他认为这更像一群犯了抽筋病的人。在舞池边上的一个茶座上坐下，要了两杯茶，美琴已迫不及待地问他：

"怎么，跳吧？"

"饶了我吧，这玩意儿看了就头昏！"

"你真差劲透了！……"美琴嚷着说，但，立即，她发现了另一个目标，挥着手大叫着，"啊，小周，你们也来了！"

三个穿着类似的花香港衫窄裤子的青年旁若无人地跑了过来，叫嚣地叫着美琴，其中一个瘦高个子、嘴里嚼着口香糖的一把就握住了美琴的肩膀，狠狠地捏了一下，美琴痛得叫了起来，那青年得意地咧着嘴笑了，一面低声说：

"好家伙，我找你三次都没找到，又有了新男朋友了？就是那个傻里呱唧的木瓜吗？你的眼光真越来越高级了，当心我找你算账！"

"呸！你敢！"美琴双手叉腰，对他扬了一下头，姿态美妙至极。

音乐已经换了一个，听起来倒很像那些"热门音乐"，那青年拉住了美琴说：

"扭扭舞！来吧！"说完，拖着她就往舞池去。美琴回过头看了朱沂一眼，似乎有点抱歉，对朱沂笑笑，扬了扬手，朱沂也勉强地笑了一下，望着他们走进舞池。带着几分好奇，他研究着这种风靡一时的舞到底是个什么东西。看了半天，觉得就像在蹑灭香烟头似的，用脚尖在地下一个劲儿转，然后让屁股左右扭动罢了，朱沂实在看不出这有什么意思，但看美琴却跳得那么起劲，笑得那么高兴。"我不能了解。"他想，于是，他忽然想起那天若青讲的话：

"沈美琴和你一点都不配，要追她你应该先去学扭扭舞！"

若青虽然只是个小女孩，但却还颇具观察力。朱沂突然感到自己像个被遗弃者，孤零零地坐在这儿。"这不是我的世界，"他想，"美琴也不属于我的天地，我应该回到书本里去。"

站起身来，他一声不响地穿出了人群，悄悄地走了。出了空军新生社的大门，听不到那嘈杂的音乐声，又看到阳光普照的路面，和新生南路路边的两排柏树，他觉得身心一爽，仿佛摆脱了许多的羁绊，沿着新生南路，他安步当车地向前走，只是想享受一下那明朗的太阳和柔和的微风。他想起小周那种"派头"，突然有几百种感慨。"今日的青年分作两类，"他想，"一类就像小周那种，不问世事，没有志向，只知享乐和混日子，这只好叫作醉生梦死的浑浑噩噩派。另一类是读了一点书，就自以为了不起，不满现状，攻击社会及老一辈的人，觉得社会对不起他，崇拜欧美的一切，这种应该叫自大骄狂派。我们这一辈的青年，生在苦难的时代，长成在战乱之中，应该都磨炼成一些不折不挠的英才，可是，事实并不然，这是社会的责任？家庭的责任？还是教育的责任？"朱沂边走边想，忽然，他发现自己信步行来，竟停在康家的门口。

"怎么会走到这儿来了？"他对自己摇摇头。大学入学考试早已过去，若青已经不补习了。"去看看若青也好，这小女孩属于另外一种，纯洁得像张白纸，最起码，她可以使我获得安宁。"他停住，对自己微笑了一下，伸手去按门铃。

朱沂握着那张大专放榜的名单，觉得比自己考大学时还紧张，好不容易才找到师大艺术系，老天！这小丫头居然取上了！他长长吐了口气，一个暑假的补习功课，总算没有白费。接着，他不禁微笑了，他仿佛看到了若青那副得意的样子，可是，康伯伯呢，他还以为女儿报考的是甲组呢！"父母要干涉儿女的兴趣和志愿真是最笨的事。"他想。从椅子里站起来，本想马上到若青那儿去道声喜，继而一想，她家里今天一定充满了道喜的人，自己何必去凑热闹？于是，他照旧到公司去上班。下午，办公桌上的电话铃响了，他握起了听筒：

"我是朱沂，请问是哪一位？"

"朱哥哥，你看到报没有？"若青的声音传了过来。

"哦，恭喜恭喜，当然看到了！"

"你怎么不到我家来？"

"你一天听的恭喜声还不够吗？我本来准备留到明天再说呢！"朱沂笑着说。

"不行，你今天晚上来吃晚饭！"

"有别的客人吗？我讨厌应酬！"

"就是你一个客人，如果你要把自己算作客人的话！"

"OK！我下了班就来！还有一句话，你爸爸发脾气了没有？"

"爸爸呀！"对方的声音充满了懊恼，"他扯住我的耳朵说：'你这小鬼以为暗算了爸爸，其实我早就知道你的花样了，只是不愿干涉你的志愿而已，可别把爸爸当老糊涂！'原来我忘了，那张甲组志愿表根本就放在爸爸桌上忘记拿走了！"

朱沂大笑着挂起了电话，使办公室里的人都惊异地回过头来看他，坐在他身旁一位同事笑着问：

"是不是沈小姐打来的？"

沈小姐？美琴？自从那次舞会之后，他没有见过她，他和她好像已隔在两个星球上一样。他很高兴自己能从这份情感中解脱出来，不，这不能叫"感情"，这只是一时的迷惑而已。

"给你一个情报，小朱，昨天我在电影院碰到沈小姐，和一个蛮漂亮的空军在一起。"那位同事又说。

朱沂笑了笑，没有说话，他不知道明天跟美琴在一起的男人该是谁。

晚上，朱沂走进康家的客厅，出乎意料地，若青并不在客厅中迎接他，倒是康老先生和老太太都在。康老太太笑眯眯地望着他：

"若青这小丫头不知在楼上搞什么鬼，一直不下来！"

"你别再把若青当孩子，"康老先生对太太说，"这丫头已不是孩子了！"他若有所悟地望着面前这个英挺的青年。

楼梯在响，朱沂抬起头来，若青正含着笑从楼梯上缓缓地走下来。朱沂呆住了，怔怔地望着面前这幅画面。若青，他一直称之为"小女孩"的若青，现在穿着件白纱的大裙子，大领口，窄腰身，不，这已不是个"小女孩"了！她的短发烫过了，蓬松而美好地覆在她的额上。她淡淡地抹了胭脂和口红，清澈的大眼睛带着一抹畏羞的神情，两个酒窝在颊上动人地跳动。

"哦，若青！"朱沂吸了口气。

若青站在他面前了，微笑地看着他。然后，她转了三圈，让裙子飞起来，笑着说：

"我的新衣服好看吗，朱哥哥？"

"转三圈，请你等着我长大。"朱沂脑子里闪过这么一句话。这是谁说过的？于是，他模糊地记忆起那个下午，若青和他提起过《倩影泪痕》里珍妮说的话："我绕三圈，希望你等着我长大。"

"你长大了，若青！"朱沂答非所问地说。

"嗯，若青真是大了！"康老太太说。

"女儿大了，麻烦该来了！"康老先生在自言自语。

这一餐晚饭每个人都似乎有点醉醺醺的，若青笑得奇异，朱沂精神恍惚，康老先生不住地望望若青又若有所思地望望朱沂，老太太则一直在欣赏着女儿，糊里糊涂地把菜堆满了朱沂的碗。

饭后，朱沂第一次请若青出去玩。他们走出家门，离开了两老的视线，站在街灯底下，彼此望望、笑笑。

"哪儿去？"朱沂问。

"随便。"若青说。

"到萤桥去坐坐？"

"好。"

叫了一辆三轮车，他们坐了上去。若青望着朱沂笑。

"你耳朵底下有一颗黑痣。"她说，轻轻地。

朱沂伸过手去，揽住她的腰。"有的时候，幸福就在你的手边。"他想，"只是，我们常常会被自己的糊涂所蒙蔽，反而把手边的幸福忽略了。"

"是吗？我从不知道那儿有颗痣。"他说。

"一颗可爱的小痣，像只小黑蚂蚁。"她说，微微地笑着，笑得甜蜜而天真。

天上有月亮，也有星星，这是个美好的夏夜。

斜阳

一场愁梦酒醒时

斜阳却照深深院

一

一夜之间，花园里的栀子花都开了。

如馨站在梳妆台前面，带着一种近乎无奈的情绪，梳着
她的长发。镜子里面，她的眼皮微微地有些浮肿，这都是昨
天睡得太迟，再加上半夜失眠的结果。她用手在眼皮上轻轻
地拂拭了两下，眼皮依然是肿的。"管它呢！"她想，把头发
习惯性地编成两条辫子，再盘在头顶上。这种发式，使她看
起来像四十边缘的女人，其实她不过才三十三岁。

"为什么要这样梳头呢？其实我可以打扮得比实际年龄更年轻的！"

如馨默默地想着，一面打量着镜子里的自己。不是吗？她的眼睛依然晶莹，她的鼻子依然挺秀，她那眼角和嘴唇的皱纹也还不太显明，如果她肯用些儿脂粉，是不难掩饰那些皱纹的。忽然，她把头顶的发辫全放了下来，让它卷曲而松散地披在肩上，再淡淡地搽了一点儿脂粉，从衣橱里翻出了一件好几年前为了主持如兰的婚礼而做的紫红旗袍，换掉了她身上那件浅灰色的。镜子里似乎立刻换了一个人，她愣愣地望着镜子，有点儿不认识自己了。

"我还很年轻，不是吗？"她自言自语地说，开始闻到栀子花的香味了。

离上班的时间已没有多久，如馨向厨房里走去，想弄点早餐吃。突然，她呆住了，地板上有一个亮晶晶的东西吸引了她的视线，她拾了起来，是一个镶水钻的别针，她是没有这些东西的。对了，这一定是如兰昨天晚上掉在这儿的。想起如兰，她心中一阵烦躁。她不知道如兰和家良到底是怎么一回事，已经做了两个孩子的父母了，还和小孩一样，一会儿吵架，一会儿和好，一会儿要离婚，一会儿又亲爱得像对新婚夫妇。他们尽管把吵架当儿戏，倒闹得她不能安宁。每次一吵了架，如兰就要哭哭啼啼地来向她诉说一番，然后赌咒发誓地说：

"哦，大姐，我这次非和他离婚不可！"

可是，等会儿家良赶来，小两口躲在房间里，哭一阵，笑一阵，再唧唧咕咕一阵，就又手挽手儿亲亲爱爱地回去了。这到底算什么呢？难道夫妻之间就必须要有这一手吗？昨晚，如果没有他们来闹那么一阵子，她也不至于失眠半夜了。

握着如兰的别针，她又走到镜子前面，下意识地把别针别在自己旗袍的领子上，然后左右地顾盼着自己。猛然间，她的脸红了，一阵热浪从她胸口升了上来。

"我在干什么呢？把自己打扮得像个交际花似的！难道我准备这副样子去上班吗？那些职员会怎么说呢？呸！别发神经了吧！我又打扮给谁看呢？"

打扮给谁看呢？这句话一经掠过她心中，她眼前就浮起了一张显得年轻的、充满活力的脸庞来，一个男人的名字——叶志嵩——悄悄地钻进了她的心坎。"呸！"她低低地呸了一声，心里一阵说不出的烦躁。她抓住了水钻别针，急躁地一拉，"嗤"的一声，旗袍领子拉破了一大块。"真见鬼！"她在心中诅咒着，一面匆匆忙忙地脱下那鲜艳的紫红旗袍，重新换上那件浅灰的。又洗去了脸上的胭脂，依然把头发盘到头顶上。经过这么一耽搁，离上班只有半小时了，显然来不及吃早饭了。她急急地拿了皮包，顺手把那水钻别针放在皮包里，准备下班后顺便给如兰送去。一面锁上房门，匆匆地向公共汽车站走去。

十年以来，她从没有迟到过，在她这一科里，由于她这个科长的关系，那些职员们也很少有迟到的。她不知道她手下那些职员怎么批评她，但，很显然地，那些职员们对于有一个女上司并不太满意。

走进了公司的大门，她匆忙地上了楼，看看手表，八点差五分！她松了口气，向自己科里的办公室走去，正预备开办公室的门，却听到两个职员的几句对白：

"小周，你那位新交的女朋友又吹了吗？"

"早吹了！"

"我告诉你，你去追一个人，包你一追就到手！"

"谁？"

"我们的科长呀！"

一阵大笑声，夹着小周的一句：

"呸！那个老处女！"

如馨感到脸上立即燥热了起来，心中却像被一根尖刺猛扎了一下。她扶在门柄上的手停住了，心脏急速地跳动着。她觉得嘴里发燥，眼前的房子都在乱转。她靠着墙站了一会儿，然后推开了门，若无其事地走了进去，和职员们打着招呼，一面在自己的桌子前面冷静地坐了下来。但，当她翻着卷宗的时候，一瓶墨水却整个翻了，所有的表格都弄脏了，当她狼狈地站起来时，一个人抢着走到她桌子前面说：

"要我帮忙吗？科长！"

她抬起头来，又是他！那张充满活力的脸庞！那对热诚而坦白的眼睛！叶志嵩，那来了还不到一年的职员！为什么他不像别的职员那样用讥嘲的目光看她呢？

二

下班了！如馨把卷宗收拾了一下，锁上了抽屉，觉得今天分外地疲倦，一天的日子，又这样过去了！十年都这样过去了！从一个小职员慢慢地爬到科长的位子，对一个女人说，实在也很够了！但她为什么感到这样地空虚？她又想起了今天早上那两个男职员的对白，是的，一个老处女！如果她明天早上起来，发现自己满头的头发都白了，她相信她也不会觉得诧异。这些"卷宗"，已经吞掉了她整个的青春了啊！

暗暗地叹了口气，她站起身来，对还没有走的两个职员点了点头，她看到叶志嵩还伏在桌子上，在赶一篇翻译的东西。"他肯努力，是一个好青年！"她想。模糊地记起了他进来以前，自己曾看过他的履历片：二十八岁，台大外文系毕业，已受过军训。但，这与她又有什么关系呢？推开了门，她走下了楼梯，来到充满了熙来攘往的人群的大街上了。

她慢慢地走着，回家！可是，家里又有什么等着她呢？冷冰冰的地板，冷冰冰的墙，冷冰冰的房间和空气！她有点畏缩地看了看不远处的公共汽车站上的牌子，啊！能不回家真好。忽然，她想起了那个水钻别针，是的，她需要到如兰家里去一次，去送还那个别针。于是，她带着一种被赦免似的心情，穿过了街，向前面走去。

如兰的家离她办公的地方只隔两条街。她沿着人行道的商店走，有好几次，她都停下来看着那些玻璃橱窗里陈列的东西。在街的转角处，有一家卖热带鱼的铺子，那些五颜六色的小鱼在水中任性地游着。有两条菱形的小扁鱼，在两个方向游到了一块儿，立即嘴对嘴地接起吻来。如馨默默地笑了。继续向前走，是一家卖棉被枕头和湘绣的商店，橱窗里陈列着一对绣着鸳鸯的粉红枕头，上面还用大红的线，绣了"永结同心"四个大字。如馨对着那对枕头发呆，商店里，一个胖胖的女人走到门口来，用兜揽生意的口气问：

"要买什么吗，太太？"

如馨吃惊地望了那胖女人一眼，马上摇摇头走开了。太太，她为什么喊自己作太太呢？在她潜意识里，感到今天每个人都在讽刺着她。再走过去，是一家出租结婚礼服的商店，橱窗里那高高的模特儿身上，穿着一件华贵的白纱礼服，上面还缀着许多亮珠珠。如馨眼光如梦地对那礼服望了一眼，是的，自己也曾渴望着穿上一件礼服，那已经是十一二年前的事了，在故乡湖南。

再走过去，是一家糖果店，如馨停了下来，每次她到如兰家里去，都要给她的孩子们买一点糖果。她向女店员要了半斤什锦糖，又给如兰买了包瓜子和一点牛肉干，正在付钱的时候，忽然后面有个人喊了一声：

"喂！方科长，买东西吗？"

她回头过去，一眼看到叶志嵩微笑地站在那儿，露出两排白白的牙齿。她付了钱，拿了东西走出来。不知道为什么，竟觉得有几分紧张，好像一个小学生突然碰到了老师，她掩饰什么似的笑笑说：

"我正要去看我的妹妹。你刚离开公司？"

"是的，忙着翻译那篇东西。"

"译好了？"

"嗯。"他点点头，望了望她，"令妹住在哪里？"

"就是前面那条街。"

"哦，我也住在那条街。"

"是吗？"如馨偏过头去，可以看到叶志嵩脸部漂亮的侧影，第一次，她发现他的鼻子很高，"你和老太爷老太太一起住吧？"她问，带着一种抑制不住的关怀。

"不！我父母都留在中国大陆，我是一个人来台湾省的，现在和几个朋友合租了一栋房子住。"

"啊！我的父母也没出来。"如馨低低地说，忽然有了种同病相怜的亲切感，"我和我妹妹先出来，预备再接父母来的，可是来不及了。我只好工作，让妹妹读书，现在，她已经是两个孩子的妈妈了。"

叶志嵩侧过头来看她，眼睛里有一抹深思的神情，这种深沉的目光使他看起来年纪大些。如馨忽然有一种奇异的思想，她希望身边的这个男人是三十八岁而不是二十八岁，如果他的年龄比现在大十岁，那么……如馨的脸猛然发起烧来，她把头转开了一点，望着街上形形色色的人群。

"哦，这种枯燥的工作，您做起来不厌倦吗？"

"有的时候我厌倦。"如馨望了望前面的街道，"有的时候我也会在工作里面找到乐趣。"

"您平常怎么消遣呢？"叶志嵩问，眼光里有一些如馨不能了解的东西，像是关怀，又像是怜惜。或者，什么都不是，只是几分好奇。

"我喜欢看小说，你呢？"

"我喜欢看电影。"叶志嵩微笑地说。又好像漫不经心地加了一句："你喜欢吗？如果喜欢的话，哪天有好的电影，我请您！"

他们已经走到如兰的家门口，如馨站住了脚步，深深地望了叶志嵩一眼，想看出他这句话中的意义，但叶志嵩仍是坦然地微笑着，好像胸中毫无城府。看到如馨停了步子，他也站定了问：

"到了？我家还要走一段呢。"

"好，再见。叶先生，有空到我家去玩，我住在信义路二百零三巷五百六十九号。"

"好的，再见！"

叶志嵩对她挥手，转身走开了。如馨目送他的身子逐渐消失，心里忽然涌上了一股莫名其妙的怅惘和迷茫，她看了看自己穿的那件浅灰旗袍，突然懊恼着为什么不穿紫红的了。

三

才走进如兰家的大门，如馨就被两个孩子缠住了，四岁的小兰和不足三岁的小虎都一面叫着，一面抱住了如馨的腿，嘴里嚷着：

"阿姨，糖，糖！阿姨，抱抱！"

如兰从厨房里跑出来，手里还抓着一个锅铲，看到如馨，就高兴地大叫了起来：

"你看，大姐，你每次来都买糖给他们吃，现在他们一看到你就要糖！"

如馨抱起了小虎，拉着小兰，走进客厅里，在椅子上坐了下来。小虎亲亲热热地倚在如馨怀里，用他那胖胖的小脸蛋贴在如馨的胸口，小手抓着如馨的衣服，一对乌黑的眼珠子骨碌碌地转着对如馨看。如馨紧揽着他，心中忽然掠过一抹母性的愉快，她低头亲吻着那张粉扑扑的小脸，一面对如兰说：

"家良还没下班？"

"快了！再过半小时就要回来了。"

"怎么样？"如馨望着如兰，"完全和好了吧？"

如兰的脸红了，有点害羞地垂下了眼睛，但却抿着嘴角甜蜜地微笑着，好像昨天吵架是件很愉快的事似的。如馨看着她，感到她虽然做了两个孩子的母亲，却反而比以前美丽了。那种少妇成熟的美，和脸上常有的甜蜜的微笑，使她浑身都焕发着光辉。如馨心里微微地泛起了一股嫉妒的情绪，她知道她妹妹是在幸福地生活着，就连他们的吵架，好像都是甜蜜的。

"你到厨房忙你的吧，我帮你看孩子！"如馨说，目送着如兰轻快地走进厨房。

饭做好了，家良还没有回来。如兰把饭菜放在桌子上，用纱罩子罩着，然后在椅子里坐下来。小兰立即乖巧地走到母亲身边，倚在母亲膝前，剥了一块糖，笑眯眯地送到母亲嘴里去，一面拍着手说：

"妈妈吃！"

如兰吃了糖，挽着小兰，对如馨说：

"不是我说，大姐，你真该有个家了！"

"又来了！"如馨说，嗑着瓜子。

"真的，女人天生是应该有丈夫和孩子的……"

"哦，那么怎么昨天又闹着要离婚呢？"如馨抢白地说。

"我说你的事，你又来说我。"如兰的脸又红了，接着放低声音，微笑地说，"大姐，夫妻间总免不了要吵架的，其实，吵架之后，比吵架前还甜蜜呢！……哦，大姐，你不会懂的！"

"这么说起来，你们吵架的目的是享受吵架后的甜蜜了！"如馨打趣地说。

"哎！不说了！"如兰说，摸着小兰软软的头发，又抬起头来看着如馨，诚恳地说，"大姐，如果有合适的对象，还是结婚吧，女人和男人不同，一个女人总不能长久地在社会上混的。怎么样？最近有没有什么中意的朋友？"

中意的朋友？如馨的眼前又浮起那张年轻而漂亮的脸庞来，她没说话，眼睛深思地望着小虎的衣服。小虎正用他软软绵绵的小手去摸她的脸。

"怎么，我猜一定有是不是？"如兰问。

"中意的，不见得是合适的。合适的又不见得是中意的。其实，烧锅煮饭带孩子，又有什么好，我倒乐得无牵无挂！"如馨说，可是，她自己感到声音中颇有点酸葡萄的味道。

"如果有中意的就好，管他合不合适呢？现在的社会又不讲究什么年龄啦，身份啦，门当户对啦！那一套早就过时了，依我说，什么都不是最重要的，最要紧还是要两人相爱，彼此有了爱情，别的又有什么关系呢！"

"哟，你哪里跑来这么些大道理？"如馨笑着说。

正在说着，家良回来了，还没有进门，就大嚷大叫地喊着说：

"喂！如兰，如兰！你快来看我买了什么回来了，你最爱吃的咸板鸭，还有一瓶乌梅酒！为了庆祝我们的讲和，让我们俩亲亲热热地喝一杯，下次我如果再惹你生气，我就是王八蛋！"

一面嚷着，一面进了房门，看到如馨坐在那儿，才猛然停住嘴，有点不好意思地和如馨打招呼。孩子们又一拥而前地围住了父亲，要爸爸"香一香"，家良俯下身来在每个孩子脸上亲了亲，由于多亲了小兰一下，小虎立即要求公平待遇，于是皆大欢喜，如馨笑着站起身来说：

"你们要亲亲热热地喝一杯，我看我还是走吧！"

"哦！不要走！我才不放你走呢！"如兰拉着她，一面对家良瞪瞪眼睛，家良有点狼狈地用手抓抓头，也赶过来挽留如馨，如馨才一笑而罢。

深夜，如馨回到了自己家里。推开了篱笆门，花园的栀子花香就扑鼻地传了过来，如馨深深地闻了一下，不知道为了什么，她竟有点讨厌这浓郁的香气。她看了看那没有声音，也没有灯光的房子，不自禁地打了个寒噤。

"什么都是冷冷的，"她想，"连栀子花的香气，也是冷冷的。"

四

栀子花快谢了，春天也快过去了。

如馨懒洋洋地倚着窗子，对着那棵栀子花发呆。星期天的下午，显得特别冗长，平常，忙碌的工作可以打发掉许许多多的时间，可是，星期天，不用上班，那时间似乎就太长了。

一对黄色的小蝴蝶，上下翻飞地从窗前经过，一前一后，彼此追逐着。如馨用眼光追随着那对小蝴蝶，它们在栀子花上盘旋了好一会儿，然后，其中的一只一振翅膀，蹿得很高，从篱笆上面翻过去了，另外的一只立即也振振翅膀，追了上去。如馨收回了目光，觉得肩上堆满了无形的重量，这房间是太空也太大了。

离开了窗子，如馨在书桌前面坐了下来，书桌上正摊着一本《词选》。如馨随意地，不经心地翻着看，其中有一阕词，被自己用红笔密密地圈着圈子，那里面有两句她最心爱的话：

自歌自舞自开怀，且喜无拘无碍。

"无拘无碍，"她喃喃地自语着，"只是太无拘无碍了！"
她想起了如兰，一个丈夫和两个孩子，如兰生活一定是"有
拘有碍"的，但她仿佛"有拘有碍"得很幸福。

花园里的篱笆门突然被人轻轻地摇动着，如馨从椅子里
跳了起来，高声地答着"来啦！"一面跑去开门，她猜想一定
又是那个洗衣服的老阿婆，不过，就是老阿婆也好，总算有
"人"来了。她走到篱笆门那儿，拉开了门，立即，她呆住
了。门外，叶志嵩正有点儿局促地站在那里，微微地含着笑，
露出两排整齐的白牙齿。

"啊，啊，是……叶先生，请进！"如馨有点口吃地说，
心中像有小鹿在上下冲撞着，不知所以地脸红了。

叶志嵩走了进来，如馨招待他坐下，就忙乱地去倒茶，
满心都被一份突如其来的，像是意外，而又像是期待已久的
某种愉快所胀满了。她微笑地把茶递给叶志嵩。后者欠身接
了过去，非常客气地说了声"谢谢"。如馨在另一张椅子上坐
下来，觉得应该说点什么话才好，但却一句话都说不出来，
只微笑地注视着叶志嵩，他那年轻的脸庞，是多么地英俊而
温和啊！

"方科长星期天都没出去？"叶志嵩问。

如馨摇了摇头，敏感地觉得他这句话中别有一种含蓄的

怜惜。她垂下了眼帘，心里微微地有一点儿凄凉之感，但又觉得很甜蜜，很温馨。她偷偷地从睫毛下去看他，他正用眼光环视着室内，两手合拢着放在膝上，那样子似乎有点儿窘迫。当然啦！如馨很能体会他这种心情，以一个下属的身份，去拜访（或者是追求）一个女上司，何况自己的年龄还小五岁，这味儿本来就不好受。如馨又想起了如兰的话：

"大姐，你应该有一个家了！"

一个家，如馨现在才了解，自己是多么地需要和渴望着一个家！一个丈夫，许多孩子，如兰是对的，只有这样，才算是一个女人！十年来，她曾有过好多次成立"家"的机会，但她都轻易地放过了。而现在，她能再把这机会放过吗？是的，年龄和地位又有什么关系呢？只要彼此相爱，像如兰所说的，其他的一切都是无所谓的了。

"我……我早就想来看方科长了，只是……只是怕打搅了您！"叶志嵩声音结结巴巴地。

"啊，我平常都没有什么事，你有工夫，还希望你能够常常来玩呢！"如馨说，甜蜜而温存地微笑着。她似乎已经感到一只小手，在把剥好了的糖往她嘴里送，一面用那嫩嫩的、甜甜的声调说："妈妈吃！"

"我……我今天来看方科长，还有一个小小的……请求，不知道方科长会不会……拒绝？"

叶志嵩的声音好像从很遥远的地方传了过来，如馨感到浑身一震！请求！拒绝！请求什么呢？看电影？跳舞？还是吃饭？如馨的脸发着烧，心脏剧烈地跳动着。从此，她再也不必背着"老处女"的头衔了！她有点惊慌地抬起了眼睛，嗫嚅地、热烈地、渴望地，低声说：

"什么……请求呢？我……一定不……不会拒绝的！"

"我……"叶志嵩用一种胆怯的眼光望着如馨，声音显得有些不自然，"我听说，我们科里需要一位打字小姐，我有一个朋友，她一分钟能打四十五个字，我希望方科长能够帮帮忙，给她一个机会，我相信她一定能够胜任的。我……早就想和方科长说了，只是有点不好意思。"

如馨觉得她的血液和冰一样冷了，她猛然地抬起头来，脸色变得苍白了。

"她……她是你的什么人？"如馨有点无力地问。

"不瞒您说，"叶志嵩那年轻而漂亮的脸微微地涨红了，眼睛里焕发着光辉，"她……她是我的未婚妻！"

多么美的一个梦，只是碎了。

送走了叶志嵩，如馨乏力而疲倦地关上了篱笆门。她又闻到了那股栀子花的香气，却带着点腐败的味道，她对那棵栀子花看过去，惊异着花儿凋零得如此迅速，那些花瓣，昨天还是娇嫩的白色，今天却都枯黄了。

远处的天边，斜阳无力地挂着。

风筝

八月的碧潭，人群像蚂蚁般蜂聚在四处：吊桥上、潭水中、小船上、茶棚里，到处都是人。而新的人群仍像潮水似的涌了来。

我坐在水边上，把头发塞进了游泳帽里，午后的太阳使我头发昏，碧绿的潭水在对我诱惑地波动着。维洁在我身边不住地跳脚，伸长了脖子四处张望，一面叽里咕噜地抱怨个不停：

"该死的大哥，约好了又不守时，一点信用都没有，看我以后还帮你忙不？"

我望着维洁，她的嘴噘得高高的，束在脑后的马尾巴在摆来摆去。听着她的抱怨真使我又好气又好笑，怪不得今天下午她像阵旋风似的卷进我家里，不由分说地就死拖活拉地要我到碧潭来游泳，原来又是她那位大哥在捣鬼！不过，既来之，则安之，我也乐得好好地玩玩，整个一个暑假，这还是第一次出来游泳呢!

"喂,你去等你的大哥吧,我可要去游泳了!"我说,站起来就向潭水里跑去。

"喂,别忙嘛,他已经来了,我看到了! 喂喂,小鹧鸪,你别跑呀!"

该死,她居然在这大庭广众中叫起我的诨名来了。这原是我小时候,喜欢咕咕唧唧学舌,爸爸就戏呼我作"小鹧鸪",结果喊成习惯了,全家都叫我"小鹧鸪",我的本名绣怡反而没人叫了。直到我长大了,大家才改口。不过至今爸爸还是常常叫我几声"小鹧鸪",不知怎么给维洁听到了,就也"小鹧鸪,小鹧鸪"地乱叫。我对她瞪了一眼,摆摆手说:

"他来了就让他来吧,与我何干?"说完就溜进了水里。清凉的潭水,使我浑身一爽,把头也钻进了水里,我开始向较深的地方游去。然后又换成了仰泳,躺在水面上,阳光刺着我的眼睛,但却温暖而舒适,我合上眼睛,充分地享受着这美好的太阳,美好的潭水,和这美好的世界。

"啪"的一声,一样东西打在我身旁,溅了我一脸的水,我翻身一看,是一块柚子皮,抬头向岸上看去,维洁正在对我胡乱地招手,一面把新的柚子皮扔了过来。我游过去,潜泳到岸边,然后猛然从水里钻了出来,维洁仍然在水面搜寻着我的踪迹,手里举着一块柚子皮不知往哪儿扔好,嘴里乱七八糟地在咒骂:

"这个死丫头,鬼丫头,下地狱丫头!"

我爬上岸,维洁吓了一跳,我禁不住大笑了起来,维洁愣了一下，也跟着大笑了。在维洁旁边，我看到两个青年，一个是维洁的大哥维德，另一个我却不认识，笑停了，维德才走过来，对我彬彬有礼地点了个头，像小学生见老师似的，我又想笑，总算忍住了。他指了指身边的人，对我说：

"这是我的同学任卓文，刚刚在桥上碰到的。"又对任卓文说："这是我妹妹的同学，江绣怡小姐！"

我望着任卓文，他是个高个子、宽肩膀的青年，眼睛亮亮的，带着一种思索什么似的神情，像个哲学家。猛一注视之间，这张脸我有点"似曾相识"，仿佛在哪儿见过，不禁盯住他多看了几眼，等到发现他也一瞬不瞬地注视我时，我才慌忙调开眼光，心里暗暗地骂了一句"见鬼！"而且我这水淋淋，穿着游泳衣的样子见生人总有点不自在。我用毛巾裹紧了身子，问：

"你们也来游泳吗？"

"唔。"维德吞吞吐吐地，"我想，请江小姐和舍妹到茶棚里喝两杯汽水！"

"江小姐和舍妹"，多文绉绉的措辞，像是背台词似的，同时，他那涨红了的脸实在使我提不起兴趣，我奇怪那么洒脱的维洁却有这么一个拘束的哥哥。我摇了摇头说：

"我不渴，我宁愿游泳去！"转过头，我对任卓文说：

"你游不游？"

"不！"他摇了一下头，笑笑，"我不会游。"

不会游，真差劲！尤其有那么一副好骨架子。我挑挑眉毛，想还回到潭水里去，维洁一把拉住了我：

"别跑，小鹧鸪，我提议大家划船！"

我瞪了维洁一眼，心想还好，"小鹧鸪"这名字并不算十分不雅，否则给她这样喊来喊去的算什么名堂？任卓文正望着水边一堆嬉水的孩子发呆，听到维洁的话突然转过头来，对我紧紧地盯了一眼，然后望着维洁，有点尴尬地笑笑说：

"划船我也不行！"

"只要船不翻就行了嘛！"维洁不耐地说，"这样吧，我们租两条小船，大哥和绣怡一条，我和这位先生一条，如果你真不会划就让我划，包管不会让你喝水！"

"我看，我看，"维德扭扭捏捏地说，"我看我们租条大船吧！"

维洁对她哥哥凶狠狠地瞪了一眼，自言自语地说了一句："没有用，窝囊透了！"就赌气似的说："好吧，大船就大船！"

我望着任卓文，忍不住地说：

"你为什么不学划船游泳？游泳去，我们教你！"

"不，"他笑笑，颇不自然，"我也赞成划大船！"

真倒霉，碰到这两个没骨头的男人，还不如自己玩玩呢！我满心不高兴，如果这个高高大大的男人是我的兄弟的话，我一定要把他掀到水里去灌他一肚子水。大船来了，维洁头一个冲上船去，差点被绳子绊个筋斗。我和维洁相继上了船，任卓文也轻快地跳了进来，船身晃了一下，他用右手拉住了船篷支持了身子平衡。忽然，我发现他的左手始终没有动过，呆板板地垂在身边，我冲口而出地说：

"你的左手怎么了?"

他望了我一眼,神情显得有点古怪,然后用右手拍拍左手说:

"这是一只废物!"

我恍然大悟,原来他的左手已经残废了,怪不得他不便于游泳和划船!轻视心一消失,我的同情心不禁油然而生,我点点头说:

"是不是小儿麻痹?"

"不,"他望着我,"是为了一只风筝。"

"风筝?"我问,脑子里有点混乱。

"是的,一只风筝,一只虎头风筝!"

"哦。"我抽了一口冷气,紧紧地望着他,难怪我觉得这张脸如此熟悉,这世界原来这么小呀!"哦,"我咽了一口口水,困难地说,"你是阿福!"

"不错!"他笑了,竟笑得非常爽朗,"你没有变多少,小鹧鸪,除了从一个小女孩变成个大女孩之外。一看你从水里上岸我就疑惑着,但是我不敢认,已经太久了!要不是许小姐喊了一声'小鹧鸪',我真不敢相信是你!"

"你,你这只手,一直没有好吗?"我艰涩地问,简直笑不出来。

"这是我母亲的愚昧害了我,但是,它并不太影响我。"他轻松地说,仍然笑着,然后说,"你的脾气也没有变,还是那么率直!"

"哦?"我靠在船栏杆上,手握住栏杆。维洁兄妹诧异地望着我和任卓文，我向来长于言辞，现在却一句话都说不出来。我奇怪任卓文怎么能笑，怎么还有心情来讨论我的脾气？我目不转睛地盯住他那只残废的手，胃里隐隐发痛，整个下午的愉快全飞走了。

　　六岁，对任何人而言，都只是个什么事都不懂的年龄。但，爸爸常说古人有八岁做官，十岁拜相的，那么，我距离做官拜相的年龄也不过只差一丁点儿了。可是，我却只会爬到树上掏鸟窝，踩在泥田里摸泥鳅，跟着附近的孩子们满山遍野地乱跑。我会告诉人鼬鼠的洞在哪儿，我会提着一条蛇的尾巴来吓唬隔壁的张阿姨，我知道哪里可以找到草莓，我能辨别有毒和无毒的菌子。但，假如有人问我一加一等于多少，我会不假思索地说等于一万。

　　那时，爸爸在乡间的中学教书，我们都住在校内的宿舍里，左右全是爸爸同事的眷属，孩子们总数约有五十几人，男孩子占绝大多数。虽然妈妈用尽心机想把我教育成一个斯斯文文的大家闺秀，可是我却一天比一天顽皮。我喜欢混在男孩子堆里，整天弄得像个泥猴。妈妈气起来就用戒尺打我一顿，但那不痛不痒的鞭打对我毫不奏效，只有两次，妈妈是真正狠揍我，一次为了我在张阿姨晒在外面的毛毯上撒尿，另一次就是为了阿福。

　　阿福，他是老任的儿子，老任是学校里的清扫工人。阿福出身虽低微，却是校内孩子们的头儿，第一，他的年龄大个子大。第二，他已经念了乡间小学。第三，他有种任侠作风和英雄气概。第四，他有一个蛮不讲理而奇凶无比的母亲，如果谁招惹了阿福，这位母亲会毫不犹豫地跑出来把那孩子揿在泥巴里窒息个半死。基于以上几种原因，阿福成了我们的领袖，但他却不大高兴跟我玩，因为我是女孩子，而且我太小了。

那天，我们有七八个孩子在校园里放风筝，我拥有一个最漂亮也最大的虎头风筝，得意洋洋地向每个人显示。可是，当那些乱七八糟的小风筝都飞得只剩了个小黑点，我这个漂亮的虎头风筝仍然在地下拖，我满头大汗地想把它放起来，可是无论我怎么跑，那风筝就不肯升过我的头顶。那些孩子们开始嘲笑我，我心里一急，就更拿那个风筝没办法了。这时阿福走了过来，他一直在看我们放风筝，因为他自己没有得放。

"让我帮你放，小鹧鸪。"他说。

我迟疑了一下，就把线团递给了他，他迎着风就那么一抖，也没有怎么跑，风筝就飞了起来。我开始拍手欢呼，阿福一面松着线团，一面沿着校园兜圈子走，我跟在他后面叫：

"还给我，我要自己放了！"

但他的兴趣来了，越走越快，就是不肯给我，我开始在他身后咒骂，别的孩子又笑了起来。就在这时，线绕在一棵大树枝上了，那棵大树长在围墙边上。我跳着脚叫骂：

"你弄坏我的风筝了！你赔我风筝！"

"别急，"阿福不慌不忙地说，"我爬到围墙上去给你解下来。"

围墙并不高，我们经常都爬在围墙上看星星的。阿福的意思是上了围墙，再从围墙上爬上树。当他爬上围墙，我也跟着爬了上去。可是，等不及阿福上树，绳子断了，那个漂亮的虎头风筝顺着风迅速地飞走了。我先还仰着头看，等到风筝连影子都没有了，我就"哇"地大哭了起来，跺着脚大哭大闹：

　　"你赔我风筝，我的虎头风筝，你还我来！还我来！"

　　"我做一个给你好了！"阿福说，多少有点沮丧和歉然。

　　"我不要，我不要！我要我的虎头风筝！"

　　"飞掉了有什么办法！"阿福说。孩子们都在围墙下幸灾乐祸地拍手。我气得头发昏，根本不曾思索地就把阿福推了一把，阿福本来就正准备下围墙，我一推他立即失去平衡，重重地跌在泥地上。一刹那间，我也吓了一跳，但是，一想阿福不会在乎这样摔一下的，我就溜下了围墙，还准备继续哭闹一番呢。但，阿福的样子使我怔住了，他苍白着脸爬起来，疼得龇牙咧嘴，一句话都不说，就摇摇摆摆地向他家走去。只一会儿，他的母亲就冲了出来，孩子们像看到妖怪似的逃走了，一面还叫着说：

　　"是小鹧鸪推的！"

　　阿福的母亲拎住了我的耳朵，哭叫着说：

　　"你个小杂种，还我阿福来，我跟你拼了！"

　　这场大骂直骂了半小时，直到妈妈闻风赶来，先把我从那个凶女人的手下救出来，然后一面好言劝慰着她，一面坚持去看阿福的伤势，我乘机溜回家里，爸爸正在书桌前改卷子，看见我点点头说：

"又闯祸了，是不？"

我闷声不响，心里挂念的不再是风筝，而是阿福。没多久，妈妈急急地走进来，对爸爸说：

"那孩子的手腕折了，大概是脱臼，我告诉他们我愿意出钱雇轿子，让他们送孩子到城里的医院里去，可是他们不肯，坚持要杀公鸡祭神，请道士念经，并且请几桌酒。我倒不是小气出这笔请道士请酒的钱。只是孩子的手就完了，你看怎么办？"

爸爸放下了红笔，推了推鼻梁上的眼镜说：

"乡下人，简直无知，我去和他们说去！"

爸爸妈妈几经交涉，最后是全盘失败，他们只相信神仙和道士，不相信医生。结果妈妈拿出一笔巨额的赔款，让他们请道士作法。然后回到家里来，用一根粗绳子把我结结实实地绑在床柱子上，用皮带狠狠地抽我，我的哭叫声和院子里道士们作法的声音混成一片，从来没有一个时候，我看到妈妈生这么大的气，我被打得浑身青紫，哭得喉咙都哑了，妈妈才住手。爸爸把我解下来，抱到床上去，叹息地说：

"孩子还小，打得也过分了。"

"你不知道，阿福是个聪明孩子，现在却注定终身残废，我会负疚一辈子！"妈妈说，一面走过来给我盖棉被，并且轻轻抚摸我手上的鞭痕。因为妈妈眼睛里有泪光，我觉得分外伤心，那晚，我足足哽咽了一整夜。而院子里，杀公鸡声，念经声，也闹了一整夜。天亮了，阿福的母亲来了，出乎意料地温和，扭扭捏捏地说：

"阿福一定要我来讲，叫你们不要打小鹧鸪，说不是她推的，是他自己摔下来的！"

妈妈看了我一眼，大有责备我怎么不早说的意思，爸爸摸了摸我的头，对阿福的母亲说：

"打都打过了，也就算了！倒是阿福怎么样？"

"已经不痛了，今晚再杀一只鸡就可以了！"那女人笑吟吟地说。

可是，阿福的手一直没有好，当他吊着手腕来找我玩的时候，我却本能地躲开了，我变得很不好意思见他，为了那该死的一推。妈妈说我变安静了，变乖了。事实上，那是我最初受到良心责备的时候。倒是阿福总赶着找我玩，每次还笑嘻嘻地对我说：

"你不要生我的气，你妈妈打你的时候我不知道嘛！"

由于我总不理他，他认为我还在为那个丢掉的风筝不高兴，一天，他对我说：

"等我的手好了，我一定再做个风筝给你，赔你那一个，也做个虎头的，好不？"

一个多月后，我们举家搬进了城里，以后东迁西徙，到如今，十四年过去了，我怎么料到在这个小海岛上，这碧潭之畔，会和阿福重逢？

"想什么？"任卓文问我。

"你怎么会到台湾省来的？"我问。

"完全是偶然，我跟我叔叔出来的，我叔叔来这里经商。啊，我忘了告诉你，我后来在城里读中学，住在叔叔家，叔叔是个商人。"

"这只手，你没有再看过医生？"

"到城里之后看过，已经没有希望了！"

"喂，"维洁突然不耐地叫了起来，"你们是怎么回事？以前认得吗？别忘了还有两个人呢！"

"十几年前天天在一块玩的。"任卓文笑着说，"真没想到现在会碰到！"

"这种事情多得很呢。"维洁说，居然又说出一句颇富哲学意味的话，"人生是由许多偶然堆积起来的。"

"你走了之后，我真的做了个虎头风筝，用一只手做的，一直想等你回来后给你，可是，你一直没回来。"

我想笑，但笑不出来，半天之后才说：

"那个该死的虎头风筝，但愿我从没拥有过什么鬼风筝，那么你的手……"

"算了，别提这只手，我一点都不在乎！"他打断我，笑着，却真的笑得毫不在意。

"我很想听听，风筝与手有什么关系。"维洁说，一面对她哥哥皱眉，那位拘束的哥哥现在简直成了个没嘴的葫芦，只傻傻地坐在那儿，看看任卓文又看看我。

我说出了风筝的故事，维洁点点头走到船头去，把浴巾丢在船舱里，忽然对任卓文说：

"塞翁失马，焉知非福？"然后向水中一跃，在水里冒出一个头来，对船上喊：

"大哥，你还不下水来游泳，在那儿发什么呆？"

维德愕然地对他妹妹瞪着眼睛，我却莫名其妙地红了脸。

一年后，仍然是八月。

我正坐在走廊里看书，一阵轻轻的脚步声走了过来，我佯作不知，于是，我听到身后有个声音在说：

"我送你一样东西，猜猜看是什么？"

我猛然回头，任卓文正捧着个庞然巨物站在那儿。

"啊哈！风筝！"我大叫，像孩子似的跳了起来，"虎头风筝！你在哪儿买的？"

"自己做的，用这一只手！"他笑着说，然后含蓄地说，"十五年前飞走的风筝又回来了，你要吗？"

我抢过了风筝，嚷着说：

"当然要，本来是你欠我的！"

"你难道不欠我什么吗？"他问。

我的脸红了，把手伸给他说：

"给你，砍去吧！"

他笑了，笑得邪门："我会好好爱护这只手，和它的主人。"他说。

拿起风筝，我跑了出去，室外，和煦的风迎着我，是个放风筝的好天气。

迷失

　　没有星也没有月亮，只有绵绵的细雨和无边的黑暗。这种夜晚，在几个月前，她认为是静谧而温馨的。一盏台灯，一盘瓜子，一杯清茶，和他静静地对坐着。你看着我，我看着你，不必多说什么，她了解他，他也了解她。等到邻居的灯光相继熄了，他站起来，望望窗外问：

　　"我该回去了？"

　　"或者是的。"她答。

　　于是，他走到门口，穿上那件早已褪色的蓝雨衣，她送他到门前，他微笑着问：

　　"什么时候我们可以共度长夜？"

　　他没有向她正式求过婚，但这句话已经够了。她也从没有答复过这句话，只是淡淡地笑笑。可是，他们彼此了解。等他修长的影子消失在细雨中，她合上门，把背靠在门上，闭上眼睛，脑子里立即出现无数个关于未来的画面，而每个画面中都有他。

同样的雨，同样的夜，她不再觉得静谧温馨，只感到无限的落寞和凄凉。仅仅失去了一个他，她不明白为什么自己竟感到像失去了整个的世界。他，叶昶，这个名字带着一阵刺痛从她心底滑过去。叶昶，这骄傲的、自负的、目空一切的男人！

第一次见到他，似乎还是不久以前的事，虽然已经隔了整整三年了。那时候，她刚刚考进 T 大外文系，在一连串的迎新会、同乡会、交谊会之后，她已从她的好友李晓蓉那儿知道，男同学们给了她一个外号，叫她作"白雪公主"。她曾诧异这外号的意义，晓蓉笑着说：

"那还有什么不明白的，你长得美，皮肤又白，白得像雪；对人冷冰冰的，也冷得像雪，所以他们叫你白雪公主。"

"我冷冰冰的吗？怎么我自己不觉得？"她问。

"哦，你还不够冷吗？"晓蓉叫着说，"不是我说你，馥云，为什么你从不答应那些男孩子的约会？我听说从开学以来，已经有十四个半人碰过钉子了！"

"什么叫十四个半？这是谁计算的？"

"十四个是指你拒绝过十四个人，另外那半个是指我们那位李助教。据说，他曾拐弯抹角地找你聊天，刚说到国立艺术馆有个话剧的时候，你就说对话剧不感兴趣，吓得他根本不敢再说什么了，他们说这只能算半个钉子。"

"谁这么无聊，专去注意这些事情？"馥云皱眉问。

"你知道外文系最近流行的几句话吗？他们说：'许馥云，

美如神，碰不得，冷死人！'大家都说你骄傲，是女生里的叶昶！"

"叶昶？叶昶是谁？"

"你真是什么都不知道！叶昶是外交系三年级的，能拉一手小提琴，并且是最好的男中音。只是为人非常骄傲，据说有个女同学把情书悄悄地夹到他的笔记本里，但他却置之不理，他说他不愿意被任何人所征服！"

"他未免自视过高了吧。谁会想去征服他呢？"

"哈，我猜全校三分之一的女同学都在暗中倾慕他，只是不说出来罢了！如果你见到他，一定也……"

"别说我！"馥云打断了晓蓉的话，"记住，我也不愿被任何人征服的！"

三天后，学校里有一个同乐晚会，因为节目单中有叶昶的小提琴独奏，馥云虽然对同乐晚会不感兴趣，却破例地参加了。由于听到太多人谈起叶昶，引起了她的好奇心，她倒想看看这位仁兄到底是一副什么样子。她走进会场时已经迟到了，台上正有两个同学在表演对口相声，她想找个座位，一个在她身边的男同学立即站了起来让她坐，她犹豫了一下问：

"你呢？"

"我喜欢站！"

她坐了下来，那个男同学靠着墙站着，个子高高的，微微地蹙着两道眉毛，用一种不耐的神情望着台上。馥云坐正了身子，台上的人正在说《影迷离婚记》，那装太太的同学尖着嗓子在一连串地说：

"我们真是一舞难忘、一曲难忘、一见钟情，我们经过一夜风流，我就成了未出嫁的妈妈了！"

台下爆出一阵大笑，馥云却听到她身边那让座的男同学在冷冷地说："无聊！"馥云下意识地望了望他，正好他也在看她，于是，他耸耸肩对她说：

"我最不喜欢这种同乐晚会，一点意思也没有！"

"这人真滑稽。"馥云想。既然不喜欢，干吗又要参加呢？她不禁也耸耸肩说：

"你为什么要来呢？"

"为了叶昶的小提琴！"

又是叶昶！馥云忍不住再耸了耸肩，并且不满地撇了一下嘴，这表情似乎没有逃过那男同学的视线，他立即问：

"你认为叶昶的小提琴怎样？"

"我没听过，希望像传说的那样好！"

"其实并不好！"那人又冷冷地说。馥云诧异地看着他，既然认为叶昶的小提琴不好，为什么又要来听呢？这人一定是个神经病，要不然也是个少有的骄狂的人！他仿佛也看出了她的思想，对她微微地笑了笑，馥云才发现他很漂亮，很潇洒，那股"狂"劲似乎也很可爱，就莫名其妙地回了他一个微笑。他的笑容收回去，却定定地凝视了她几秒钟，然后问：

"你在哪一系？"

"外文系，一年级。"她答。

"是新生？你和许馥云同班？"

"你认识许馥云？"她诧异地反问。

"不！"他摇摇头，并且皱了皱眉，"只是闻名已久，我对这种骄傲的女孩子不感兴趣！"

"骄傲？你怎么知道她骄傲？"

"她吗？她是骄傲出了名的！许多长得漂亮一点的女孩子就自认为了不起，好像全天下的男人都该拜倒在她的石榴裙下似的！等到别人真的追求她，她又该搭起架子来拒绝了！"

馥云感到一股怒气从心底升了起来，但她压制了下去。台上的《影迷离婚记》已到尾声，那饰丈夫的正在说："我的茶花女，再见吧，你可别魂断蓝桥呀！"馥云把眼光调到台上，决心不再理会那个人，但，那人却在她耳边轻声地问："散会之后，我可以请你去吃宵夜吗？"

"不！"她转过头来狠狠地盯着他，不假思索地说，"一个骄傲的女孩子不会轻易地答应别人的邀请的！"

他似乎大大地吃了一惊，张大了眼睛望着她，喃喃地说："我希望，你不是许馥云！"

"很不幸，我正是许馥云！"馥云感到一阵报复性的快感，接着又说，"以后你批评一个人以前，最好先打听一下他的姓名！""可是……可是……"他眨着眼睛，"可是"了半天，终于说，"可是你在撇嘴以前，也该先打听一下那看着你撇嘴的人是谁呀！""难道，难道，"这下轮到馥云张大了眼睛，"难道你就是叶昶？""很不幸，我正是叶昶！"叶昶学着她的声调说。馥云正在感到迷茫的时候，麦克风里已在报告下一个节目：下一个节目是叶昶的小提琴独奏。叶昶抛给她一个调侃而含蓄的微笑，就转身到后台去了。那天，叶昶拉了几个常听的曲子，《流浪者之歌》《梦幻曲》和《罗曼斯》。那天夜里，馥云做了一夜的梦，梦到叶昶和罗曼斯。

馥云不相信自己会"被征服"，但，叶昶，那高傲的男人，却确实在她心中盘旋不去。最使她不舒服的，是他并没有像她期望的那样来追求她，他疏远她，冷淡她。但在疏远和冷淡之中，却又带着一种调侃和讽刺的味道，仿佛在对她表示："我知道你喜欢我，但我偏不追求你！"这打击了她的自尊心，也刺伤了她的好胜心。"我要征服他！但不被他征服！"她想，于是，像捉迷藏一样，他们彼此窥探着，也彼此防范着。

年底，外文系主办了一次圣诞舞会，他参加了。她也参加了，因为知道他会去，她仔细地打扮了自己。舞会是热闹的，令人兴奋的。她被陷在男孩子的包围中，数不清的赞美，数不清的恭维和倾慕，只是，他却带着个超然的微笑，斜靠在窗口，望着她在人群中转来转去。任凭她多么渴望他来请她跳舞，他却总是漠然地站着。于是，渴望变成了怨恨，她开始决定，如果他来请她跳舞，她一定给他一个干干脆脆的拒绝。"我要让他难堪一下，我要报复他！"报复什么？她自己也不清楚。终于，他来了，他离开了他的角落，微笑地望着她，向她慢慢地走过来。她感到心脏加速了跳动，血液迅速地向脸上涌去，呼吸变得紧迫而急促，她忘了要报复的决定，她用眼光迎接着他，拒绝了别的男孩子的邀请，等待着他。他走近了，抛给她一个讽刺的笑，从她身边擦过，去请坐在她旁边的一位小姐。她咬紧了嘴唇，愤怒和难堪使她血脉偾张，"我要报复的，"她想，"我一定要报复的！"

可以报复的机会终于来了。那天下了课，才只是下午三点钟，她夹了书本，正准备回家，却在走廊上碰见了他。他看着她，微笑地问：

"没课了？"

"没有了！"她答。

"我想到碧潭划船去，一起去吗？"

如果这算是一个邀请，那么他总算是邀请她了，她应该高高地抬起头，昂然地回答一句："不，我没兴趣！"或者说："对不起，我早有约会了！"但她什么也没说，只呆呆地望着他，任由他从她手上接过书本去，任由他带着她搭上到碧潭的公路局客车，任由他租了游艇，任由他搀着她跨上游艇。他拿起桨，把小船划到潭心，然后微笑地问：

"怎么，你好像在和谁生气似的？"

是的，她在和自己生气，但她说不出。他微笑着，笑得那么含蓄，仿佛在说："我已经征服了你。"她恨自己为什么要跟他到这儿来，恨自己如此轻易地失去了报复的机会。他仍然在笑，笑得使人生气，她禁不住狠狠地瞪了他一眼，他轻松地荡着桨，突然说：

"要我唱一个歌给你听吗？"

她还没有回答，他已经引吭高歌了，是那首著名的英文歌：《当我们年轻的时候》。他的歌喉那么圆润，声音那么富有磁性，她觉得心里充满了难以言喻的感情，泪珠没来由地在眼眶里打转。他的歌声在水面缭绕着，他的眼光跟踪着她的眼光。歌声停了，他把小船搁浅在沙滩上，静静地凝视着她，低声说：

"馥云，你真美！"

第一次他直呼她的名字，第一次他赞美她。她的头昏昏沉沉，她的眼光模模糊糊，她感到自己的手被握进了他的手中，他轻轻地拉着她，她滑进了他的臂弯里，立即，她感到一阵说不出的轻松，似乎经过了一段长期的抗战，而今战争终于结束了。她仰起头，对他绽开了温柔而宁静的微笑。她不再想到报复，她不再想是谁征服了谁，她只觉得山是美丽的，水是美丽的，连那躺在沙滩上的小鹅卵石也是美丽的。

一连串美好的日子，一连串美好的夜晚，不管是风晨月夕，不管是晴天阴天，他们的岁月是美丽的。但，在美好之中，又似乎缺少了什么，馥云总隐隐地感到不满，不满什么，她自己也不知道。三年的时间过去了，叶昶早已毕业了，馥云依然在求学，依然生活在男同学的包围之中。三年来，他们更有过无数次的争吵，每次都不了了之，可是，馥云所感到的那份不满，却随岁月而与日俱增。一天，她开玩笑地问他：

"假如有一天我爱上了别人，你怎么办？"

"我想你不会。"

这就是他的答案，"不会！"为什么不会呢？他是何等地自负，馥云觉得自尊心被刺伤了。她冷笑了一声说：

"不会？你怎么知道？"

"假如我爱上了别人，你又怎么办？"他反问。

"我吗？"她耸耸肩，"那还不简单，我也另找一个人，我还会缺少男朋友吗？"

在一刹那间，她发现他的脸色阴郁了下去，但马上他又恢复了。他们转换了话题，可是，他们已彼此伤害了对方。"如果他真爱我，失去我会使他发狂，但是他不会，他仅仅把我当一个被征服者而已。"馥云想，那份不满已变成了一种反感了。

那最后的一日终于来临了。那是很好的黄昏，他像往常一样地来了，他们在小屋中对坐着，她为他泡了茶，他轻松而自然地说：

"我姨妈要见见你，我已经告诉她明天中午带你到她家去吃饭！"

馥云望着他，强烈的反感在心中升了起来。

"你为什么不先征得我的同意？你怎么知道我明天有没有事？凭什么我要让你姨妈'见见'呢？"

"我想你明天没有事，有事也先放在一边吧？"他说。

"不行！"馥云斩钉截铁地说，"我明天有事！"事实上，明天什么事都没有。

"什么事？"他追问。

"我明天有约会，和男朋友的约会！"她大声说。

叶昶望着她，好一会儿两人都没有说话。然后叶昶冷着脸说：

"馥云，你是不是故意和我闹别扭？"

"你有什么权利代我订约？你又有什么权利'带'我到什

么地方去见什么人？我又不是你的附属品！"

"别在字眼上挑毛病好不好？就算我做得不对，约已经订了，你总不能让我丢人。明天我来接你。"

"我不去！"馥云坚决地说，又加上一句，"我的男朋友可不止你一个，难道每个人的姨妈我都该见见？"

叶昶的两道浓眉在眉心打了一个结，他的拳头握紧了："好吧！去不去随你！"

"砰"的一声，他带上房门走出去了，这举动使馥云更加冒火，她追到门口，大声喊："你走吧！希望你永远都别来，我不要再见你，从今天起，我们之间就算完蛋！"

他停住，回过头来冷冷地说："你以为我稀罕你？完蛋就完蛋！"他走了，就这样，走出了她的生活，也走出了她的世界。

两个月过去了，他没来过，她也没有去找他。但，岁月变得如此地悠长，生活变得如此地枯燥。同样的夜，竟变得如此落寞凄清！"这是为了什么？"她自问，"难道我不爱他？难道他不爱我？为什么他不能抛开他的骄傲和自尊？在爱神的前面，他竟要维持他的骄傲和自尊！"但是，她自己呢？她自己为什么也要维持这份骄傲和自尊？

"或者，我们迷失在彼此的骄傲里，在爱情前面，这点骄傲应该缴械的！我，是不是该先抛弃我的骄傲？"她想，默默地望着窗外。

窗外，仍然飘着无边的细雨。终于，她转过身，从墙上取下了雨衣，向室外大踏步地走去。

情人谷

一

　　山谷中静悄悄的，没有一点声音，连那条穿过山谷的河流，也一平如镜地躺在谷底。

　　嘉琪站在河边，用一只手拉着河边的一棵榕树枝子，把上身倾在河面上，仔细地、小心地，注视着水中自己的反影。微微的风掠过了水面，掀起了一片涟漪，水中的人影也跟着轻轻地晃动了起来。嘉琪站正了身子，烦恼地跺了一下脚，她心中正充满了怨气。今天早上，妈妈起码对她说了十遍同样的话：

　　"嘉琪，注意你的举止！十六岁的少女，一定要表现得端庄稳重！等会儿费伯伯来了，你要给他一个好印象，让他觉得你是个有好教养的大家闺秀！"

　　费海青，都是为了这个即将来临的客人，家里弄得天翻

154

地覆，一切都变了常态。据说，费海青是爸爸的老朋友，在海外住了整整十二年，现在突然回来了。当然，他要住在嘉琪的家里。但，嘉琪不了解为了这样一个陌生的客人，爸爸妈妈何至于看得如此严重！而且，自从收到费海青决定回来的信起，家里就充满了一种神秘的气氛，爸爸和妈妈的笑容都减少了，常常悄悄地讨论着什么，等到嘉琪一走过去，他们就赶快把话咽住了。

哼！他一定是个脾气古怪、性情执拗的老头子！为了这么一个人，爸爸时而兴奋，时而又忧郁地摇着头叹气。妈妈也变了常态，居然大大地训练起嘉琪的风度仪表来，"给海青伯伯一个好印象！"这句话成了妈妈不离口的训词。这还不说，今天一早，爸爸就到台北松山机场去接费伯伯了。妈妈竟然把嘉琪叫到面前来，命令她换上了现在穿的这身衣服，白底小红花的尼龙衬衫，藏青色的旗袍裙。这岂不要了嘉琪的命！生平没有穿过旗袍裙，现在裹裹拉拉，拘拘束束的，连迈步子都迈不开！"规规矩矩地坐着，不许跑出去！"妈妈下了最后一道命令，就到厨房去忙着准备食物了。哼！不许跑出去！可是嘉琪是离不开情人谷的，情人谷是这山谷的名称。何况家里没有大的穿衣镜，嘉琪一定要看看妈妈把自己打扮成一个什么怪样了！所以，当妈妈一转身，嘉琪就抓起了自己的草帽，跑到这山谷中来了。

"费海青，滚他的蛋！"嘉琪咒骂了一句，重新拉起榕树枝子，在水里打量着自己。水中反映出一张圆圆的脸庞来，有一个微微向上翘的小鼻子，两个大眼睛，和一张稚气的嘴。

短短的头发上系着一条水红色的缎带，这缎带也是今天早上妈妈给强迫系上的，这使嘉琪感到不舒服。于是她一把扯了下来，顺手丢进了河里，望着缎带顺水流去，她感到一种说不出的愉快，她继续打量着自己，穿着尼龙衬衫的上半身，扎得紧紧的腰部，窄窄的裙子……猛然间，当嘉琪警觉到危险以前，榕树枝断了，她对着水面冲了下去。

掉到这条河里，对嘉琪来说，倒不是一件什么了不起的事，事实上，几乎每年嘉琪都要掉下去两三次，仗着自己的游泳本领，她从没有出事过。可是，今天，把手脚一伸，嘉琪就觉得不大对劲儿，两条腿给那瘦瘦的裙子捆得紧紧的，根本就别想动一动。"见鬼的旗袍裙！"嘉琪在肚子里狠狠地咒骂着，死命地把腿一弯，"刺啦"一声，嘉琪知道裙子已经撕破了。但她的腿也获得了自由，像一只小青蛙一般，她轻快地向岸边游去。

爬上了岸，嘉琪在岸边的草地上平躺了下来，她知道自己现在已变成了一副什么模样儿，浑身湿淋淋的，再加上那条一直撕到大腿的旗袍裙。

"我必须尽快回家换一身衣服，免得让费伯伯那古板的老头儿看到我这副模样！"

嘉琪跳了起来，从草地上找回她的草帽，拔起脚，开始向谷口奔去。出了谷口，在不远的山脚下，就是她家那精致的小洋房了。别人都把房子盖在市区里，但嘉琪的父亲却喜欢这儿的宁静幽雅。沿着山脚的小路走出去，不远就是碧潭。所以，这座小楼房是依山面水的。嘉琪用最快的速度，冲进了花园里，正想到里面房里去换衣服，却猛然看到在园中的金鱼池旁边，一个陌生的、颀长的男人正站在那儿。

"嗨！"她站住脚，诧异地看着这个男人。

是个年约三十五六岁的男人，高高的个子，黝黑的皮肤，有一对漂亮而锐利的眼睛，眉毛长得低低的，眼睛微微向里凹，薄薄的嘴唇，带着个嘲弄的微笑。穿着一件洁白的衬衫，一条浅灰色的西服裤。这是一个漂亮的男人，一个具有十足的男性力量的男人。当嘉琪对这陌生人完全打量过之后，这男人也刚刚完成了他对嘉琪的巡礼。他那黝黑的脸似乎在一刹那间变得苍白了，深黑的眼睛里闪过一抹激动的光芒。但，立刻他就用一种故作滑稽的口吻说：

"怎么，你湿得像一只才游过泳的鸭子！"

"假如你刚刚掉到河里去，"嘉琪愤愤然地、一本正经地说，"你怎么可能不湿？"

那陌生人挑了挑眉毛，收起了脸上的笑，也严肃地点了点头，表示接受了她的理由。嘉琪转身向房子里走去，走了两步，她忽然回过头来，那陌生人正望着她的背影发愣。她鲁莽地问：

"喂！你是谁？"

"我？"那陌生人似乎吃了一惊，"我姓费。"

"费？"嘉琪诧异地睁大了眼睛，"那么，你是费海青那老头儿的儿子了？"

"费海青那老头儿？"那陌生人滑稽地笑着，对她深沉地鞠了一个躬，"费海青那老头儿就是我！"

嘉琪怔了足足有半分钟，接着，就突然地大笑了起来，一面笑，一面弯着腰，上气不接下气地说：

"妈特地要我换上一身新衣服，'给费伯伯一个好印象！'我偏偏掉到河里……撕破了裙子，弄乱了头发……啊，我可像一个文文静静的大家闺秀吗？"

费海青抿着嘴望着她，接着，也大笑了起来，正当他们相对着笑得前俯后仰的时候，妈从后面跑了出来，一看到嘉琪那水淋淋的样子，就惊诧地大叫了起来：

"啊呀！我的天！嘉琪，你是怎么弄的呀？"

"哦，妈妈，我掉到河里去了，这可不是我的错，谁也料不到树枝会断的呀！"

"你难道爬到树上去了吗？"

"假如你不把我的腿用这么一条裙子捆起来，我倒真会爬到树上去呢！"嘉琪说着，一面对费海青调皮地笑了笑，就转身到里面去换衣服了，当她走开的时候，她听到妈妈在怜爱地说：

"多么可爱的女孩子！这和十二年前那个瘦弱的小女孩有了很大的差别了吧？"

费海青低低地答了一句，嘉琪没有听清楚他说的是什么。经过客厅的时候，她看到里面多了几件东西，一口小皮箱，一个旅行袋，还有一支猎枪！嘉琪对那猎枪凝视了几秒钟，心脏由于兴奋而加速地跳动着。费海青，这是个传奇性的人物啊！她在客厅里没有看到爸爸，于是，她明白爸爸和费海青彼此错过了，爸爸去接他，他却自己来了。"嗯，这个暑假一定不会平凡了！"嘉琪喃喃地说，对自己甜蜜地微笑着。

二

清晨，天刚刚有点儿亮，嘉琪悄悄地溜下楼来，预备跑步到情人谷去，享受一下谷中清新的空气。昨晚，她睡得很迟，爸爸、妈妈和费海青，他们似乎有说不完的话。费海青讲了许多他在海外的经历，他跑了不少的地方，英国、美国、意大利、日本……但，大多数的时间都待在美国。他讲了很多他打猎的故事，他是一个很精明的猎手。当他讲那些故事的时候，他的声音深沉而富有磁性，他的眼睛明亮而锐利。有好几次，他注视着嘉琪，眼睛里闪动着一种特殊的光芒，这种注视使嘉琪觉得呼吸急促，她感到自己在被注意着，整个晚上，他的视线都在跟踪着她。

昨晚睡得那么迟，但今天却醒得这么早，嘉琪感到浑身都充满了活力。溜下了楼，嘉琪走到花园里，像一只小猫般轻快地向花园的门跑去，可是，她听到了一个声音：

"怎么？想逃跑吗？"

她站住了，费海青从一棵扶桑花后面绕了出来，嘴里衔着一支烟，微笑地望着她。

"你起得真早，"嘉琪笑着说，"我正想到情人谷去！"

"情人谷？一个很美丽的名字！是个名胜吗？"

"不，是一个普通的山谷，四面都是山，谷底是一条河，河边有大片的草地和树林，风景美极了！平常到碧潭来玩的人都只知道游碧潭，不知道游情人谷，其实情人谷比碧潭好玩多了！那么安静、神秘！早上和黄昏的时候都有一层薄雾，谷里到处都朦朦胧胧的，真美极了！"

"为什么叫情人谷呢？"

"相传到谷里玩的青年男女，都会在那儿找到爱情！但知道这地方的人并不多！"

"你引起我的好奇心了！嘉琪，带我去看看吧！"

"好！如果不惊醒妈妈他们，我们可以在早餐以前赶回来！不过，你带猎枪去好吗？山上有许多鸟，我要你教我打猎！"

"交换条件，是不是？"费海青接着说，接着又对她眨了眨眼睛，"好吧！让我到卧室里偷枪去！"

一刻钟之后，他们并肩走在山中的小径上了。山里弥漫着淡淡的薄雾，树枝和小草上都聚着大颗的露珠，空气里散布着一缕微微的草香。各种的小鸟在山上穿来穿去，杂着彼此应和的"叽叽咕咕"声。费海青持着枪，环视着山上浓密的树木，一只鹌鹑从树林里猛地飞了出来，"砰！"一声枪声，鹌鹑立即像石块一样地落了下来，许多的鸟都扑着翅膀惊飞了。

"啊！你打中了它！"嘉琪欢呼着向落下的鸟儿那里跑了过去，拾起了那只尚未断气的小东西。

"第二枪应该你放了，我帮你上好子弹。看！那边树枝上有两只鸟，瞄准吧！这儿是准星尖，从这里看出去，看着鸟肚子底下一点的地方，枪拿稳一点，好，放吧！"

嘉琪扣动了扳机，砰然一声，两只鸟都飞了。

"啊，没打中！"嘉琪失望地提着枪，望着两只鸟向天空飞去。

"慢慢来，打猎并不简单呢！情人谷在什么地方？或者谷里有不少的鸟可以打呢！"

"哦，告诉你，情人谷是不许打猎的！"嘉琪说。

"谁不许？"

"我不许！别糟蹋了好地方，那儿是不该有枪响的！"

费海青侧过头来望着嘉琪，嘉琪的脸儿显得严肃而正经，眼睛亮晶晶地闪着光。费海青微微地笑了笑，但，这笑容消失得很快，代而有之的，是一抹深切的痛楚的表情。可是，当嘉琪转过头来时，他又微笑了。

情人谷中依然静悄悄的，山、水和树木都是静止的。一只水鸟独脚站在水里的一块岩石上，把头埋在它的翅膀里打瞌睡。嘉琪和费海青的脚步声惊醒了它，它抬头茫然地看了看，换了一只脚站着，又继续去打瞌睡了。嘉琪停住了脚，回头望了望费海青：

"美吗？"

"比你描述的更美！"费海青说，赞叹地望着四周。

他们在草地上坐了下来，有好一会儿，两个人都没有说话。嘉琪偷偷在注视着他的侧面，他正凝视着水面，似乎在回忆着什么，他的眼光显得茫然，脸上的肌肉绷得紧紧的。

嘉琪觉得心里怦然一跳，在这一刹那间，好像自己心里多了一样东西，呼吸急促了，脸上突然地发起烧来。她低下头，用手拔着地下的小草，轻轻地问：

"费伯伯，你结过婚吗？"

"什么？"费海青像是吃了一惊，"结婚？不！我没有！"

"那么，你恋爱过吗？"嘉琪继续问。

费海青回过头来，深深地望着嘉琪，半天没有说话，好一会儿后，才低低地，有所感动地说：

"是的，我恋爱过。"

"你爱的是谁？为什么你不和她结婚？"

又是一段长时间的沉默，然后，费海青苦笑了一下。

"嘉琪，你还是个小女孩，许多事你是不能了解的！有时候，我们所爱的人不见得是爱我们的，也有的时候，我们所爱的人不是我们所该爱的，感情上的事比任何事都复杂……啊，这些对你来说是太深了！"

"别把我当小孩看吧！"嘉琪愤然地说，然后又问，"你这样东飘西荡的，从来没有觉得寂寞过吗？"

"寂寞？"费海青望着嘉琪，眼睛里又闪耀着那种特殊的光芒，"是的，有时候很寂寞。我常想……我应该有一个小伴侣，例如……一个女儿！……啊！我们该回去了，太阳都爬上山了，不是吗？我猜你妈一定在到处找我们了，在她到警察局报告失踪以前，我们赶回去吧！"

他们跳了起来，向谷口跑去，费海青走在前面，嘉琪落后了几步。在爬一个陡坡的时候，费海青回过头来，拉住了嘉琪的手，把她拖了上来，然后他们一直手拉着手，轻快地向家里走着，到了花园门口，费海青松了手，深深地笑着说：

"我们度过了一个很愉快的早晨，是不是，我的小朋友？"

"确实是一个愉快的早晨，但是，我不是你的'小'朋友！"嘉琪说，红了脸，冲进了花园，向自己楼上的房子奔去。

下楼吃早餐的时候，无意间，在客厅门口她听到妈妈和费海青的几句对白，妈妈在问：

"海青，假如我猜得不错，这次你回来主要是为了她吧？是吗？"

"是的！"费海青回答。

"你告诉她了吗？"

"没有，我不知道怎么说，也不知道该不该说。"

"小心点，海青，她是个敏感的孩子！我希望你不要告诉她！"

妈妈的声音里有一种凄凉和祈求的味道，然后费海青说了一句很低的话，嘉琪没有听清楚。她满腹狐疑地走进客厅，妈妈和费海青都立即停止了谈话，他们的目光都神秘地集中在她身上，空气里有点儿紧张。嘉琪看了看费海青，又看了看妈妈，妈妈的眼睛是湿润的。"他们有一个秘密，我要查出来那是什么！"嘉琪想，一面抬起头来愉快地说：

"该吃早饭了吧，妈妈？"

三

夜深了，窗外下着大雨，嘉琪坐在书桌前面，一点睡意都没有。拿着一支铅笔，她在纸上无意识地乱画着。自从费海青住到这儿来，已经足足有两个月了，这是多么充实、多么神奇的两个月！嘉琪奇怪以前那十六年的岁月是怎么过的，在她的生命中，似乎只有这两个月是存在的，是真实的。她伸了一个懒腰，把手放在脑后，静静笑着。这两个月中，她已经学会了打猎，每天早上她和费海青在深山里乱窜，打猎、追逐、嬉戏。午后，他们会躺在情人谷中谈天，他告诉她许许多多的故事，有一天，他问她：

"你愿意跟我到海外去吗，嘉琪？"

她笑了笑，没有说话，为什么她不告诉他她愿意呢？但他又为什么要带她走呢？除非……她的脸发起热来了，她用手揉了揉头发，胡乱地对自己摇了一阵头。然后，她开始在纸上画上一张张的脸谱，正面的、侧面的，起码画了几十个。这是同一个男人的脸谱，但却画得完全不像。只有一张的下巴有点儿像"那个人"，她对这张注视了很久很久，然后红着脸儿，用自己的嘴唇对那张画像的下巴贴了上去。只一瞬间，她抬起头来，有点惊惶地四面张望着，似乎怕别人发现她的动作。等确定不会有人看到她之后，她用笔在纸上乱七八糟地写着：

徐嘉琪，不要傻，人家把你当"小朋友"看呢！他不会喜欢你的，你不要做梦吧！

有两滴泪珠升到她的眼睛里来了，她把头埋在手心里，半天之后，才茫然地抬起头来，关了台灯，上床睡觉了。

她睡得并不熟，许多的噩梦缠着她，天刚亮，她已经醒了。窗外的雨停了，是一个好天气。她穿好了衣服，开了房门，悄悄地走下楼梯。她想去洗一个脸，然后到客厅里去等费海青。可是，刚走完楼梯，她就听到客厅里有低低的谈话声，她站了一会儿，可以听出有妈妈、爸爸和费海青三人的声音，他们似乎在争执着什么，可是声音很低，一句都听不清楚。嘉琪迅速地向客厅门口溜去，客厅的门是关着的，她的好奇心燃了起来，她知道他们三个人有一个秘密，每次她和费海青出游归来，都可以看到爸爸妈妈焦灼担忧地望着费海青，似乎在询问什么。"我要查出来！"嘉琪想，把耳朵贴在门上。于是，她听到妈妈在低而急促地说：

"海青，我不了解你，十二年都过去了，你怎么突然想起她来？而且，你一个独身的男人，带着个女孩子也不方便呀！"

"唉！"费海青在长长地叹着气，"你们不知道孤寂的味道，有时候，在陌生的国度里，你半夜里醒过来，陪着你的只有空虚和寂寞，那滋味真不好受……我本来并不想收回她的，但她长得那么像她母亲……"费海青的声音颤抖了，句子被一种突发的哽咽所中断了。

"海青，我了解你的感情，"是爸爸的声音，"但是，嘉琪跟着我们十二年了，她始终认为我们就是她的生身父母，现在突然告诉她我们不是她的亲人，她是不是受得了？海青，你或者并不完全了解嘉琪，她是个感情丰沛的小东西，她很容易激动的……"

"不过，"妈妈接下去说，"孩子当初是你交给我们的，我们当然不能说不让你领回去。何况十二年来，你每年都把她的生活费寄回来，我们不过在代你照管她而已。但是，我承认……"妈妈的声音也颤抖了，"这许多年来，我都把她当作自己亲生的孩子，我又没有儿女……现在你回来了，突然说要带走她……"

"我很抱歉，"费海青说，"我本来的意思，只是回来看看她，但是，她那么可爱，和她相处了两个月之后，我不相信我还能再去过那种孤寂的日子。她使我想起她的母亲……我不能放弃她！十二年来，我都应该把她带在自己身边的！"

"海青，你这么需要她的话，就带走她吧！不过，小心一点告诉她，缓和一点，千万别伤了她的心，她是……很脆弱的！"爸爸说。

嘉琪把身子靠在墙上，眼睛睁得大大的，浑身都像冰一样地冷了。她紧紧地咬住了嘴唇，禁止自己发出声音来。她所听到的事实震慑住她，她把手握着拳，堵住了自己的嘴，拼命地摇着头，心里像一锅沸水般翻腾着。

"不！不！这不是真的！不不！我还在做梦，我一定是在做梦！"

她摇摇头，痛苦地闭上眼睛。于是，她又听到妈妈在说：

"海青，我认为你最好不要告诉她事实，让她仍然认我们是她的父母，我们叫她拜你作干爹，然后你带她走，这样对孩子的心理比较好些，而且你没告诉她事实的必要！那段故事会使她受不了的！"

"啊！"嘉琪拼命地咬着自己的嘴唇，"这太可怕！太可怕！太可怕！"她在心里拼命地重复着"太可怕"三个字，浑身发着抖。她体会到一个事实：费海青，这神奇的男人，在几点钟以前，她还曾将一颗少女的心牢牢地缚在他的影子上，她还曾痴心妄想着一个美梦，"她"和"费海青"的美梦。可是，现在一切都变了样子，她心里所有的一切都粉碎了！费海青，他是她的父亲！"不不！这太可怕！"嘉琪在心中叫着，挣扎着想离开这个门口。

"我听到有人在门口！"

费海青的声音。接着，客厅的门被拉开了，嘉琪几乎栽了进去。用手扶住门框，她站稳了步子，抬起头来，她立即接触到海青苍白的脸，他木然地站在那儿，黑而亮的眼睛紧紧地盯着她，嘴唇上没有一丝儿血色。

"啊，嘉琪！"他喃喃地喊。

这语调和脸色，嘉琪以前也曾经看到过一次，那次是她和费海青一起在山上打猎，她从一块石头上摔下去，费海青赶了过来，抱住了她，也这样苍白着脸儿喊：

"啊！嘉琪！"

那是多么奇妙的一刻！她曾经希望立即死在他的怀里。"啊！这太可怕！"嘉琪想，张大了眼睛，恐怖地望着费海青，一面向后退着。这太可怕，他，费海青，居然是她的父亲。她转过了头，猛然向大门外狂奔而去。

"嘉琪！停下来！嘉琪！"费海青在后面大叫着。

嘉琪没命地跑着，好像有魔鬼在后面追着她。跑上了山间的小径，她下意识地往情人谷跑去。费海青在后面追了上来，一面高声地叫着：

"嘉琪！你停下来！我和你说话！"

嘉琪不顾一切地跑着，只有一个模糊的念头，她要避开费海青！情人谷里弥漫着清晨的薄雾，由于昨夜下过雨，地上的草是湿的，谷底的河流里滚着汹涌的河水，发出低低的吼声。她疯狂地跑了过去，站在河边上，费海青赶了过来，她回头望了一眼，立即向河里跳下去，费海青一把拉住了她，铁钳似的胳膊紧紧地箍住了她。她拼命地挣扎着，像个小豹子一般喘着气，他们滚倒在草地上，费海青制伏了她。嘉琪不动地躺在草地上，把头歪在一边，闭上了眼睛，大滴的泪珠从她那黑而长的睫毛底下滚了出来。

"嘉琪，啊，嘉琪！"费海青喃喃地喊，困惑地望着那张苍白而美丽的脸。

四

嘉琪在榕树下的大石头上坐了下来，最初的激动过去了，但她仍然不住地呜咽啜泣着，眼泪不断地滚到她的面颊上。连她自己也不知道为什么而哭，为了发现自己不是爸爸妈妈的女儿？还是为了费海青突然成了她的父亲？她心中乱得毫无头绪，只觉得十分伤心。费海青坐在她的身边，默默无语地望着她。嘉琪不敢抬头去看他，她怕见到他那对关怀而怜爱的眼睛，更怕看到他那漂亮而显得年轻的脸。

"嘉琪。"终于，费海青开口了。他轻轻地握起她的一只手，嘉琪立即感到浑身一震。费海青用两只手，紧握着嘉琪的手，小心地说："我觉得很难过，我认为今生做得最错的一件事，就是回到这儿来扰乱了你的生活。"

嘉琪把头垂得低低的，新的眼泪又涌出了眼眶。

"嘉琪，你愿意知道我和你母亲的故事吗？"

嘉琪不说话，她想听，但是她也怕听。费海青沉默了一会儿，伤感地说：

"说起来，这个故事很简单，如果它发生在别人的身上，我们可以把它当小说看，但发生在我们自己的身上，我们就没有办法很轻松地来叙述了。嘉琪，别哭吧！"

嘉琪仍然在哭，费海青长长地叹了口气。

"我简单地告诉你吧！我认识你母亲的时候，还只有十八岁，你母亲十七岁。我们同是一个青年话剧团的团员。那时，正是抗日战争最激烈的时候，我们这个剧团在重庆成立了，到处公演抗日话剧。你母亲通常总是饰演女主角，而我饰演男主角，在戏台上既然总以情侣姿态出现，戏台下就难免想入非非。我那时简直是疯狂地爱上了你母亲，可是，你母亲年轻漂亮，追求的人不计其数，她并没有看上我。虽然在年龄上，你母亲比我小一岁，但她却显得比我成熟，在我追求她的时候，她总是戏谑地称呼我作'小弟弟'或者是'傻孩子'。我苦苦地追求了你母亲整整一年，你母亲却和我们剧团的导演康先生恋爱了。

"嘉琪，你还年轻，不能体会恋爱和失恋的滋味。当你母亲明白地告诉我爱上了康先生时，我几乎疯了。我吞下了整盒火柴的火柴头，又吃了一瓶 DDT，想结束我的生命，但我却被救活了。在我住院疗养的时候，剧团解散，你母亲和康先生也宣告同居。

"人死过一次，就会有一种大彻大悟的感觉，我那时就是这样，明知道在爱情上已完全失败了，我从了军！以后在战场上过了好几年的日子，但是，战火仍然无法让我忘记你母亲，甚至于在我托着枪，和敌人作殊死战时，我眼前依然浮着你母亲的影子。抗战胜利后，我在缅甸附近住了一年，和许多女孩子一起玩过，她们有好几个长得比你母亲还美，而且善解风情。但，我没有办法爱她们，一想起恋爱，就会联想起你母亲。你母亲像是一把锁，锁住了我的感情。假如你看过毛姆所著的《人性枷锁》，你就会了解我的心情。

"抗战胜利后一年，我回到重庆，那时重庆是非常热闹的。我按着旧日的住址去拜访你母亲，没想到扑了一个空，你母亲和康先生都搬走了，不知去向。我留在重庆，做了一个报社的编辑，整天忙于工作，差不多已忘记了你母亲。可是，偏偏在这时候，我却碰到了你母亲。"

费海青停住了，嘉琪不由自主地抬起头来望他，他的眼睛注视着水面，眉毛紧紧地蹙着，额上沁出了汗珠，他握着嘉琪的手捏紧了，一直握得嘉琪发痛。然后，他调回眼光望着嘉琪，摇摇头说：

"嘉琪，我真不愿意告诉你这故事，这未免近乎残忍。你把它当一个小说听吧，不要想里面的人物与你的关系！"他停了一下，继续说，"那是个深夜，我从报社回到我的住处去，路过一条小巷的时候，有个女人拉住了我，她扯住了我的衣服，死也不放我，要我……和她到旅馆去。我觉得她声音很熟，在街灯下，我发现她竟然是……你的母亲，她是完全变了，瘦得只剩下一对大眼睛。我再也想不到她会沦落到如此地步！同时，她认出了我是谁，她大叫了一声，转身跑了！我跟了上去，恳求她告诉我她的情形。于是，她把我带到她的家里，那是一间破烂得不可再破烂的茅草房子，在那儿我第一次看见你！"

嘉琪张大了眼睛，紧紧地注视着费海青。费海青叹了口气，又说了下去：

"你那时大约只有三四岁，瘦得像一只小猴子，蜷伏在一堆稻草上熟睡着。你母亲告诉我，她和康先生同居的第二年生了你，但，你生下来不久，你那狠心的父亲就遗弃了你们扬长而去。于是，为了你，你母亲做过一切事情，最后终于沦落成一个阻街女郎！

"那天，我留下一笔钱给你母亲，并且约定第二天再去看你们。可是，第二天，当我到了你们那儿，你母亲正奄奄一息地躺在床上，她做了我几年前所做的事——自杀！我送她进医院，延到晚上，她死了。临死的时候，她把你交给我，要我像待自己女儿似的待你。她死前说的最后一句话是：

"'海青，如果我能重活一遍，我愿做你的妻子！'"

费海青的头垂了下去，他的手微微地颤抖着，有好一会儿，他们谁都没有说话。然后，费海青抬起头来，黯然地苦笑了一下：

"以后的事，你大概可以猜到了，我把你托付给我的好朋友，也是你现在的爸爸妈妈，然后我就出去了。可是，这十二年之间，我并没有忘记你，我时时刻刻记挂着要回来看你。但，每次都有事拖延下去，一直到最近才成行。啊，嘉琪，我希望你不会恨我把这个故事告诉你，事实上，你并没有损失什么，如果你不愿跟我走，你一样可以住在你爸爸妈妈家里！"

嘉琪沉默着，她在慢慢地寻思这个故事，很奇怪，她并不因这故事而感到伤心，反而有一种奇异的，仿佛从一种束缚里被解脱出来的情绪。过了很久，她才低低地问：

"我的父亲，是那个姓康的是吗？并不是你？"

"我？"费海青诧异地望着她，"当然不是我，我和你母亲是很……纯洁的。但是，嘉琪，我会像你亲生父亲一样爱你，我们可以有一个温暖的家庭，如果你愿意和我一起生活的话。假如你不愿到外面去，我们就留在台湾……"

嘉琪深深地注视着费海青，脸上逐渐地荡漾起一片红晕，眼睛湿润而明亮地闪着光。费海青看着她的脸，不由自主地停止了说话，激动地用手抚摸着她的脸颊，和那微微向上翘的鼻子，喃喃地说：

"天啊！你长得多像你母亲！"

嘉琪微微地闭上了眼睛，从睫毛底下望着费海青：

"我宁愿我父亲是那个姓康的流氓，不要是你！"

"为什么？"费海青问。

嘉琪停了一会儿，然后把头掉开，望着那宁静的情人谷，慢慢地说：

"他们传说到情人谷里的男女，都会在这儿得到爱情！"

费海青屏住呼吸地望着嘉琪，然后轻轻地扳过她的头来，望着她那嫣红的脸和潮湿的眼睛，一种新的情绪钻进了他的血管里，他颤抖地、低低地问：

"你要这样吗，嘉琪？"

"是的，我要这样，"嘉琪做梦似的说，闭上了眼睛，"我们要在一起生活，不要在其他地方，就在这情人谷附近的地方，造一栋小小的房子，我们会有一个温暖的家，但是，我不是你的女儿！或者，我是母亲重活的那一遍！"

费海青看了嘉琪好一会儿，时间似乎停止了移动。终于，费海青颤抖地捧着嘉琪的头，喃喃地说：

"我真没有想到，你母亲在我感情上加的那一把锁，钥匙却在你的身上！"他俯下了头，去找寻她的嘴唇，又低低地加了一句，"短短的两个月之间，你长大了，我的小朋友！"

情人谷静悄悄的，一对水鸟飞了过来，轻轻地掠水而去。

逃避

黄昏。

天边是红色的，圆而耀目的太阳正迅速地沉下去。室内，所有的家具都染上了一层红色，沙发、桌子、椅子和饭桌上放着的晚餐，都被那朦胧的红色所笼罩着。忆陵把最后一个菜放在桌上的纱罩底下，长长地吐出一口气。望了望窗外的落日和彩霞，她皱了皱眉头，神思不定地解下系在腰上的围裙，把它搭在椅子背上。然后，咬住了自己的下嘴唇，她默默地发了一阵呆，猛然，她摇了摇头，自言自语地说：

"不行！今晚绝不能去了！绝不能！"

走到客厅里，她的丈夫郑梦逸正坐在沙发里看画报，看到她进来，他不经心地抬起眼睛看了她一眼：

"晚饭好了吗？"

"是的，"她说，"等小逸和小陵回来就吃饭！"

"唔。"梦逸应了一声，又回到他的画报里去了。

那画报就那么好看吗？她想问，但到底忍住了，只望着窗子出神。窗外的落日，已被地平线吞掉了一半，另一半也正迅速地隐进地平线里去。她坐在椅子里，双手抱住膝，感到一阵心烦意乱。把头发掠了掠，身子移了移，那份心烦意乱好像更强烈了。

"不行！今晚绝不可去了，绝不可去！"她在内心中反复说着，望着太阳沉落。

梦逸突然站起身来，走到她身边把画报拿到面前，指着画报里的一排西式建筑说：

"你看，我最近设计的房子就想采取这一种，就是经费太高，公司里不同意，怕没有销路，其实大批营造并不会耗费很大，我们台湾的房子一点都不讲究格局、美观，也不要卫生设备，好像马马虎虎能住人就行了！"

忆陵愣了一下，好不容易才把自己的思想从很远的地方拉回来。又是这样！他的房子，他的建筑，他的设计！什么时候，她才可以不需要听他这些房子啦，建筑啦，什么哥特式啦，这个式那个式呢！她望了那画报一眼，确实，那照片里的建筑非常美丽，但这与她又有什么关系呢！但，望着梦逸那等待答复似的脸色，她知道自己必须说点什么。于是，她不带劲地耸了耸肩说：

"本来嘛，公司里考虑得也对，现在一般人都苦，谁有力量购买这样的房子呢！"

"可是，这房子的成本不过十二三万就行了，假若公司肯少赚一点，标价不太高，一般人可以购买的！而且还可以采取分期付款的办法……"

哦，什么时候可以不听这些房子的事呢！忆陵懊恼地想着。房子！房子！他脑筋里就只有房子！梦逸把画报抛在桌子上，在室内绕了个圈子，仍然继续在发表着意见。忆陵重新把眼光转向窗外，思想又飞驰了起来。忽然，梦逸站定在她面前，审视着她说：

"你在想什么？"

忆陵吃了一惊，有点慌乱地说：

"没什么，在望孩子们怎么还不回来！"

像是回答她这句话一般，大门"砰"的一声被推开了，十岁的小逸像条小牛般从外面冲了进来。一边肩膀上背着书包，一边肩膀上挂着水壶，满头的汗，衣服湿漉漉地贴在身上，头发被汗水弄湿了，垂在额前，满脸的汗和泥，忆陵皱起了眉头：

"你怎么弄得这样脏？"

"在学校打球嘛！"小逸说，一面跳起来，做了个投篮姿势，然后把书包往地下一扔，嚷着说，"饭好了吗？我饿死了！"

"看你那个脏样子，不许吃饭！先去洗个澡再来吃！"忆陵喊，一面问，"妹妹呢？"

"在后面，"小逸说，得意地抬了抬头，"她追不上我！"

"你们又在大街上追，给汽车撞死就好了！快去洗澡去！一身汗臭！"

"我要先吃饭！"小逸说。

"我说不行！要先洗澡！"

大门口，小陵的小脑袋从门外伸了来，披着一头散乱的头发，也是满脸的汗和泥。她并不走进来，只伸着头，细声细气地说：

"妈妈，我掉到沟里去了！"

"什么？"忆陵叫了一声。

小陵慢吞吞地把她满是污泥的小身子挪到客厅里来，忆陵发出一声尖叫：

"哦，老天，看上帝分上，不许走进来！赶快到后门口去，我拿水来给你冲一冲！"

小陵转过身子从外面绕到后门口去了，忆陵回过头来，一眼看到梦逸悠闲自在地靠在沙发里，正衔着一支烟，在那儿微笑。忆陵没好气地说：

"你笑什么？"

"他们！"梦逸笑吟吟地说，"真好玩，不是吗？看到那个脏样子就叫人发笑，这是孩子的本色！"

当然，孩子的脏样子很好玩！忆陵心中狠狠地想着，反正孩子弄脏了不要他来洗，不要他来忙，他尽可以坐在沙发里欣赏孩子的脏样子，而她呢！忙了一整天的家务，到了这个黄昏的时候，筋疲力尽之余，还要给孩子洗阴沟里的污泥，她可没有闲情逸致来对孩子的脏样子发笑！带着一肚子的不高兴，她跑到后面，给小陵洗刷了一番，换上一身干净衣服，又把小陵的乱发扎成两条小辫子，这才长长地松了一口气。可是，当她走进饭厅里，一眼看到小逸正据案大嚼，用那只其脏无比的手抓着一个馒头，狼吞虎咽地啃着。而梦逸却抱着手，站在一边，看着小逸笑。她觉得一股怒气冲进了头脑里，走过去，她劈手夺下了小逸手里的馒头，大声说：

"我说过不洗澡不许吃饭，你怎么这样不听话！"转过身子，她怒冲冲地对梦逸说，"你为什么也不管管他？孩子又不是我一个人的！"

"怎么，"梦逸用一种不解的神情望着她，"孩子饿了嘛，先洗澡跟先吃饭不是一样吗？为什么一定要他饿着肚子先去洗澡呢？"

"他把细菌一起吃到肚子里去了！"忆陵叫着说。

梦逸耸耸肩，笑笑。"孩子嘛，"他说，"你不能期望他变成个大人，没有一个孩子会很干净的。好吧，小逸，先去洗洗手再来吃！"

小逸站起身，默默地去洗手。忆陵忽然发现，孩子对父亲比对她好得多，他们听梦逸的话，不听她的话。默默地，他们一起吃了饭，桌上沉默得出奇。梦逸不时打量着她，眼睛里有一种使她困惑的深思的表情。

吃完了饭，忆陵洗净了碗碟，又监视小逸洗了澡。夜来了。窗外的晚霞已经换成了月色，她不安地看看手表，七点十分！在厨房里胡乱地绕着圈子，拧紧水龙头，整理好绳子上的毛巾，排齐碗碟，把炒菜锅挂好……终于，她甩了甩头，走进了卧室里。

机械化地，她换上一件橘红色的旗袍，把头发梳好，戴上一副耳环，略略施了脂粉，拿起手提包。一切收拾停当，她转过身子，忽然发现梦逸不知道什么时候进来了，正坐在床沿上望着她，眼睛里仍然带着那种使她不安的深思的表情。

"要出去？"他问。

"是的，"她有点不安地说，"到王太太家里去，可能打几圈牌，那就要回家晚一点。"

"嗯。"他轻轻地应了一声，继续望着她，然后，低声说，"早点回来。"

"好。"她说，像逃避什么似的走出了家门。一直走到大街上，她才松了一口气。家！她多么厌倦这个家！丈夫，孩子，做不完的家务……梦逸是不会寂寞的，他不需要她，他只要孩子和他的设计图！孩子们也不需要她，他们爱父亲更胜过了爱母亲！

在街角处，她叫了一辆三轮车。告诉了车夫地址，上了车，一种强烈的罪恶感突然攫住了她。她觉得背脊发凉，手心里在冒冷汗。"我不应该去的，我应该回去！"她想着。可是，另一个意识却挣扎着，找出几百种理由来反对她回去："家给了我什么？烧锅煮饭带孩子！一辈子，我就是烧锅煮饭带孩子！没有一丝一毫自己的生活，没有一丁点儿自己的享受！不行！我已经卖给这个家卖得太久了！青春消磨了，年华即将老去，我要把握我能找到的快乐，我不能再让这个家把我磨损，埋葬！"

车子停在一栋小小的洋房前面，她下了车，付了车钱，走到房门口去按了门铃。门几乎立即就打开了，一只强有力的手把她拉了进去，她还没站稳，就感到一份灼热的呼吸吹在自己的脸上，一个声音在她耳边说：

"我知道你一定会来的！"

她仰望着这张脸，浓眉，虎视眈眈的眼睛，带着个嘲讽的微笑的嘴角，她不喜欢这个人！真的，一点都不喜欢！她讨厌他那个近乎轻蔑的笑，讨厌他那对似乎洞穿一切的眼睛，更讨厌他身上那种具有魔鬼般邪恶的诱惑力！可是，在他的臂弯里，你就无法挣扎，无法思想。他是一种刺激，一杯烈酒，一针吗啡。明明知道他是有毒的，但是你就无法摆脱。

"我为你准备了一点酒。"他说，仍然带着那个坏笑，有点像克拉克·盖博，但是，比克拉克·盖博的笑更加邪恶。她打了个寒噤，挣扎着说：

"不！我不喝酒，我马上就要走！"

"是吗？"他问，给她斟了一杯酒，放在她面前，"你不会马上走，你也要喝一点酒！来，喝吧，你放心，我没有在里面放毒药！"

她讨厌他这种说话的语气，更讨厌他那种"我了解你"的神情。她和自己生气，怎么竟会跑到这个人这里来呢？这儿是个深渊，她可以看到自己正堕落下去。但是，她却像催眠般拿起了那个酒杯，啜了一口。

他的手揽住了她，她的身子陷进了他的怀里，他望着她的眼睛，赞美地说：

"你很美，我喜欢像你这种年龄的女人！"

她感到像一盆冷水浇在背脊上。她想挣扎，想离开这儿，想逃避！但是，她是为了逃避家而跑到这里来的！

"我喜欢你，"他继续说，"因为你不是个坏女人，看到你挣扎在圣女和荡妇之间是有趣的！"他托起她的下巴，吻她的嘴唇，她感到浑身无力。

"今天晚上不要回去，就住在我这儿，怎样？"

"不行！"她说，"我马上就要回去！"

"你不会回去！"他说，继续吻她。

"你是个魔鬼！"她说。

"我不否认，我一直是个魔鬼，但是比你那个书呆子是不是强些？"

"他不是书呆子！"

"管他是什么！"

她不喜欢他这样说梦逸，这使她代梦逸有一种被侮辱的感觉。梦逸和这个男人是不同的，梦逸有心灵，有品德，这个人只是个流氓！梦逸比他高尚得太多太多了！

"你在想什么？"他问，抚摸着她的面颊，她讨厌这只手，罪恶的感觉在她心中强烈地焚烧起来。她想摆脱，渴望能走出这间屋子。

"不要做出那副受罪的表情来。"他说，"你既然在我这儿，就不许想别人！告诉你，忆陵，你是个道地的荡妇！"

"不！"她猛然跳了起来，像逃避一条毒蛇般冲到门口，他在后面追了上来，叫着说：

"怎么了？为什么要跑？"

她冲出这间屋子，踉跄地向大街上跑去，直到看到了街上闪烁的霓虹灯，她才放慢脚步，疲倦地走进一家冷饮店。

叫了一杯冷饮，她茫然地坐着，面孔仍然在发着烧，心脏在胸腔中狂跳。

深夜，她回到了家里。家！这个她要逃避的家，仍然是她唯一的归宿！用钥匙开开了门，她走了进去，立即呆了一呆。客厅中是零乱的，沙发垫子满地都是，茶几翻倒在地下，报纸画报散了一地，好像经过一番大战似的。小心越过了地下那些乱七八糟的东西，她向小逸和小陵的房间里走去，突然渴望看看他们。推开了门，她看到两个小东西歪七扭八地睡在一张床上，小陵把小脑袋钻在小逸的怀里，小逸用手揽住了她。两个都和衣而卧，衣服零乱而不整，脸上全是泥灰，像两个小丑。可是，他们睡得很香，脸上带着愉快的微笑。忆陵觉得眼眶有点湿润。轻轻地，她拉了一条毯子给他们盖上，关掉了灯，退出了房间。

走进卧房，她发现梦逸正坐在床上，正在抽烟，床前的地下，堆满了烟蒂。她诧异地说：

"你还没有睡？"

"我正在等你回来，"他说，深深地看了她一眼，"玩得好吗？"

她觉得有点狼狈，逃开了他的眼光，她脱下旗袍，换上睡衣，故意调转话题。

"客厅里怎么弄的，那么乱？"

"我和孩子玩官兵捉强盗。"

忆陵注视着他，和孩子玩官兵捉强盗！兴致真不小。想象里，他们父子一定过了个十分快乐的晚上！而她呢，却逃避出去，挣扎于善恶之间！忍受着煎熬，得到的只是耻辱与罪恶感。

"孩子们玩得很开心，"他轻轻说，"可惜你不在，他们笑得房顶都要穿了。"他望望她，又加了一句："孩子们是非常可爱的！"

忆陵觉得如同挨了一鞭，她一语不发地脱去丝袜和高跟鞋。

"忆陵！"他忽然柔声叫。

"嗯。"她应着，有点惶恐、惊慌地望望他，他深思地注视着她，眼睛很温柔。

"早点睡吧，"他说，"我很高兴你回来了，我以为——你或者会玩一个通宵的！"

她紧紧地盯着他，但他不再说话，只轻轻地揽住了她，非常非常温柔地吻了她，然后，在她耳边低低说：

"忆陵，我真爱你！"

忆陵感到心底一阵激荡，然后猛然松懈了下来，好像卸掉了身上一个无形的枷锁，终于获得了心灵的解脱。她紧倚在梦逸怀里，一刹那间，心中澄明如水，她知道，她正属于这个家，她再也不会逃避了。望着梦逸的脸，她忽然有一个感觉，梦逸是知道一切的，他让她逃开，同时，知道她一定会回来，而耐心地等待着她。

"梦逸，你真好。"她喃喃地说。

芦花

那是个美丽的下午，太阳暖洋洋地照着大地，晒得人醉醺醺的。爸爸和妈妈在水塘边整理渔具，我在水边的泥地里奔跑，在那些长得和我身子一般高的芦苇里穿出穿进，弄了满脚的烂泥。那天，妈妈穿着件大红色的衬衫，一条咖啡色的、窄窄的西服裤，头上戴着顶宽边大草帽。爸爸的白衬衫敞着领子，卷着袖子，露着两条结实的胳膊，真帅，我以爸爸妈妈为荣，高兴地奔跑着，唱着一些新学会的、乱七八糟的小歌。

"小嘉，别跑，当心掉到水塘里去！"妈妈拿着钓鱼竿，回头对我嚷着。"没关系，摔不进去的。"我叫着。

"野丫头！"爸爸对我挤挤眼睛。

"坏爸爸！"我也对爸爸挤挤眼睛。

"一点样子都没有。"爸爸说，抿着嘴角笑。

"跟你学的。"我说，一溜烟钻进了芦苇里。

"不要向芦苇里跑，那里面都是烂泥。"妈妈警告地喊，但是来不及了，我已经半个身子陷进了泥里。爸爸赶过来，一把拉住了我的衣领，把我从泥地里拖了出来，放在草地上。妈妈张大眼睛，望着我泥封的两条腿，爸爸把手交叉在胸前，眉毛抬得高高的，打量着我的新长裤。（天呀，这条长裤是特地为这次郊游而换上的。）我皱着眉头，噘着嘴，也俯视着我伟大的裤子。接着，爸爸首先纵声大笑了起来，立即，妈妈也跟着笑了，我也笑了。我们笑成了一团，爸爸用手揉揉我剪得像男孩子一样的短发，对妈妈笑着说：

"你一定要给她换条新裤子出来，你看，我们这野丫头配穿吗？"

"嗨，爸爸。"我抗议地喊，用手勾住了他的脖子，一纵身往他的身上爬，两条腿环在他的腰上。他的裤子和我的裤子一起完蛋了！

"哦，老天。"妈妈喊。

"下来吧，小泥猴。"爸爸把我放下来，对我说，"我们大张旗鼓地出来钓鱼，假如一条鱼都钓不回去，岂不是要让隔壁的张伯伯笑话。别捣蛋了，到车子里去把你的《爱丽丝漫游奇境记》拿来，坐在我们旁边，安安静静地看看书，像个大女孩的样子，你已经十二岁了，知道吗？"

我对爸爸做了个鬼脸，转身向停在不远处的吉普车跑去。在车子里，我找出了我的《爱丽丝漫游奇境记》，也找出了充当点心的三明治。我倒提着书，一边啃着三明治，走回到池塘边来。爸爸已把两根渔竿都上了饵，甩进水中，一根递给妈妈，一根自己拿着，我跑过去，叫着说：

"我也要一根。"

"嘘。"妈妈把手指头放在嘴唇上，"你把鱼都吓跑了。"

我吃着三明治，低头望着那浮在水面的三色浮标，半天半天，浮标仍然一动也不动。我不耐烦地转身走开了。那些长长的、浓密的芦苇向我诱惑地摆动着，我走过去，拔了一根起来，芦苇上面，有一枝芦花。白得像云，轻得像烟，柔软得像棉絮。"美丽得很！"我想，小心地把花的部分折下来，把它夹进了我的《爱丽思漫游奇境记》里，一只红蜻蜓绕着我飞，停在我面前的芦苇上，我想捉住它，但它立即飞走了，我转身追了过去，它越飞越远，我也越追越远，终于，我失去了它的踪迹。非常懊恼地，我走回到池塘边来，池塘边安静得出奇，听不到爸爸的声音，也听不到妈妈的声音，我悄悄地、蹑手蹑脚地走过去，想出其不意地大叫一声，吓他们一跳。绕过一丛芦苇，我看到他们了。"呵！"我立即背转了身子，爸爸和妈妈一人手里拿着一根渔竿，但他们谁也没管那根渔竿，爸爸用空的一只手托着妈妈的下巴，嘴唇贴着妈妈的嘴唇，妈妈的眼睛合着，渔竿都快溜进水里了。

"不要脸。"我耸耸鼻子，慌忙跑开了。

黄昏的时候，爸爸妈妈的鱼篓里仍然是空的，但是，鱼饵却早已被鱼吃光了。他们虽一无所获，我却捉住了一只小青蛙，我坚持要把青蛙放进鱼篓里，谁知，青蛙才放进去，就立刻跳出来，而且跳进了水里。我扑过去抢救，"扑通"一声，就栽进了水塘里。妈妈大声惊呼，爸爸及时抓住了我的一只脚，我被水淋淋地提了出来，头发上挂着水草，衣领上缠着爸爸的鱼丝鱼钩，妈妈哭笑不得地看着我，爸爸笑得弯了腰。还好，我的"爱丽思"躺在岸上，没有跟着我受这次水灾。

我们回到家里，张伯伯正在门前锄草，看到我们回来，他停下镰刀，推了推额前的草帽，问：

"怎么？钓到几条鱼？送我一条下下酒吧！"

"这儿，"爸爸把湿淋淋的我推到前面去，"唯一钓到的一条大鱼！"

他们都大笑了起来，只有我噘着嘴不笑。

时光飞逝，我的十二岁生日似乎才过了没多久，十三岁的生日又来了。应该又是芦花盛开的季节了，我有点怀念那个不知名的小池塘，但是，爸爸妈妈并没有再做钓鱼的计划。爸爸的事业日渐成功，在家的时候越来越少了。我也跨进了中学的大门，开始学习沉静、温柔，和一切女孩子的美德。

十四岁、十五岁，我再也不穿短裤，我的头发整齐地梳在脑后，衣服熨得平平的。爸爸不再揉乱我的短发，也不再叫我野丫头，我很伤心地明白：我大了。

妈妈变得那么安静，她常常望着我默默地发呆。我见到爸爸的时候更少了，每天，我睡觉时他还没有回家，我上学时他却还未起床。我更怀念那小池塘了，和那池塘边的芦苇，芦苇上的芦花。

那天，我放学回家的时候，惊异地发现妈妈正在客厅中，做那个池塘边和爸爸做过的动作。但，那拥抱着她的男人不是爸爸，而是隔壁的张伯伯！

"啊！"我惊叫。

妈妈迅速地挣开了张伯伯的怀抱，看到我，她的脸色苍白了。

"哦，小嘉。"她喃喃地说。

我望着她，激动地叫：

"妈妈，你怎么可以？怎么可以？"

妈妈垂下了头，显得无力而难堪。张伯伯尴尬地看看我，咳了一声，走到我身边来，把他的手放在我肩膀上，试着和我谈话。

"小嘉！"他困难地说。

"滚开！"我对他大叫，甩开了他的手，"你滚出去，滚出去！滚出去！你这个流氓，混蛋，不要脸的恶棍！土匪！强盗！"我集中一切我所知道的骂人句子，对他疯狂地叫嚣着："你滚开，滚出去！"

"小嘉，不许这样！"妈妈忽然说了，她跑过来抓住我的手，因为我正想把书包对那个男人头上砸过去。她的脸色苍白，但神情坚定，她说："不许这样，小嘉，反正你迟早会知道的，小嘉，我和你爸爸……这两年，早就没有什么感情，张伯伯会和你爸爸一样爱你……"

"啊，妈妈！"我大叫，"不，不，妈妈，赶他走，叫他走，叫他走！"可是，妈妈没有叫他走，反而更坚决地说：

"你也不小了，小嘉，你知道，有些婚姻不一定会很美满的，我和你爸爸要离婚了。"

"不，不，不。"我疯狂地叫，向自己的卧室里冲去。我锁上了门，扑在床上痛哭。我不相信这个，我也不能接受这个！妈妈在外面打我的门，但我大声叫她走！她要那个人，甚至不许我骂他！我在床上伤心地痛哭，迫切地等待着爸爸。深夜，爸爸终于回家了，我打开了房门，跑出去扑进爸爸的怀里。我用手勾住他的脖子，把脸贴在他的胸膛上，弄了他满衣服的眼泪鼻涕。

"爸爸哦，爸爸哦，爸爸哦！"我哭叫着。

"怎么了，小嘉？"爸爸抚摸着我的头发问。

妈妈走了过来，叹口气说：

"就是那件事，我告诉了她，我们要离婚了。"

爸爸推开了我，凝视着我的眼睛，他的脸色显得沉重而严肃，他说：

"小嘉，你不小了，是不？"

"爸爸，"我叫，惊恐地看着他，"那不是真的，是不是？那不是真的！"

爸爸叹口气，揽住我说：

"可怜的小嘉，你必须接受事实，那是真的！"

"哦，"我喊，"为什么？不，不是的，爸爸，你不会真的要离婚的，是不是？那个姓张的是混蛋！我要杀了他，烧死他，把他烧成灰。"

"小嘉，"妈妈严厉地说，"你不能说这种话，你以为破坏爸爸和妈妈的就是张伯伯吗？"她抬头望着爸爸，眼光里有着怨恨："你告诉小嘉吧，把一切告诉小嘉！"

爸爸看着我，眼光悲哀而歉疚。

"小嘉，"他说，"做父母的对不起你，"他揽住我的头，吻我的额角，"但是，爸爸妈妈仍然是爱你的，你会由一个家，变成有两个家……"

"不不不！"我大声叫，挣脱了爸爸的手，冲回到我的卧室里，重新锁上了房门。窗外的月光柔和地照着窗棂，我茫然地站着，第一次感到那样地孤独，那样地无助，好像整个世界都已经遗弃了我。

三个月后，家里的一切都变了。那天，爸爸把我叫到身边说：

"小嘉，明天我要离开这儿了，你先跟妈妈住，过几个月，我再接你到我那儿去住，好吗？"

我点点头，立即离开了爸爸，把我自己关在房间里，默默地、无声地哭了一整夜。

爸爸走了，家，也破碎了。放学回来，我找不到爸爸的东西，闻不到爸爸的香烟气息。我从房子前面跑到后面，看着妈妈细心地装扮，然后跟张伯伯一起出门。张伯伯！我多恨他，多恨他，多恨他！他对我笑，买了许多绸绸缎缎的衣服送我，我把衣服丢在地下，用脚践踏。妈妈严厉地责备我，那么严厉，那是她以前从没有过的态度。我逃进自己的卧室里，关上房门，轻轻地哭：

"爸爸啊，爸爸啊！"我低声叫。

四个月以后，爸爸真的开车来接我了，妈妈为我收拾了一个满满的衣箱和一个书箱，然后，搂住我吻我，含着泪说：

"我爱你，小嘉，去和爸爸住两个月，我再接你回来。别忘了妈妈。"

我漠然地离开了妈妈，跟着爸爸上了车子。爸爸用手揉揉我的头发，仔细地注视我说：

"我的小嘉，我真想你。"

车子停在一栋华丽的住宅面前，爸爸跳下车来，帮我提着箱子，我们走进大门，一个下女接去了我们手里的东西。我站在客厅里，打量着这陈设得极讲究的房间。一阵窸窣的衣声传来，然后，一位打扮得非常艳丽的女人出来了，她一直走到我面前，脸上带着个做作而世故的微笑，爸爸拍拍我的肩膀说：

"叫阿姨，她也是你的新妈妈。"

我怔怔地望着她，她俯下身来拉住我的手，一股浓郁的香水味冲进了我的鼻子，她亲热地说：

"是小嘉吗？长得漂亮极了，让我带你去看看你的房间。"

我茫然地跟着她走进一间同样华丽的卧室里。床上堆满了许多漂亮的衬衫裙子，包括内衣衬裙，爸爸走过来，指着衣服对我说：

"这些都是阿姨送你的，快谢谢阿姨！"

我望望衣服，又望望爸爸和那位阿姨，爸爸的脸上带着笑，眼光柔和地望着阿姨，他的手放在阿姨的腰上。我跑过去，把衣服全扫到地下，大声说：

"我不要！"

"小嘉！"爸爸厉声喊，笑容冻结在他的嘴唇上。"阿姨"

发出一声干笑，做好做歹地说：

"怎么了，别跟孩子生气，让她休息一下吧。"她拉着爸爸走出了房间。

我把门"砰"地关上，眼泪一串串地滚了下来。我打开了书箱，找寻我那本《爱丽思漫游奇境记》，我找到了它，翻了开来，我要看看那枝芦花，是的，芦花仍在，但已成了一堆黄色的碎屑。一阵风从窗外卷来，那些碎屑立即随风而散了。

我丢下书，开始静静地哭泣。我失去了爸爸，也失去了妈妈，现在，我又失去了我的芦花。

黑茧

一

夜半，我又被那个噩梦所惊醒。梦里，是妈妈苍白的脸，瞪着大大的恐怖的眼睛，和零乱披散的长发。她捉住了我的手臂，强迫我看我的蚕匣。蚕匣里，在那些架好的麦秆中，一个个白色的、金黄的、鹅黄的蚕茧正像城堡般林立着。妈妈把我的头按在匣子的旁边，嚷着说：

"看哪！看哪！一个黑茧！黑色的茧！咬不破的茧！那是我的茧呀！我的茧呀！我织成的茧呀！"

我挣扎着，摇着我的头，想从妈妈的掌握中逃出去，但妈妈把我的头压得那么紧，我简直无法动弹，她的声音反复地、凄厉地在我耳边狂喊：

"一个黑茧！一个黑茧！一个黑茧！……"

我的头几乎已被塞进蚕匣子里去了，我的颈骨被压得僵硬而疼痛，那些蚕茧全在我眼前跳动了起来。

于是，我爆发了一声恐怖的尖叫……

二

梦醒了，我正躺在床上，浑身都是冷汗，四肢瘫软无力。我坐了起来，拂去了额上的汗，伸手开亮了床头柜上的小台灯。灯光使我一时睁不开眼睛，然后，我看到一苇在沉睡中因灯光的刺激而蹙了蹙眉头，翻了一个身，又呼呼大睡了起来。

梦中的余悸犹存，我无法再睡了。用手抱着膝，我审视着睡在我身边的一苇，他那安详自如的睡态忽然使我产生一种强烈的不满。我用手推推他，他嘟囔着喃喃地哼了句什么，一翻身，又睡了。我再推他，推得又猛又急，他连翻了两个身，终于给我弄醒了。他揉揉眼睛，睡眼惺忪地望着我，皱着眉不耐地说：

"你做什么？"

"我不能睡，我做噩梦。"我噘着嘴说。

"噢，"他的眉毛皱得更紧了，"现在醒了没有？"

"醒了。"

"那么，再睡吧！"他简明扼要地说，翻身过去，裹紧了棉被，又准备入睡了。我扳住他的肩膀，摇摇他，不满地说：

"我告诉你，我睡不着嘛！"

"睡不着？"他不耐地说，"那么，你要我怎么办？思筠，你已经不是小孩子了，关上灯，睡吧！别吵了。"

说完这几句，他把棉被拉在下巴上，背对着我，一声也不响了。我仍然坐在那儿，凝视着窗玻璃上朦朦胧胧的树影，忽然觉得一股寒意正沿着我的脊椎骨爬上我的背脊。我再看看一苇，只这么一会儿工夫，他已经又打起鼾来了。在他起伏的鼾声中，我感到被遗弃在一个荒漠中那样孤独惶恐，我耸耸鼻子，突来的委屈感使我想哭。但是，我毕竟把那已经涌进眼眶里的眼泪又逼了回去。是的，我已不是孩子了，在超越过孩子的年龄之后，哭与笑就都不能任意而发了。我关上台灯，平躺在床上，瞪视着黑暗中模糊的屋顶，我知道，这又将是个不眠之夜。我必须这样静卧着，在一苇的鼾声里，等着窗外晓色的来临。

拂晓时分，我蹑手蹑脚地下了床，披着晨褛，穿着拖鞋，我走到晓雾蒙蒙的花园里。我们的小下女还没有起床，厨房顶上的烟囱冷冰冰地耸立在雾色之中。我踏着柔软的草坪，在扶桑花丛中徜徉。清晨那带着凉意的空气软软地包围着我，驱尽了夜来噩梦的阴影。我在一棵茶花树下的石头上坐下，静静地聆听着那早起的鸟儿的鼓噪之声，和微风在树梢穿梭的轻响。天渐渐亮了，远远的东方，朝霞已经成堆成堆地堆积了起来。接着，那轮红而大的太阳就爬上了屋脊和椰子树的顶梢，开始驱散那些红云，而变得越来越刺目了。我调开眼光，厨房顶上，浓烟正从烟囱里涌出，袅袅地升向云天深处。显然，小下女已经起身给我们弄早餐了。

我继续隐匿在茶花树下，一动也不动，仿佛我已变成化石。一只小鸟落在我的脚前，肆无忌惮地跳蹦着找寻食物，它曾一度抬头对我怀疑地凝视，然后又自顾自地跳跃着，相信它一定以为我只是个塑像。直到我头顶的树上飘落了一片叶子，小鸟才受惊地扑扑翅膀，飞了。我摘下茶花的一串嫩叶，送到鼻尖，去嗅着那股清香。太阳已增强了热力，草地上的露珠逐渐蒸发而消失，我站起身，茫然四顾，深呼吸了一下，我开始准备来迎接这无可奈何的新的一天。

当我轻悄悄地走进房间，一苇已经在餐桌上享受他的早餐，一份刚送来的晨报遮住了他整个的脸，我只能看到他的胳膊和握着报纸的手。我轻轻地拉开椅子，坐在他的对面，暗中好奇地等待着，看他过多久可以发现我。他放下了报纸，端起面前的稀饭，一面盯着报纸，一面夹着菜，眼光始终没有对我投过来。我不耐地轻咳了一声，他仍然恍如未觉。我发出一声叹息，开始默默地吃我的早餐。

他终于吃完了饭，一份报纸也看完了，抬起头来，他总算看到了我。我停住筷子，望着他，等着他开口。但他什么都没说，好像我生来就是坐在他对面的，就像墙上挂着的水彩画一样自然。摸出一支烟来，他燃着了烟，头靠在椅背上，瞪视着天花板，像个哲学家般沉思，同时慢条斯理地吐着烟圈。一支烟抽完，他站起身来，问：

"几点了？"

"差十分八点。"我说。并没有看表，他的行动比钟表更准确可靠。

"我去上班了，再见。"

"再见。"我轻声说。

听着他的脚步声穿过房间，听着一连几道门的开合声响，听着皮鞋踩在花园的碎石子小径上，再听着大门被带上时那最后的"砰"然一声，留下的就是无边无际的寂静，和胶冻得牢牢的冲割不破的冷漠的空气。我端起饭碗，毫无食欲地望着那热气腾腾的稀饭，一直到热气涣散而全碗冰冷，才废然地放下碗，走进客厅里。

蜷缩在一张对我而言太大了的沙发中，用椅垫塞住背脊后的空隙，拿起一本看了几百次的《葛莱齐拉》，我静静地斜倚着，像只怕冷的小猫。小下女悄悄地走进来，把一杯香片放在我身边的小几上。

"太太，今天吃什么菜？"

"随便。"

小下女走开了。随便！无论什么事都随便，何况是吃什么菜？管他吃什么菜，吃到嘴里还不是同一的味道！

就这样斜倚着，让时间缓缓流去，让空气凝结。微微地眯起眼睛，希望自己陷入半睡半醒昏昏沉沉的境界。无知比有知幸福，无情比有情快乐，而真正幸福快乐的境界却难以追寻。

我似乎是睡着了，一夜失眠使我容易困倦，我眼睛酸涩沉重，而脑子混沌昏蒙。隐隐中，我又看到了那个黑色的棺木，黑色，长形，他们正用绳子把它坠入那暗沉沉的坑穴里去。黑色的棺木，黑色的茧！咬不破的茧！我发狂地冲过去，大声地哭叫：

"不要！不要！不要把妈妈钉死在那个黑茧里面！不要！不要！妈妈咬不破它，就再也出不来了！"

有人把我拦腰抱起，用一床毛毯裹住我，我闭着眼睛在毯子里颤抖啜泣。睁开眼睛，我接触到爸爸憔悴而凄凉的眼光。他低头望着我。

"别哭，思筠，妈妈已经死了，她死去比活着幸福。"

"不要那个黑茧！不要那个黑茧！"我仍然狂叫着。

爸爸把我抱离墓地，有几个亲戚们接走了我，她们拍我，摇我，哄我，然后又彼此窃窃私语：

"看吧！这孩子八成有她母亲疯狂的遗传，你听她嘴里嚷些什么？大概已经疯了。"

疯了？已经疯了？我坐正了身子，甩甩头，把坐垫放平。那杯香片茶已经冷了，我啜了一口，冷冷的茶冰凉地滑进肚子里，使我战栗了一下。疯了？或者疯狂的人比不疯狂的人快乐，因为他已没有思想和欲望。对不对？谁知道呢？

时间过得那么慢，一个上午还没有溜走三分之一。我站起身来，走进了花园里。花园中阳光明亮地在树叶上反射，我眨了眨眼睛，迎着太阳光望过去，只几秒钟，就眼花缭乱了。人的眼睛真奇怪，能习惯于黑暗，却不能习惯于光明。大门响了，小下女提着菜篮气急败坏地跑进来，看到了我，她喘息地拉住我，上气不接下气地说：

"太太，有一个男人在我们家门口，已经三天了。他每天看着我，我一出门就可以看到他，总是盯着我。刚刚我去买菜的时候他就在，现在他还在那儿，就在门外的电线杆底下！"

我注视着小下女，难道她已经足以吸引男人了？我冷眼打量她，扁脸，塌鼻子，满脸雀斑，一张合不拢的阔嘴，永远露在嘴外的黄板牙。再加上那瘦瘦小小尚未发育的身子。我有些失笑了，摇摇头说：

"没关系，大概是过路的，别理他！"

我的话还没有说完，那敞着的大门口就出现了一个男人，穿着件白色尼龙夹克，一条咖啡色的西服裤。一对锐利的眼光从披挂在额前的乱发下阴鸷地射过来。小下女发出一声夸张的惊呼，嚷着说：

"就是他！太太，就是他！"

那个男人跨进门里来了，背靠着门框，用手拂了拂额前的头发，静静地凝视着我。我浑身一震，心脏迅速地往下沉，似乎一直沉进了地底。不由自主地，我深吸了口气，向后退了一步。小下女躲在我的身后发抖。终于，我能克制自己了，我回转身，推开了小下女，说：

"走开！没有事，这是先生的朋友。"

然后，我走近他，竭力遏制自己说：

"我不知道你已经回来了。"

他苦笑了一下，说：

"回来一星期了。"

"今天才来看我？"我问，尽量把空气放松，"进客厅里来坐，好吗？门口总不是谈话的地方。"

我叫小下女关好大门，领先向客厅走。他耸耸肩，无可无不可地跟着我。走进了客厅，他站在屋子中央，四面审视，然后坐进沙发里，扬扬眉毛说：

"唔，好像很不坏。"

"这幢房子是一苇的父亲送给我们的结婚礼物。"我说。

他深深地看了我一眼。我把香烟盒子递过去，他望着烟盒，并不拿烟，只幽幽地说：

"你冷吗？你的手在发抖。"

我震动了一下，把烟盒放在桌上，瑟缩地坐进沙发中。他从椅子里拿起一本书，是那本《葛莱齐拉》，他看看封面，又看看我。

"还是这本书？依然爱看吗？记得后面那首诗？'旧时往日，我欲重寻！'人，永远在失去的时候才会去想'重寻'，是吗？还有那最后一句话：'她的灵魂已原谅了我，你们，也原谅我吧，我哭过了！'是的，一滴眼泪可以弥补任何的过失，那么，你哭过没有？"

"没有事需要我哭。"我低低地说。

"是吗？"他盯着我，嘴边带着一丝冷笑。然后，他注视了我一段长时间。"为什么婚姻生活没有使你的面颊红润？为什么你越来越瘦骨嶙峋了？"他咄咄逼人地问。

"健群，你——"

"健群？"他站了起来，走近我、低头望着我，"终于听到你喊出我的名字了，我以为你已经忘记我叫什么了。"

我跳了起来，神经紧张地说：

"健群，你到底来做什么？你想要怎么样？"

"我吗？"他逼视着我的眼睛，"我在你门外等了两天，希望你能出去，但是，你把自己关得真严密呀！好几次我都想破门而入了。"他忽然一把抓住了我，在我还没有弄清他的来意之前，他的嘴唇已经紧压在我的嘴唇上面了。我没有挣扎，也没有移动。一吻之后，他抬起头来，他的眼睛血红，沙哑着声音说："这就是我的来意。"接着，他就用力把我一摔，摔倒在沙发中，他举起手来，似乎想打我。但，他的手又无力地垂了下去，他咬着牙说："思筠，你怎么会做出这样的傻事？"说完这一句，他掉转头，迈开大步，径自地走了出去。马上，我就听到大门碰上的声响。

我瘫软在椅子里，无法动弹。小下女端着一杯茶走出来，惊异地说：

"咦，客人呢？"

"走了。"我说。

走了，真的，这次是不会再回来了。人，反正有聚则有散，有合则有分。傻事！谁能评定什么是真正的傻事，什么又是真正聪明的事呢？我闭上眼睛，笑了。虽然眼泪正泛滥地冲出眼眶，毫无阻碍地沿颊奔流。

三

故事应该从妈妈死后说起。

"思筠，你知道你母亲怎么会疯？怎么会死的吗？"姨妈牵着我的手，愤愤不平地问。

我摇摇头，九岁的我不会懂得太多的事情。

"我告诉你。"姨妈的嘴凑近了我的耳边，"因为你爸爸姘上了一个寡妇，你妈妈完全是受刺激才疯的。现在，你妈死了，我打包票，不出两年，这个女人会进门的，你看着吧！"然后，她突然揽住我，把我的小脑袋挤压在她阔大的胸脯上，用悲天悯人的口气，凄惨地喊："我小小的思筠哩，你怎么得了呀，才这么点大就要受后娘的虐待了！想你小时候，你妈多疼你呀，可怜她后来疯了，连你都认不清！我的小思筠，你怎么办才好呢？那狐狸一进门，还会带个小杂种进来，你看着吧！"

我傻傻地倚着姨妈，让她播弄着，听着她哭哭啼啼地喊叫，我是那样紧张和心慌意乱。爸爸和另外一个女人，那是什么意思？我真希望姨妈赶快放掉我，不要这样眼泪鼻涕地揉搓我。终于，她结束了对我的访问和照顾。但是，她眼泪婆娑的样子却深深地印在我脑中。

姨妈的话说准了，妈妈死后的第二年，萱姨——我的继母——进了门，和她一起来的，是她和前夫所生的儿子，比我大三岁的健群。

萱姨进门的那一天，对我是多么可怕的日子！我畏怯地躲在我的小屋内，无论是谁来叫我都不肯出去，尽管外面宾客盈门地大张酒席，我却在小屋内瑟缩颤抖。直到夜深人静，客人都已散去，爸爸推开了我的房门，犹如我还是个小女孩一般，把我拦腰抱进客厅，放在一张紫檀木的圈椅中，微笑着说：

"这是我们家的一颗小珍珠，也是一个最柔弱和可爱的小动物。"说完，他轻轻地吻我的额角，退到一边。于是，我看到一个纤细苗条的中年妇人，带着个亲切的微笑俯向我，我怯怯地望着她，她高贵儒雅，温柔细致，没有一丝一毫像姨妈嘴中描写的恶妇，但我却喊不出那声"妈"来。她蹲在我的面前审视我，把我瘦骨嶙峋的小手合在她温暖柔软的双手中，安详地说：

"叫我一声萱姨？"我注视她，无法抗拒，于是我轻声地叫了。她又拉过一个瘦高个的男孩子来，说：

"这是健群。你的哥哥。"

健群，那有一对桀骜不驯的眼睛，和执拗顽固的性格的男孩，竟成为我生命中的毁星。那天晚上，他以一副冷漠的神情望着我，自始至终，没有说一句话，只对我轻蔑地皱了皱眉头。

萱姨进门没多久，由于时局不定和战火蔓延，我们举家南迁台湾，定居于高雄爱河之畔。

我承认萱姨待我无懈可击，可是，我们之间的生疏和隔阂却无论怎样都无法消除。自从妈妈死后，我就有做噩梦的习惯。每次从梦中狂叫而醒，萱姨总会从她的屋里奔向我的屋中，为我打开电灯，拍我，安慰我。但，每当灯光一亮，我看到她披垂着一肩柔发，盈盈地立在我的床前，都会使我一阵寒凛：梦里是疯子妈妈，梦外却是杀死妈妈的刽子手！这念头使我周身震颤，而蜷缩在棉被里啜泣到天亮。

我从没有勇气去问爸爸，关于妈妈的疯，和妈妈的死，我也从没有把妈妈对我提过的"黑茧"告诉任何人。我让我稚弱的心灵去盛载过多的秘密和疑惑。但我相信姨妈的话，相信萱姨是妈妈致死的最大原因。因而，我对萱姨是畏惧和仇恨兼而有之，却又有一种难以言喻的模糊的好感，只因为她高贵儒雅，使人难以把她和罪恶连在一起。

健群，那个沉默寡言而坏脾气的男孩子，从他踏入我家的大门，我们就很少接近，足足有三年的时间，我们见了面只是彼此瞪一眼，仿佛我们有着几百年的宿怨和深仇大恨。直到我读初中一年级那年的夏天，一件小事却扭转了整个的局面。

那个夏季里，爸爸和萱姨曾作日月潭之游，家中留下了我和健群，还有一个雇了多年的下女。那是暑假，我整日躲在自己的屋内，只有吃饭时才出来和健群见面。爸爸出门的第三天，寄回来了一封信，是我先收到信，封面上写的是健群的名字，但却是父亲的笔迹。我略微迟疑了一下，健群正在吃早餐，我拆开信，走进餐厅里，谁知这封信一个字都没有写给我，完全是写给健群一个人的，全信叮嘱他照顾家和照顾我。由于信里对我没有一丝温情，使我觉得感情和自尊都受了伤。我把信扔到他的面前，信在到达桌子之前落在地上，他低头看了看信封，顿时冷冷地抬起头来，盯着我说：

"你没有权拆这封信！"

"是我的父亲写来的，不是你的父亲！"我生气地说。

"你以为我稀奇他做我的父亲！"他对我嗤之以鼻，"不过，你没有资格拆我的信。"

他侮辱了爸爸，使我非常气愤。

"我高兴拆就拆，你不是我们家的人，你妈妈也不是，你是个杂种。"

他用怒目瞪我，双手握着拳，欲伸又止。

"你是个小疯子！"他叫。

"我不是！"我喊。

"你妈妈是疯子，你也是疯子！"

我站着，我不大会吵架，委屈一来，我最大的武器就是眼泪，于是，我开始抽抽噎噎地哭起来，一面哭，一面越想越气，越气就越说不出话，而眼泪就越多了。我的眼泪显然收了效，健群放开了握着的拳头，开始不安起来，他耸耸肩，想装着对我的哭满不在乎，但是失败了。他对我瞪瞪眼，粗暴中却透着忍耐地喊：

"好了好了，我又没有说什么，只会哭，一来就哭，读中学了还哭！"

我仍然抽抽搭搭不止，然后，我终于憋出一句话来：

"我妈妈就是因为你妈妈的原因才疯的，你们都是刽子手！"

说完，我掉转头，走回我的房里，关上了门。

　　那天晚上有大雷雨。我躲在我的屋内，没有出去吃晚餐，而是下女送到屋里来吃的。窗外，雷雨一直不断，电光在黑暗的河面闪烁，不到晚上九点，电路就出了毛病而全屋黑暗，我蜷缩在床角，凝视着窗外的闪电，和那倾盆而下的雨滴。下女给我送了一支蜡烛来，灯光如豆，在穿过窗隙的风中摇曳。我躺着，许久都无法成眠，听着风雨的喧嚣，想着我那疯狂而死的妈妈，我心情不定，精神恍惚，一直到午夜，我才蒙眬睡去。

　　我立即受到噩梦的困扰，我那疯子妈妈正披着头发，瞪着死鱼一样的眼睛，掐住我的脖子，叫我看她的黑茧。我狂喊了起来，挣扎着，大叫着……于是，我听到一声门响，接着，有两只手抱住了我，粗鲁地摇我，我醒了。睁开眼睛，我发现我正躺在健群的臂弯中。他用棉被裹住我，黑眼睛迫切地盯着我，不停地拍着我的背脊：

　　"没事了，思筠，没事了，思筠。"他反复地说着。

　　我不叫了，新奇地看着他，于是，他也停止了说话，呆呆地望着我，他的眼睛看来出奇地温柔和平静，还混合了一种特殊的感情。然后，他把我平放在床上，把棉被拉在我的下巴上。站在床边，低头凝视我。电还没有来，桌上的蜡烛只剩了小小的一截，他的脸隐现在烛光的阴影下，神情看来奇异而莫测。接着，他忽然对我微笑了，俯头吻吻我的额角，像爸爸常做的那样，轻声地说：

　　"没事了，睡吧。雨已经停了。"

可不是吗？雨已经停了。我合上眼睛，他为我吹掉了蜡烛，轻悄地走出去，关上了房门。

这以后，我和他的关系忽然变了，他开始像一个哥哥般待我，但他也会嘲谑或戏弄我。时间飞逝，转瞬间，我已长成，而他也踏入了大学之门。

他考上了台大，到北部去读书了，我仍然留在高雄家中，我十七岁那年，认识了一苇。

一苇，那是爸爸一个朋友的儿子，家庭殷富。那时，他刚刚大学毕业，在他父亲的公司中做事，卜居于高雄。由于我正困扰于大代数和物理化学等沉重的功课，他被请来做我的义务家庭教师。

他和健群有一点相似，都是瘦高挑的个子，但健群固执倔强，他却温文秀气，戴着副近视眼镜，不苟言笑。每日准时而来，对我督责之严，宛若我的父兄。他恂恂儒雅，极为书卷气，和健群的暴躁易怒成了鲜明的对比。不过，我从来没有把我少女的梦系在他的身上，因为他太严正不阿，缺乏罗曼蒂克的味道。

十八岁，那是丰富的一年。暑假中，健群由台北归来，那天我正巧不在家。回来的时候，爸爸告诉我：

"健群来了，在你的屋里等你呢！"

我跑进屋内，健群正坐在我的书桌前面，偷看我的日记。我喊了一声，冲过去抢下日记本来，嚷着说：

"你不许偷看别人的东西。"

他站起来，拉开我的双手，上上下下地望着我，然后把

207

我拉近他，凝视着我的脸，说：

"你就是心事太多，所以长不胖。"

说完，他又笑了起来：

"还做不做噩梦？"

"有的时候。"

"是吗？"他注视我，吸了口气说，"你好像永远是个孩子，那样怯生生、弱兮兮的。但，我等不及你长大了。"于是，他忽然吻住了我。这一切，发生得那么自然，我一点都不惊讶，因为我早有预感。可是，当他和我分开后，我一眼看到悄然从门口退开的萱姨，和她脸上所带着的微笑，我竟然莫名其妙地寒栗了。我开始明白，我和健群的事，爸爸和萱姨间已有了默契，而早就在等待着了。这使我微微地不安，至于不安的确切原因，我也说不出来。可是，当夜，那恐怖的梦境又捉住了我，妈妈的脸，妈妈的眼睛，妈妈的狂叫……

从梦中醒来，我坐在床上沉思，在浸身的冷汗和毛骨悚然的感觉里，我觉得我那死去的妈妈正在阻止这件婚事，我仿佛已听到她凄厉的声音：

"思筠！你不能嫁给仇人的儿子！思筠！你不能接近那个男人！"

于是，在那段时期里，我迷迷茫茫地陷在一种情绪的低潮中，我提不起兴致，我高兴不起来，整日整夜，我都和那份抓住我的惶恐作战。也因为这惶恐的感觉，使我无法接近健群，每当和他在一起，我就会模模糊糊地感到一种恐怖的阴影，罩在我们的头上，使我昏乱，使我窒息。

我的冷淡曾那么严重地激发了健群的怒气，他胡思乱想地猜测我冷淡他的原因，而莫名其妙地发我的脾气。他个性执拗而脾气暴躁，一点小小的不如意就会使他暴跳如雷。一天，他坚邀我去大贝湖玩，我不肯，他竟抓住我的两只手臂，把我像拨浪鼓似的乱摇，一直摇得我的头发昏，他才突然停止，而用嘴唇堵住我的嘴，喃喃地说：

　　"对不起，思筠，对不起。"

　　整个的暑假，我们就在这种易怒的、紧张的气氛中度过。在这段时期，一苇仍然天天来教我的功课，健群和他谈不来，背地里给他取了个外号，叫他"钟摆"。说他的一举一动，都和钟摆一样的规律。暑假结束，健群又束装准备北上。奇怪的是，我非但没有离情之苦，反而有种类似解脱的快乐。他临行的前一天晚上，在我的房间中，他猛烈地吻我，我被动而忍耐地让他吻，但，却隐隐地有犯罪的感觉。下意识中，我觉得我那疯子妈妈正藏匿在室内的一个角落，监视着我的一举一动。这使我对接吻厌恶，仿佛这是个刑罚。于是，忽然间，健群推开我，望着我说：

　　"你是怎么回事？"

　　"没有什么嘛。"我说。

　　他凝视我，研究地在我的脸上搜索。

　　"有时，我觉得你是个毫无热情的小东西，"他说，"你一定有什么地方不对。"

　　我瞠目不语。

　　"思筠！"他把我的手压在他的心脏上，"你知道我爱你吗？"

我点点头。

"那么，你爱我吗？"

我张大了眼睛望着他，半天都没有表示。他显得不耐烦了，他一把拖过我，用两只手捧住我的脸说：

"如果你弄不清楚，就让我来告诉你吧！让我来教你如何恋爱，如何接吻。"

他的头对我俯过来，狂热而猛烈地吻住了我，那窒息的热力使我瘫软无力，我不由自主地反应着他，不由自主地用手环住他的脖子。我感到心境一阵空灵，仿佛正置身于飘然的云端……但是，我忽然打了个寒战，推开了他，我环顾着室内，我又觉得妈妈正在室内，恐怖使我汗毛直立。

"你怎么了，到底是怎么回事？"健群问。

"我不知道，"我喃喃地说，"我真的不知道。"

健群凝视我，然后说：

"你同意我们先订婚吗？"

"我们是兄妹。"我随手抓来一个借口。

"我姓罗，你姓徐，算什么兄妹，我已经查过了，我们是绝对可以结婚的。"

"等——我大学毕业！"

他望着我，皱拢了眉头，接着，他就放掉了我，回头向门外走，一面说：

"希望我寒假回来的时候，情况能够变好一点。"

寒假很快就来临了，我们的情况并没有变好，相反地，那种紧张的情形却更严重，他变成了对我的压力，他越对我热情，我就越想逃避。而在内心深处，我又渴望着接近他。我自觉像个精神分裂的患者，当他疏远我时我想念他，当他接近我时我又逃避他。这种情况造成的结果是他性情恶劣，脾气暴躁，随时他都要发脾气，事后再向我道歉。我则神经紧张，内心痛苦。我无法解除和他在一起时的那种犯罪感。妈妈那苍白的脸和突出的眼睛飘荡在任何地方，监视着我与他。

高中毕业后，我考上了成大。四年大学生活，一纵即逝。我依然经常回高雄和健群见面，依然维持那种紧张而胶冻的状态。健群已经毕业，为了我，他放弃了北部很好的工作，而在南部一个公营机构中当了小职员。一苇也常常来我们家，他不再教我功课，却常常坐在我们的客厅中，看报纸，听唱片，一坐三四小时闷声不响。谁也不知他的来意，他也不要人陪他，仿佛坐在我们的客厅中很能自得其乐。有一次，健群狐疑地说：

"这家伙八成是在转思筠的念头！"

我失声笑了，因为我怎么都无法把一苇和恋爱联想在一起。可是，健群却留了心，下次一苇再来的时候，健群就故意在他面前表示对我亲热，甚至于揽我的腰，牵我的手。但，一苇却神色自若，恍如未觉。于是，我们就都不在意他了。

一晃眼，我已大学毕业。那天，我们全家开了一个圆桌会议，讨论的中心，是关于我和健群的婚事。看他们那种理所当然的态度，我又强烈地不安起来。我缩在沙发椅里，垂着头，咬着大拇指的手指甲，一声也不响。他们谈得越高兴，我就越惶惑。最后，萱姨说：

"我看，就今年秋天结婚算了，把健群现在住的那间房子改作新房，反正房子大，小夫妇还是和我们这老夫妇住在一起吧，大家热闹点儿。"

"我想到一个问题。"爸爸笑着说，"添了孙子，叫我们爷爷奶奶呢，还是外公外婆呢？"

于是，他们都大笑了起来，似乎这问题非常之好笑。我看看这个，又看看那个，那种惶恐的感觉愈加强烈。忽然间，一股寒气爬上了我的背脊。我茫然四顾，又感到妈妈的眼睛！冷汗从我发根中冒出，我的手变冷了。于是，我猛地跳了起来，狂喊了一声：

"不！"

所有的人都被我这突如其来的举动吓了一跳。我领略到自己的失态，嗫嚅着说：

"我——我——暂时不想谈婚姻。"

健群盯着我，问：

"思筠，你是什么意思？"

"我只是不想结婚。"我勉强地说。

健群的脸色变白了，他的坏脾气迅速发作，咬着牙，他冷冷地望着我说：

"你不是不想结婚，你只是不想嫁给我，是不是？我知道了，你在大学里已经有了称心如意的男朋友了，是不是？你不愿嫁给我！是不是？"

我头上冷汗涔涔，心中隐痛，我挣扎着说：

"不，不，不是……"

"思筠，"爸爸说，"你到底是怎么回事？"

萱姨一直以研究的神情冷静地望着我，这时，她忽然温和地说：

"思筠，你的脸色真苍白，你不舒服吗？如果我建议你去看看医生，你反不反对？"

"医生？"我皱着眉问。

"是的，我有一个新认识的朋友，是个心理医生，如果你去和他谈谈，把你心中的问题告诉他，我想，他一定会对你有点帮助。"

我望着萱姨，突然爆发了一股强烈的怒气，我站起身，直视着她的脸，心中翻涌着十几年来积压已久的仇恨，这仇恨被萱姨一句话引动，如决堤的洪水，一发而不可止，我大声地叫了起来：

"我知道，你们以为我有神经病！以为我和妈妈一样疯了！我不嫁健群，就是我有病，是吗？我为什么该一定嫁给他？你们认为我是疯子，是吗？你们错了，我不会嫁给健群，我永不嫁给他！我恨你们！你们三个人中的每一个！我恨透了！恨透了！恨透了！"我蒙住脸，大哭了起来，反身向我的房间跑，跑了一半，我又回过头来，指着萱姨说，"你不用逼我，你和爸爸使妈妈受刺激而疯狂，而死亡，你们是一群杀人不见血的刽子手！我恨了你们十几年了！你现在想再逼疯我？我不会疯！我永不会疯！"我跑进屋内，关上房门，眼前金星乱迸，脑中轰然乱响。扶着门把，我的身子倚着门往下溜，终于躺倒在地板上，昏昏然失去了知觉。

我病了一段时期，发高烧，说呓语。在医院里，我度过了整整一个秋天。当我恢复知觉之后，我是那样期望能见到健群，但是他从没有到医院里来看我，失望和伤心使我背着人悄悄流泪。可是，爸爸来看我时，我却绝口不提健群。爸爸常到医院来，萱姨却一次也没来过。对于我上次的那番话和健群与我的婚事，爸爸都小心地避免谈及。当爸爸不来的时候，我就寂寞地躺在白色的被单中，瞪视那单调而凄凉的白色屋顶。于是，一天，一苇来了。他坐在我的床前达三小时，说了不足五句话。但，我正那么空虚寂寞，他的来访仍然使我感动得热泪盈眶。然后，当他起身告辞时，却突然冒出一句意外的话来：

"思筠，你病好了，我们结婚吧。"

我一愣，他的神色安静而诚恳，斯文儒雅的面貌像个忠厚长者。我愣愣地说：

"你是在向我求婚吗？"

"不错，"他点点头，"怎样？"

我呆呆地望着他，这个求婚完全出乎我的意料。可是，想起健群居然不来看我，想起萱姨的仇恨，想起那个我极欲逃避的"家"。我流泪了，在泪眼婆娑中，我默默地点了头。

我的病好了，形销骨立。我原本就太瘦弱，如今更是身轻如燕，走起路来都轻飘飘的。出了院，我回到家里，竟然没有看到健群，萱姨仍然用一贯的温和来待我，也不再提起健群。冬天，我和一苇结了婚，健群没有参加婚礼。直到我婚后，爸爸才透示我，自从我发脾气大骂的那一天起，健群就离家远走，一直没有消息。

婚后的一天，爸爸来看我，在我的客厅中，他执着我的手，诚挚地说：

"思筠，你母亲不是因为萱姨而疯的，她是为了一个男人。"

"爸爸！"我叫，"你说谎！"

爸爸摇摇头，深深地望着我说：

"那是真的。思筠，你母亲不应该嫁给我，那是一桩错误的婚姻，她一点也不爱我。她原有个青梅竹马的情人，但她的父亲却做主让她嫁了我，我们婚后没有一丝一毫的乐趣，只是双方痛苦。你母亲是个好人，是个有教养的女人，教养和道义观使她不能做出对不起我的事，而她又无法抗拒那个男人……思筠，你慢慢会了解的，她把自己禁制得太严了，她思念那个人，又觉得对不起我，长期的痛苦造成了精神的分裂。至于萱姨，那是你母亲精神失常之后，我才接近的。"

我震动，我叹息。我相信这是真的，妈妈，可怜的妈妈！她，和她的黑茧！咬不破的黑茧！但，我为什么该在她的黑茧的阴影下失去健群？

健群！那桀骜不驯的男孩子！那个被我所爱着的男孩子！

四

　　时间慢慢地拖过去，我结婚三个月了。而健群却像地底的伏流般突然地冒了出来。一切的平静，冬眠着的岁月又猛地觉醒了。

　　蜷缩在那沙发中，我一动也不想动，健群关上大门的那声门响依然震荡着我，他在我唇上留下的吻痕似乎余韵犹存。我睁开眼睛，窗外的阳光刺眼，春天，这正是春天，不是吗？一切生物欣欣向荣的季节，但，我心如此之沉坠！重新合上眼睛，我感受着眼泪滑下面颊的痒酥酥的感觉。"原谅我吧，我已经哭过了！"这是《葛莱齐拉》中的句子，那么，原谅我吧！健群。

　　小下女来请我去吃午饭，已经是吃午饭的时间了吗？也好，午饭完了是晚饭，晚饭完了就又过去了一天。勉强咽下了几粒坚硬的饭粒，我又回到客厅里，继续蜷伏在沙发中。望着窗外的日影西移，望着室内由明亮而转为暗淡，望着迷迷蒙蒙的暮色由窗隙中涌入。我睁着眼睛，凝着神，但没有思想，也无意识，似乎已睡着了。

　　"为什么不开灯？"

　　突来的声浪使我一惊，接着，电灯大放光明。我眨眨眼，一苇正脱掉皮鞋，换上拖鞋，在我对面的沙发中懒散地坐下来。他什么时候回来的？我竟没有听到他开门的声音。我坐正身子，凝视着他，他燃起一支烟，慢吞吞地从公事包里拿出一本美国的地理杂志，我本能地痉挛了一下，又是地理杂志，除了书籍之外，他还会有别的兴趣吗？

"喂！"我说。

"嗯？"他皱皱眉，不情愿地把眼光从书上调到我的脸上。

急切中，我必须找出一句话来，无论如何，我已经被冰冻的空气"冷"够了。

"今天，健群来了。"我说。

"哦，是吗？"他不经心地问，眼睛又回到书本上去了。

我有点难堪，却有更多的愤懑。一段沉默之后，我说："你知道，我曾经和健群恋爱过。"

大概我的声音太低了，他根本没有听到，我提高声音，重说了一遍，他才猛悟似的说：

"唔，你说什么？"

"我说，健群曾经是我的爱人。"

"哦，"他望望我，点点头，"是吗？"然后，他又全神贯注在书本上了。

我弓起膝，双手抱着腿，把下巴放在膝盖上。室内真静，静得让人困倦。半晌，我抬起头来，他的近视眼镜架在鼻梁上，书凑着脸，看得那样出神。我突然恶意地，冲口而出地说了一句：

"我现在还爱他。"

"唔，唔，什么？"他推推眼镜，忍耐地看着我。

"我说，我现在还爱他。"我抬高声调。

"爱谁？"他傻傻地问。

"健群。"

"哦，"他眨眨眼睛，笑笑，哄孩子似的说，"好了，别开玩笑了，让我看点书。你已经不是小孩子了。"

眼看着他的头又埋进了书本里，我废然地靠在沙发上，仰着头，呆呆地凝视着天花板，天花板上，一条壁虎正沿着墙角而行，摇摆着尾巴，找寻食物。

吃过晚饭，一苇又回到客厅，专心一致地看起书来。我坐在他的对面，用小锉刀修着指甲，一小时，又一小时……时间那样沉滞地拖过去。终于，我不耐地跳了起来：

"我要出去一下。"

"嗯。"他头也不抬地哼了一声。

我走进卧室，换了一身最刺目的衣服，黑底红花的旗袍，金色的滚边，既艳又俗！再夸张地用唇膏把嘴唇加大，画上浓浓的两道黑眉毛，对着镜子，镜里的人使我自己恶心。不管！再把长发盘在头顶，梳成一个髻，找了一串项链，绕着发髻盘上两圈。不敢再看镜子，抓了一件红毛衣，我"冲"进客厅里，在一苇面前一站。

"我出去了。"

大概因为我挡住了他的光线，他抬头看看我，我等着看他大吃一惊，但他只不经意地扫我一眼，又低下了头，简简单单地说：

"好。"

我握着毛衣，垂着头，走出了大门。门外春寒仍重，风从爱河的河面吹来，使人寒凛。我顺着脚步，走到河边，两岸的灯光在黑幽幽的水中动荡，像两串珠链。沿着河岸，我缓缓地踱着步子，隔着一条河，高雄闹区的霓虹灯在夜色中闪耀。黑人牙膏的电灯广告耸立在黑暗的空中，刺目地一明一灭。

到何处去？我有些迟疑。但是，既然出来了，就应该晚一点回家，如果我彻夜不归，不知一苇会不会紧张？想象里，他一定不会，在他的生活中，从没有紧张两个字。我走上了桥，沿着中正路，走进高雄的闹区，大公路，大勇路，大仁路……我在最热闹的盐埕区中兜圈子，走完一条街，再走一条街，在大新公司的首饰部，我倚着橱窗，休息一下我走得太疲倦的脚。店员小姐立即迎了过来，对我展开一个阿谀的微笑。

"小姐，要什么？"

我随意地在橱上那个半身模特的胸前拉下了一条项链。

"多少钱？"

"八十块。"

八十元！不贵！就用那八十元买她的微笑，也是划得来的，无论如何，她是整个一天中对我最亲切的人。我用手指挑着项链，望着那珠粒映着日光灯所反射的光芒。

"要戴上试试吗？"

"哦，不用了，包起来吧！"我打开皮包，拿出八十元，放在柜台上。

项链放进了皮包，店员们已经开始鞠躬送客，表示打烊时间已到。看着他们搬门板准备关店门，看着那铁栅门已拉上了三分之一，我只得跨出了大新公司。沿着新乐街，我一家一家地逛寄卖行，肆意地买着一些乱七八糟的东西，也买尽了店员们的微笑。然后，一下子，我发现街道空旷起来了，车辆已逐渐减少，店门一家家地关闭，霓虹灯一盏盏地暗灭，只剩下翦翦寒风在冷落的街头随意徜徉。我的腿已疲乏无力，我的眼皮酸涩沉重。但是，我不敢回家，家里的一苇想必已呼呼大睡，他会为我的迟归而焦急吗？

漫无目的地在黑暗的街头闲荡，脑中思绪纷杂零乱，健群回来了，我已嫁人了！生命如斯，日月迁逝，世界上何事为真？何事为假？人，生存的目的何在？一日三餐，浑浑噩噩，任那岁月从指缝中穿过，一天又一天，一月又一月，一年又一年。等到挨过了数十寒暑，然后呢？就像妈妈的结局一样，那黑色的棺木，黑色的茧！

蹀过了桥，我又回到爱河河边，站在荧光灯下，我斜倚着灯柱，凝视着水中的灯光倒影，那微微荡漾的水使我眼睛昏花而脑中昏沉，我闭上眼睛，深深呼吸，夜风拂面而过，单衣寒冽，我战栗了。

> 恻恻轻寒翦翦风，
> 小梅飘雪杏花红。
> 夜深斜搭秋千索，
> 楼阁朦胧细雨中。

多么美丽的诗的韵致！为什么真正的生活中却找不到

这样的境界？谁能告诉我，那些诗人是如何去发掘到这份美的？我惨然微笑，默默地流泪了。

一只手突然抓住了我的手臂，我吃惊地张开眼睛，健群正挺立在我的面前。荧光灯下，他的脸色青白如鬼，双目炯炯，妖异地盯着我。

"你在做什么？"他冷冰冰地问，"我跟踪了你整个晚上，走遍了高雄市。"

我默然无语，他捉住我的下巴，托起我的头：

"你为什么这样做？"他的眉头蹙起了，"为什么要葬送我们两个人的幸福？"他用双手摸索着我的脖子。然后勒紧我："我真想杀了你，毁了你！我恨你，恨透了你！恨死了你！你死了我才能解脱！"他的手加重了压力，我呼吸紧迫了："你这么轻易地决定你的终身？然后把每晚的时光耗费在街头闲荡上？你，你怎么这样傻？"

他的手更重了，我已经感到窒息和耳鸣，闭上眼睛，我把头仰靠在灯柱上，好吧！掐死我！我愿意，而且衷心渴望着。扼死我吧，那对我是幸而不是不幸。但是，他的手指放松了，然后，他的嘴唇炙热地压住了我的。他呻吟地、战栗地低喊：

"思筠，思筠，你要毁掉我们两个了！思筠，思筠！"

我流泪不语。妈妈！你把你的黑茧留给我了。

"思筠，"他的嘴唇在我的面颊上蠕动，他的手摸到了我的发髻，轻轻一拉，那盘在发髻上的项链断了，"你打扮得像个小妖妇。但是，这样的打扮使你看来更加可怜。思筠，你说一句强烈的话，让我绝望了吧。"

我依然不语，低下头，我看到那散了的珠串正崩落在地上，纷纷乱乱地滚进爱河之中，搅起了数不清的涟漪，大的，小的，整的，破的……

五

又是一个难挨的晚上。

我坐在沙发中，百无聊赖地用小锉子修指甲。每一个指甲都已经被锉子锉得光秃秃了。一苇仍然在看他的书，书，多丰富而吸引人的东西呀！

我把锉子对准了玻璃桌面扔过去，清脆的"叮"然一声，终于使他抬起了头来，看看我，又看看锉子，他哼了一声，再度抱起了书本。

"喂，喂！"我喊。

"嗯？"他向来是最会节省语言的人。

"一苇，"我用双手托着下巴凝视他，"你为什么娶我？"

"唔，"他皱皱眉，"傻话！"

"喂，喂，"我及时地呼唤，使他不至于又埋进书本中，"一苇，我有话要和你谈。"

"嗯？"他忍耐地望着我。

"我，我提议——我们离婚。"我吞吞吐吐地说。

"唔?"他看来毫不惊讶,"别孩子气了!"低下头,他推推眼镜,又准备看书了。

　　"我不是孩子气!"我叫了起来,"我要离婚!"

　　他皱眉,望着我:

　　"你在闹些什么?"

　　"我要和你离婚!"我喊,"你不懂吗?我说的是中国话,为什么你总听不懂?"

　　他看看墙上的日历,困惑地说:

　　"今天不是愚人节吧?为什么要开玩笑?你又不是小孩子了!"

　　我跳了起来,所有的忍耐力都离开了我,我迫近他,一把抢下他手里的书,顺手对窗外丢去,一面神经质地对他大喊大叫起来:

　　"我不是小孩子了,我比你更清楚我不是小孩子了!所以我没有说孩子话!我要和你离婚,你懂不懂?你根本就不该娶我!你应该和你的书结婚!不应该和我!我已经被你冰冻得快死掉了,我无法和你一起生活,你懂不懂?你这个木头人,木头心脏,木头脑袋!"

　　他被我迫得向后退,一直靠在墙上。但是,他总算明白了。他瞪着我,愣愣地说:

　　"哦,你是不愿意我看书?可是,不看书,干什么呢?"

　　"谈话,你会不会?"

　　"好好,"他说,坐回到沙发里,严肃地眨了眨眼睛,望着我说,"谈什么题目?"

我凝视他，气得浑身发抖。随手握住茶几上的一个小花瓶，我举起来，真想对他头上砸过去。可是，他一喊就跳了起来，一面夺门而逃，一面哆哆嗦嗦地说：

"天哪，你你……你是不是神经出了毛病？他们早就告诉我，你有精神病的遗传……现在，可不是……就，就发作了……"

我举起花瓶，"哐当"一声砸在玻璃窗上，花瓶破窗而出，落在窗下的水泥地上，碎了。一苇在门外抖衣而战，嗫嗫嚅嚅地说着：

"我要打电话去请医生，我要去请医生……"

我摇摇头，想哭。走进卧室，我拿了手提包，走出大门，投身在夜雾蒙蒙的街道上。

顺着脚步，我向我的"娘家"走去，事实上，两家都在爱河之畔，不过相隔数十尺之遥而已。走着走着，故居的灯光在望，我停了下来，隐在河畔的树丛中，凝视着我的故居。我昔日所住的房里已没有灯光，但客厅中却灯烛辉煌，人声嘈杂。我靠在树上，目不转睛地凝视着玻璃窗上人影幢幢，笑语之声隐隐传来，难道今日是什么喜庆的日子？我思索着，却丝毫都想不起来。

我站了很久很久，风露侵衣，夜寒袭人，我手足都已冰冷，而客厅里依然喧哗如故。终于，我轻轻地走了过去，花园门敞开着，我走进去，跨上台阶，站在客厅的门外。隔着门上的玻璃，我看到门里宾客盈门，而健群正和一个浓妆的少女并坐在一张沙发上，那少女看来丰满艳丽，而笑容满面。

健群却依旧衣着简单而容颜憔悴，那对失神的眼睛落寞地瞪视着窗子。我顿时明白了，爸爸和萱姨又在为健群介绍女友，这是第几个了？但是，总有一个会成功的。然后，健群就会和我一样挣扎于一个咬不破的茧中。

再注视那少女，我为她的美丽折倒。下意识地，我看看自己瘦骨支离的身子和手臂，不禁惨然而笑。下了台阶，我想悄然离去，但是，门里发出健群的一声惊呼：

"思筠！别走！"

我不愿进去，不想进去，拔起脚来，我跑出花园，沿着爱河跑，健群在后面喊我，我下意识地狂奔着。终于听不到健群的声音了，我站在爱河的桥头，又泛上一股酸楚和凄恻，还混合了一种恓惶无措的感觉。走过了桥，像往常一样，我又开始了街头的夜游。

我累极了，也困极了。我不知道自己在街头到底走了多久，手表忘记上发条，早已停摆了。沿着爱河，我一步一步地向前挨着，拖着。脚步是越来越沉重了。我累了，累极了，在这条人生的道路上，也蹭蹬得太长久了。

我停在一盏荧光灯下，在这灯下，健群曾经吻我。他曾说我是个没有热情的小东西。没有热情，是吗？我望着黑幽幽的水，那里面有我崩落的珠粒，有我的眼泪和他的眼泪，那些珠粒和眼泪击破过水面，漾开的涟漪是许许多多的圈圈。记得有一首圈圈诗，其中说过：

相思欲寄从何寄？画个圈儿替。

话在圈儿外，心在圈儿里，

我密密加圈，你须密密知侬意！

单圈儿是我，双圈儿是你，

整圈儿是团圆，破圈儿是别离。

更有那诉不尽的相思，把一路圈儿圈到底。

我倚着铁索，把头伸向河面。我又哭了。泪珠在水面画着圈圈，一圈又一圈，一圈又一圈，在这无数的圈圈里，我看到的是健群的脸，一苇的脸，和妈妈的脸。是的，妈妈的脸，妈妈正隐在那黑色的流水中，她瞪得大大的眼睛哀伤地望着我，仿佛在对我说：

"你也织成了一个黑茧吗？一个咬不破的黑茧吗？"

是的，咬不破的黑茧！我凝视着流水，黑色的水面像一块黑色的丝绸。我在寒风中抽搐，水面的圆圈更多了，整的，破的，一连串的，不断地此起彼伏着。

夜风包围了我，黑暗包围了我，荧光灯熄灭了，四周是一片混混沌沌的黑色。我在这暗夜中举着步子，不辨方向地向前走去。我知道，无论我走向何方，反正走不出这个自织的黑茧。

夜雾更重了，我已经看不到任何的东西。

蜃楼

一

午后下了一阵急雨，正像海边所常有的暴雨一样，匆遽、杂乱，而急骤。但，几分钟之后，雨停了，炽烈的太阳重新穿过了云层，照射在海面和沙滩上，一切又恢复了宁静，和没下雨以前似乎没有什么分别，只在远远的海天相接的地方，弯弯地挂着一个半圆形的彩虹。

翠姑站在井边，手里握着水桶和绳索，对天边那五色缤纷的彩虹看了几秒钟。"虹"，她思索着那个字是怎么写好，但是却记不起来了。她对自己摇摇头，把水桶抛进井里，用力地拉起满满的一桶水来，然后一只手提着水桶，另一只手拉着裙子，向家里走去。地上的沙子还是湿的，太阳晒在上面热热的，赤脚走在上面非常地不舒服。

穿过了那间在夏天用来做冰室的大厅，她一直把水提进了厨房里，在灶前面烧火的母亲慈爱地看了她一眼：

"累了吧，把水倒在缸里去歇一下吧！还有好久才吃饭呢。"

翠姑走到屋子外面，用来做冰室的大厅空空的，椅子和桌子都叠在一起，上面厚厚地积了一层灰尘。现在还不到冰店开张的季节，等到六月里，台北的一些学校里放了暑假，这儿又要热闹了起来。海滨浴场会挤满了人：男的、女的、老的、少的，穿着花花绿绿的游泳衣，带着帐篷在海滩上过夜。那时候，他们冰店里也会热闹了起来，挤满了年轻的学生和城里来的少女们。六月，翠姑默默地计算着日子，到那时候，住在那边别墅里的沈少爷也该回来了吧。

翠姑沿着门口宽宽的街道向前进，其实，这根本不算是街道，路上全是黄色的沙子，只因为两边有着几家店铺，所以这也就算是"街"了。在几年前，这儿还是一片荒凉的不毛之地，只因为后来有投机的商人在这儿辟了一个海滨浴场，所以顿时热闹了许多。水果店、冰店、吃食店，都陆陆续续地建造了起来。翠姑的父亲李阿三也拿着从内地带出来还剩下的一点积蓄，开了这家冰店，勉强地维持着一家三口的生活。翠姑穿过了那几家店铺，向海边上走去，只有在海滩上，她才能看到那建筑在高地上的白色房子，那俯瞰着整个海面的别墅。

翠姑走向海边，海水有节拍地涌向沙滩，又有节拍地退了回去。翠姑站在水中，让那些白色的泡沫淹过她的脚背，那微温的海水带给她一阵舒适的快感。她仰起头，望着那沐浴在阳光中的白色楼房，那白色的建筑物高高地站在那儿，带着几分倨傲的神态。

翠姑低下了头，风吹起了她的裙子和头发，她用一只手拉住裙子，用脚趾在沙滩上画出"隐庐"两个字。这两个字的笔画都这么复杂，翠姑不知道自己写错了没有。但，她猜想是不会错的，因为她曾经好几次看过那刻在水泥大门上的金色字体。她又抬头看了看那所别墅，在沙子上缓缓地再写下三个字"沈其昌"，字迹歪歪倒倒的，不大好看，翠姑正想用脚抹掉它，一阵海浪涌了上来，把那些字迹都带走了。

太阳逐渐地偏向了西方，几抹彩霞从海的那一面升到了空中，海水都被染成淡淡的粉红色了。翠姑向岸上走去，在一棵大树底下坐了下来。随手捡了一根枯枝，在沙上乱画着，画来画去，总是"沈其昌"三个字。半天之后，她抬头看看天，用手枕着头靠在树上，微笑着低低地：

"六月底，他就会回来了，去年，他不是也六月底回来的吗？"

她眯着眼睛，似乎又看到了那个漂亮而英俊的青年。

二

第一次见到沈其昌正是去年六月底，天气燠热得像一个大火炉。

翠姑在桌子之间来往穿梭着，汗水湿透了她那件花麻纱的衫裙。她忙碌地递着碟子杯子，柠檬水、橘子汁、刨冰、西瓜……虽然她自己渴得要命，却没有时间喝一点东西。小冰店里挤满了人，充满了喧嚣和笑闹的声音。

"喂！四杯橘子汁。"

翠姑正在转动着刨冰的机器，一个男性的、柔和的声调在她耳边响着。她抬起头，四个青年正跨进了冰店，刚才对她说话的青年个子高高的，皮肤很白，一对黑眼珠亮得出奇。翠姑像触电似的微微呆了一阵，这人的脸庞好熟悉，似乎在哪儿见过。

她拿着四杯橘子汁的托盘，走到那四个青年的桌子前面，把橘子汁一杯杯地放在他们面前，这时，她看到其中一个推了推那起先向她说话的青年说：

"喂，沈其昌，这儿居然会有这样出色的姑娘，想来你假期中不会寂寞了！"

翠姑并不太懂这几句话，但她看到他们四个人的眼睛都盯着自己看，就知道他们是在说自己了。她不禁微微地红了脸，拿起托盘正想走开，另一个青年笑着拉住她说：

"喂，你叫什么名字？和我们一起喝一杯吧？我们付钱！"

翠姑迷惑而又惊讶地望着他们，她从没有应付过这种局面，有点儿不知所措了。这时，那被他们叫作沈其昌的青年却微笑地对那拉她的人说：

"别胡闹，小朱！人家的样子蛮正经的，别为难她！"

小朱松了手，翠姑急急地拿着托盘走回柜台来，她脸上热热的，心一直在跳。偷偷地斜过眼睛去看他们，却正好看到沈其昌懒洋洋地靠在椅子上，握着杯子，嘴里衔着吸管，眼光温柔地望着她。

他们很快地就喝完了杯里的橘子汁，高声地叫闹着要去比赛游泳，只有沈其昌一直文静地微笑着。翠姑猜想他一定不大会游泳，因为他的皮肤那么白，像个女孩子似的，绝不是常在太阳底下晒的人所能有的。像刘阿婆家的荣生，就黑得像锅底子一样。翠姑正在想着，他们已经喧闹着跑来付账，钱是沈其昌付的，翠姑在忙乱中竟多找了一块钱给他。沈其昌微笑地还给她一块钱，温柔地说：

"你算错了，小姐。"

翠姑目送他们走开，"小姐"的称呼，使她好半天都觉得晕陶陶的。

第二天黄昏的时候，冰店里的生意比较清淡了些，翠姑就习惯性地到海滩上来走走。通常来游泳的游客，多半是一清早从台北或别的地方坐火车来，黄昏的时候就回去了。但也有一些人带着帐篷来露营。翠姑最喜欢看那些人穿着鲜艳的游泳衣，在水里荡来荡去的样子，她羡慕他们的安适愉快。在她，虽然守着海边，却很少游泳。她只有一件黑色的游泳衣，还是母亲好多年以前给她缝的，而现在，由于她的体形有了大大的改变，那件游泳衣是早已不能穿的了。她站在海滩上，羡慕地望着几个少女在水中尖叫地拍着水，和她们的男朋友们笑闹着。

她有点失意地沿着水走，低垂着头，数着自己的步子。

猛然，她停住了脚步，睁大了眼睛，她差一点走到一个男人的身上！那男人正仰卧在沙滩上面，闭着眼睛，显然在享受着那黄昏时和煦的日光。当她发现这人就是昨天在冰店里给她解围的沈其昌时，禁不住"啊"地惊呼了一声。沈其昌也吃惊地睁开了眼睛，看到了翠姑，就从地上坐了起来，微笑着说：

"也来游泳吗？"

翠姑羞涩地摇了摇头，望着面前这英俊的青年。大概由于太阳晒了的关系，他今天不像昨天那样白，皮肤红红的，赤裸的上身有着亮晶晶的水珠。

"店里不忙了吗？"沈其昌继续问，声调非常温和。

"现在不忙了，中午最忙。"翠姑克服了自己的羞涩，轻轻地回答，又疑惑地望着他问，"你晚上睡在那边帐篷里的吗？"

"不！"沈其昌摇摇头，指着高处的那座白色的楼房，"我家在那边，我在台北读书，暑假里回来！"

"哦！"翠姑恍然地说，"你是沈少爷！怪不得我觉得脸很熟，你们搬来那天我也看到过你的！"

"算了！什么沈少爷，我叫沈其昌，其他的其，昌隆的昌，"说着，他用手指在沙上写下了"沈其昌"三个字，又笑着问她，"你呢？"

"李翠姑。"翠姑说着，脸又红了，因为她根本不认得沙上那三个字，她死死地盯着沙上的字，想记住它的笔画。

"你没有念过书吗？"沈其昌问，声音里带着点怜惜。

"没有。"她摇了摇头，脸更红了。

"没关系，以后我教你，"沈其昌轻松地说，从地上站了起来，望了望海水，忽然说，"一起去游泳怎么样？"

"好……不过……"翠姑嗫嚅着，她不能说没有游泳衣。

"没有游泳衣吗？走，先去租一件来用，明年暑假我从台北带一件来送你！"沈其昌说，有点怜悯地望着她。

翠姑从更衣室里走了出来，那件大红色的游泳衣紧紧地裹着她那健康的、丰满的身体。她有点不好意思地望了望沈其昌，羞涩地垂下了眼睛。沈其昌望了她一眼，眼睛里充满了赞美和诧异，然后说：

"走！让我们游泳去！"当他们并肩走进水里的时候，他又轻轻地加了一句，"翠姑，你很美！"

那晚，翠姑一夜都没有睡着。这是她有生十七年间的第一次。

沈其昌在家中足足待了三个月，这三个月中，翠姑几乎天天和沈其昌在一起，她发狂般地依恋着他。虽然，他和她在一起的时候，连握她的手都没有握过。但，翠姑觉得他的一言一语，一个笑容，一声叹息，都和她那么亲切。她并不了解他，但却极单纯而极热烈地爱上了他。

翠姑认为沈其昌的知识和学问是无边的，她知道他在台大读外文系，至于什么是"外文"她却茫然不知。一次，她鼓起勇气来问他，他却怜悯地对她笑笑，摇着头说：

"你这个可怜的小东西！"

沈其昌平日说的许多话，都是翠姑理解能力以外的，但她依然喜欢听他说。他会告诉她一些小故事，这些故事都是她从来没有听过的，什么英国的诗人啦，美国的作家啦，有时他还会吟诵一些她所听不懂的诗句，当她惶惑而敬佩地望着他背诵时，他就会哑然失笑地说：

"啊，你是不懂这些的。走！我们游泳去！"

他真的开始教她写字，但是教得毫无系统，他想起什么字就教她什么字。例如一天雨后，他向她解释"虹"的成因，就教她写"虹"字。一天他告诉她他住的白屋叫"隐庐"，就教她写"隐庐"两个字。翠姑竭力想学会一切他教她的东西，常常深夜不睡觉地在纸上练习着那些字。

一天午后，翠姑和沈其昌一起坐在沙滩上，海面有许多人在载沉载浮地游着泳。一个瘦瘦的男人在教一个胖女人游泳，那胖女人拼命用手抓着那男人，嘴里发出尖锐的怪叫声。翠姑笑着看了一会儿，把眼光调到天上，天空是明朗的蔚蓝色，几朵白云在游移着。

"云是会变的，是不是？"翠姑说，"以前我常常坐在那边大树底下，看着云变，有的时候变一只狗，有时变一只猫，还有时会变成一座房子，或一个城。"

"嗯，云是会变的，"沈其昌很有趣味地望着她，"你看着云的时候想些什么呢？"

"啊，想许许多多的东西，都是……都是不会发生的。有时我想我会变成一个公主，住在那个像城市一样的云里面。"翠姑红着脸说。

"哦，是的，每人都有幻想，一些海市蜃楼的幻想。"沈其昌低低地说，这几句话是对他自己说的。

"海什么？"翠姑问，"海市蜃楼"四个字中，她只听懂了一个"海"字。

于是，沈其昌向她解释什么叫"海市蜃楼"，同时把这四个字写在沙滩上教她。翠姑睁大了眼睛，半天都弄不明白到底什么是"海市蜃楼"。最后，沈其昌不耐地站起身说：

"哎，你这个笨蛋，你一辈子也不会懂什么是'海市蜃楼'的，还是快点回去帮你妈卖冰吧！"

那天晚上，翠姑为这几句话饮泣了大半夜，她是笨蛋！她什么都不懂！她不知道"蜃楼"是什么！于是，她明白，在她和那"隐庐"的小主人之间，有着那么大的一段距离，这段距离是永远不可能缩短的。

翠姑的伤心一直延长了好几天，因为，第二天她发现沈其昌已经到台北去了，他寒假要留在台北。于是，又要等待漫长的一年，她才能重新见到那隐庐的小主人。

三

海边的夜似乎来得特别早，太阳落山没有多久，那些绚烂的晚霞也转变了颜色，连那白色的浪花好像也变成灰色了。翠姑用手抱住膝，仍然靠在那棵大树上。风大了，海浪喧嚣着奔向岸上，又怒吼着退回去。翠姑低声唱起沈其昌常常哼着的一个歌曲：

月色昏昏，涛头滚滚，恍闻万马，齐奔腾。

澎湃怒吼，震撼山林，后涌前推，到海滨。

翠姑并不了解那歌词，但沈其昌给她解释过，她知道这是描写夜晚的大海的。所以，每到夜晚，她就会不由自主地低唱起这个歌来。

“翠姑！翠姑！”

母亲的呼唤声划破长空传了过来，翠姑惊跳了起来，一面高声答应着，一面向家里跑去。才走到浴场出口处，就看到母亲皱着眉头站在那儿，不高兴地说：

“你每天下午跑到海边做什么呀？吃晚饭了都不回来！快回去，荣生来了，又给你带了块花布来！”

“谁稀罕他的花布，干脆叫他带回去算啦！”翠姑噘着嘴说，一脸的不高兴。

“你别鬼迷了心吧，荣生那孩子可不错呀！实心实眼的，我们这样人家，能和他们攀了亲……”

“算了吧，鬼才看得上他呢！锅灰似的……”翠姑诅咒似的说，脸涨得通红。

才走进了大门，翠姑就看到荣生站在那冰室的大厅里，傻头傻脑地冲着她笑，咧着一张大嘴，露出白白的牙齿，皮肤黑得发亮，和他那身土里土气的黑褂儿似乎差不多少，胖胖的脸上堆满了笑，看起来不知怎么就是那么不顺眼。

“喂，翠姑，昨天我跟爹到台北给人家铺草皮，顺便帮你买了块料子，你看看可喜欢？"

"哼！"翠姑打鼻子哼了一声，瞪瞪眼睛没说话。

"还有，上回你说喜欢那种大朵儿的白玫瑰花，我给你摘了一大把来了，都放在你屋里花瓶里养着呢！"

翠姑看了他一眼，仍然没说话。其实，荣生倒真是个没心眼的好人，他父亲和翠姑家里是同乡，以前两家也是结伴儿到台湾来的，所以翠姑和荣生始终是青梅竹马的小伴侣，两家的父母也都有心促成这件事。荣生的父亲现在有一个小小的花圃，靠卖花儿草儿过日子，倒也混得不错。荣生很肯苦干，每天天一亮就施肥锄草，花草都比别家的肥。他对翠姑是死心塌地地爱着，两家虽然隔了足足八里路，他一有工夫仍然徒步到李家来看翠姑。翠姑起先也很喜欢他，只是，自从去年暑假之后，翠姑却再也看不上他那张黑黑的脸庞和那傻气的态度。

看到翠姑一直不说话，荣生有点不知所措地摸了摸脑袋，小心翼翼地对翠姑看了两眼说：

"你不去看看那块料子吗？我不知道要买多少，布店老板说，四码布足够了，我就买了四码半。你上次说喜欢黄颜色，所以我买了件黄花儿的，你不看看吗？"

"先吃饭吧，吃了饭再看好啦！"翠姑的妈嚷着说。

在饭桌上，翠姑依然像在赌气似的不说话，荣生那副茫然失措的样子使她尤其不高兴。但，一想起他徒步八里路来看她，等会儿还要徒步八里路回去，就看在小时一块儿踢毽子的分儿上，也不该不理人呀！想到这儿，她不禁把板着的脸儿放柔和了一点儿，望着他说：

"你妈好吗？"

"好，好，好。"荣生一迭连声地说，看到翠姑开了口，如获至宝般地笑着，一面拼命用手摸着脑袋。翠姑望着他那副傻头傻脑的样子，禁不住"扑哧"一声笑了起来，荣生看到她笑了，也莫名其妙地跟着笑了。

晚上，当荣生走了之后，翠姑的妈在灯下缝着衣服，一面望着翠姑说：

"不是我说，荣生还真是个好孩子，心眼好，肯努力，我们还求什么呢！哪一种的人配哪一种的人，像我们这样的人和荣生他们攀亲是最好的了。假如你嫁到有钱人家里去，那才有的是气要受呢！唉，翠姑，你可别糊涂呀！"

翠姑垂着眼帘，靠着桌子站着。桌子上那瓶白玫瑰，在灯下显得朦朦胧胧的。她摘了一朵下来，凑到鼻尖上去闻着，一股香气直冲到她鼻子里去。她眯起眼睛，又想起那白皙的、清秀的、漂亮的青年来。

四

盼望中的六月终于来了，跟着它一起来的是燠热、忙碌和喧嚣的人群。

翠姑靠着柜台站着，她那长长头发扎着两条辫子垂在胸前。眼睛茫然地望着门口的黄沙大路。按她的计算，沈其昌早就该回来了，可是她还没有见到他。她不能不把自己打扮得清清爽爽，因为他很可能在任何一分钟里出现。

"喂！拿七根雪糕！"

这是一群学生，有男有女。翠姑把雪糕递给了他们，望着他们嘻嘻哈哈地向海滩走去。有点失落地叹了口气，在板凳上坐了下来。午后的阳光使人昏昏欲睡。

"喂！翠姑，给我们两瓶汽水！"

忽然，一个熟悉的声音在她耳边响了起来，她惊觉地张大了眼睛，不错，正是沈其昌！她盼望了一年的沈其昌！他依然那么漂亮，声音还是那么温柔，他正微笑着看着她，那是她所熟悉的微笑。

"翠姑，你好吗？我们要两瓶汽水！"

翠姑像做梦似的微笑着点了点头，然后把眼光调向他身边站着的人。立即，她呆住了！她的目光接触到一个容光焕发的少女，那少女有一对明亮的眼睛，长长的眼睫毛，搽着口红的小巧的嘴。那是一张非常非常美丽的脸庞。翠姑抽了一口冷气，半天都不知道自己在做什么。沈其昌已经拉着那少女的手，在一张桌子旁坐了下来。那少女微倾着身子，脸上带着一个甜蜜的笑容，在低低地对沈其昌说着什么。沈其昌也在专心地倾听着，脸上有一种专注的表情，好像除了那少女之外，世界上已经没有其他的东西一样。

好久之后，翠姑才能使自己稍稍镇定下来。她拿了汽水和杯子，走到沈其昌的桌子前面，颤抖地把杯子放在桌上，当她转身走开的时候，她听到了一段对白：

"你认识她？"那少女问。

"嗯，去年暑假还和她一起玩过呢，怪可惜的，是一块未经雕琢过的璞玉。"

"长得倒很不错，你喜欢她吗？"少女问，声音里带点嘲弄和揶揄的味道。

"我喜欢雕琢过的美玉，"沈其昌说，深深地望着眼前的少女，"像你！"

少女的脸红了，头低垂了下去。翠姑可以看见她脑后束成一个马尾巴的浓发。

翠姑走回到柜台后面，眼睛空洞地望着天上的浮云。她又想起去年那个下午，她因为不了解"蜃楼"是什么，他骂她是个笨蛋！是的，她是个笨蛋，什么都不懂！她又望了望那束着马尾巴的美丽的头。她，那可爱的少女，应该是聪明的，她该会懂得什么是"海市"，什么是"蜃楼"吧！

晚上，翠姑习惯性地徘徊在海边，仰望着那高高在上的白色楼房。那座白色的建筑物倨傲地站着，是那么地崇高，那么地可望而不可即。翠姑叹息了一声，让海风高高地撩起她的裙子，她深深呼吸着那凉爽的空气，沿着沙滩漫无目的地走着。

走到一块岩石前面，她停住了步子，侧耳倾听着。在岩石后面，她听到有人在谈话，那是一男一女的声音，翠姑能确定那声音是属于谁的。她听到了几句话的片段，那些句子都是她所不能了解的，她猜想他们正在谈着一些类似"海市蜃楼"的话，或者，是英国的诗、中国的词……

她把前额靠在岩石上，心中静止得像清晨的海面，没有一点儿波浪。

"翠姑！翠姑！"

忽然，她听到了一阵呼唤，这是一个男性的、鲁莽的、有力的叫声。她站直了身子，静静地站了几秒钟，然后大步地向前跑去，跑到浴场的出口处，她看到一个粗壮的、结实的男人的身子笔直地站在那儿，对她嚷着说：

"你看，翠姑！我又给你带了一把白玫瑰来！"

她回头对海面望望，海面是一片黑暗，什么东西都看不见。她甩了一甩头，把所有的"海市""蜃楼"都甩在脑后，毅然地向前面那个男人奔去。

芭蕉叶下

　　芭蕉叶，茂盛的芭蕉叶，阔大的芭蕉叶，如云覆盖的芭蕉叶。

　　思虹倚着窗子站着，从那垂着的空纱窗帘的隙缝里向外凝视。芭蕉叶在院子中伸张舒展着，像一个张开的大伞，宽而长的叶片在微风中摆动，发出簌簌的响声。芭蕉叶，没想到，当日手植的那一株芭蕉幼苗竟已长成了大树，多快！好像不过一眨眼而已。她眩惑地望着这棵芭蕉，用一种近乎惶惑的心情去计算它的年龄。于是，她的眼光由叶片上向下移，落在芭蕉叶下那阴凉的树荫下，树荫下有两张躺椅，而今，躺椅上正有一对年轻男女在喁喁私语着。

　　"多快！"思虹重复地想着，迷茫地望着树荫下的少女，种这棵芭蕉的时候，美婷还和一些孩子们在一边帮忙搬水壶，帮忙挖坑。思虹还记得美婷和那些孩子们手拍着手唱着那支毫无意义的童谣：

小皮球，香蕉梨，

满地开花二十一，

二五六，二五七，

二八、二九、三十一！

　　而今，美婷居然这么大了，大得叫人心慌，成熟得令做母亲的忙乱。约会、跳舞、交际……纷至沓来。一下子，她好像就失去了美婷了。就像现在，长长的午后，恹恹的时光里，她被关在屋里，而她那唯一的女儿，亲爱的女儿，正和男友忘我地陶醉在芭蕉叶下。

　　那个男孩子，思虹知道他。高高瘦瘦的个子，有棱角的面颊和额头，充满智慧的一对大眼睛，和一张宽阔而薄的嘴——说不出是漂亮还是不漂亮，但是，思虹一眼就断定了，这是个吸引人的男孩子。他浑身都充满了一种男性的吸引力，这引力支配着美婷。思虹不必问美婷，就可以在她的眼底找出恋爱的供词。这使思虹更加心慌，更加忙乱，更加失措和张皇。为什么会这样？她自己也说不出所以然来。

　　芭蕉叶下的两颗头颅靠近了，其中一颗——属于女性的那一颗——忽然把头甩了一下，用眼光搜索地看着思虹所站立的窗子。于是，男的也把眼光调过来了。女的嘴唇在嚅动，思虹几乎可以断定她在对她的朋友说：

　　"别太亲热，我妈在偷看我们呢！"

　　思虹的脸突然热了，她的身子向后一缩，好像自己是个被抓到的小偷，不由自主地想找地方隐藏起来。离开了窗子，她才觉得自己的腿已站得发酸。在沙发椅里，她乏力地坐了下来，顺手拿起沙发上的一本画报——这是美婷和她的男朋友曾看过的一本——这时，正摊开着的一页上，画的是沙滩边的一对男女，半裸地穿着游泳衣，在浪潮翻卷中紧紧地拥吻。思虹不知道美婷和那个男孩子是不是也表演过这一手，不过，她猜想，这是难免的。于是，她感到胸口中一阵翻搅，好像有无数的小虫子，正沿着血管在她体内爬行。

室内沉静得使人窒息，窗外那一对青年人连一点儿声音都没有。思虹靠在沙发里，脑中模糊地想着美婷，美婷的男友和阔大的芭蕉叶……芭蕉叶，谁也不知道芭蕉叶与美婷的关系，如果二十年前，那个夏日的午后不那么闷热，芭蕉叶下的天地不那么凉阴阴地让人醺然欲醉……还有那些蜜蜂，绕在花丛里的蜜蜂，那样嗡嗡地飞来飞去，看得人眼花缭乱，听得人神思恍惚……还有，那个他！

那个他！思虹在二十年中，常想起那个他，他的脸在她脑海里又清晰又模糊，大而野性的眼睛，落拓不羁的举止，豪放而大胆的谈话。他是镇上著名的流氓，而她是全镇闻名的闺秀，谁也不会把他和她并在一起谈。可是，他们相遇了，他挑逗性的微笑使她心动，他那流气的耸肩、招手和各种姿态都使她感到刺激。她知道他是个坏蛋，是个混混，是个流氓。但是，她的脑子里开始镌上了他，他带着一种全新的刺激和压力压迫着她，使她无法挣扎，也无法透气。

于是，芭蕉叶下的那天来临了。他带着她跑到那寂无人迹的花园里，从那砖墙的缺口中翻进去。然后，在半个人高的羊齿植物的掩护下，在芭蕉阔大的叶片下，他那样粗野地把她拥在怀里，他的嘴唇灼热地压着她的。于是，她只能在自己狂跳的心脏声中，听到蜜蜂的嗡嗡嗡，嗡嗡嗡……嗡嗡嗡……还有，就是当她卧倒在那草地上，张开眼睛来所看到的芭蕉叶，阔大的叶片上的脉络呈羽状地散布开来。

人，就是这样的奇怪和难以解释。平常，她在完全旧式的教育下长大，她的母亲是个严肃而有板有眼的女人。思虹自幼被教育成一个淑女，走路时，腰肢不能摆动，讲话时，目光不能斜视。对男人，看一眼就是罪大恶极！可是，那天她在芭蕉叶下所表现的却像另一个女人。至今，思虹对那天仍有种不真实感。但，事情发生了，奇怪的是，事后她并不懊悔。当那男人用灼灼的眼光望着她，沉着声音说：

"如果你要我负责任，我可以负起来，你跟我走！"

"不！"她说，她不明白自己为什么这样说，她只觉得他不是那种人，不是一个女人拴得住的男人。而且，她分析不出自己对他的情绪，面对着他，他那种过分的男性化总使她感到压迫。

他没有多说什么，一星期后，他就离开了小镇。

当她发觉怀孕的时候，惊恐超过了一切，经过几个不眠的夜，她做了最明确的决定——结婚。她嫁给一个她一点都不爱的男人，生下了美婷。没有人对这个提前出世的婴儿感到怀疑，没有人揣测到她会有越轨的行动，因为，她是淑女，规规矩矩的淑女，目不斜视的大家闺秀！

一眨眼间，美婷长大了。睁着一对朦朦胧胧的眼睛，在芭蕉叶下找寻着爱情。思虹每看到她和那男孩子躺在芭蕉叶下，就感到由心底发出痉挛。奇怪，自己做错事的时候并不会觉得太严重，但是，到了女儿的身上就又不同了。她不了解自己为什么这样紧张和不安！

　　"妈！"

　　美婷的一声喊使她惊醒地抬起头来，美婷正亭亭玉立地站在门口，屋外的阳光衬着她，她的面颊红扑扑的，眼睛水汪汪的。思虹迅速地用眼睛搜寻地望着她的衣服，正像她所意料，是遍布皱褶的。思虹皱了一下眉，张开嘴，要说什么又没说。美婷跑了进来，用低低的、抱歉似的口气说：

　　"妈，我要出去！"

　　"和——"

　　"是的，和小林！"美婷说着，眼睛里的醉意在流转，"晚上不回来吃饭了。"

　　"美婷，你和小林未免太亲热了吧？"思虹不安地说，"你知道，一个女孩子——"

　　"哦，妈妈！"美婷不耐地喊，甩了甩头，"我知道你又要搬那些大道理出来了。妈，现在不是你年轻的时代呀！妈，你的思想已经过时了，太保守了！"

　　太保守了？思虹瞪着眼睛，不知该说什么好。保守，美婷就是保守的产物！是的，女儿总认为母亲的话是过时的、讨厌的和古板的！自己年轻时何尝不讨厌母亲那些话，可是，自己做了母亲，却免不了要把那些讨厌的话对女儿再重述一遍!

"哦,妈,再见哦!"

"噢。等一下,美婷!"

女儿站住,微昂着头,不耐的神情遍布在整个的脸上和眼睛里。

"美婷,要——要——"思虹吞吞吐吐地说,"要早些回来哦,和男朋友出去玩,别玩得太晚。还有……在人烟稀少的地方,尽量少停留。还有,黑暗的地方也少去,再有……不要过分接近……"

"妈妈!"美婷皱着眉喊。

"好吧,去吧!"思虹说,又加了一句,"美婷,处处小心点,越早回来越好,一个女孩子……"

"妈妈!"美婷再喊,走到母亲身边,低低地说,"小林不是老虎,你放心,他不会吃掉我!"

说完,她转过身子,轻快地向门口跑去,到了门口,她又回头对母亲挥挥手,带笑地喊了一声"拜拜!"就消失在门外了。

思虹望着美婷的影子消失在落日的余晖里,心情更加沉重了起来,倚着窗子,她呆呆地看着外面的芭蕉树。落日很快地沉进地平线,暮色四合。芭蕉伸展的叶子在暮色中看起来是片耸立的黑色阴影,她感到这阴影正笼罩在她的心灵上,跟着越来越黑暗的天色,在她心中不断地增加着压力。

晚饭后,她的不安更深了。手中握着的针线工作,几乎就没有动过一针,反而三番五次地到门口去伸头探脑。她那中年后变成痴肥一团的丈夫，把身子塞满了一张沙发椅，打着呵欠说：

"你别担心美婷，她是个好女孩，和男朋友约会约会，有什么了不起？你随她去吧！"

好女孩！好女孩？多刺耳的三个字！谁能担保好女孩就不出事？怎么样就叫作一个好女孩？凭那循规蹈矩的态度？凭那敛眉端庄的仪表？好女孩！好女孩也有抵制不了的东西！

"哦，思虹，你走来走去，弄得我的头发昏！"丈夫又说话了，"你为什么不坐下来？"

她坐了下来，坐在临窗的位置。从视窗，可以看到那棵芭蕉，风把芭蕉叶子吹得直响。

时间一分一秒慢慢地爬过去。丈夫在左一个呵欠、右一个呵欠之后，踱进了卧室，思虹可以听到他笨重的身子压在弹簧床上的声响，几乎是立刻，震耳的鼾声就从卧室里传了出来。思虹把针线放在膝上，开始全心全意地等起迟归的女儿来。

夜，逐渐地深了。凭经验，思虹也知道不过十一点，美婷决不会回家。但，她依然希望她会早归。忐忑不宁的心境使她无片刻的安静，思想像个野马般奔驰着。小美婷，好像还只是她怀里一个小婴儿，怎么会这么快就长大了呢？如果她一直不长大多好！假如她仍然是在襁褓中多好！她就不必为她的成长而担心。

门口有了响动，思虹直跳了起来，走到大门口去，从门上玻璃窗上向外看，顿时，她缩回头来。是的，美婷回家了，可是她正在门口的台阶上，和那个男孩子热烈地拥吻着。思虹像挨了一鞭，她的小美婷，小小的美婷，对于接吻居然如此老练而成熟。思虹软软地在门口的椅子中坐着，等待着，心中茫然若失，在茫然中更充满了惶惑、紧张和各种错综复杂而难言的情绪。

仿佛等待了一个世纪那样长久，终于听到了敲门的声音。思虹打开了门，美婷斜靠在门框上，依然醉意醺然地凝视着远去的那个男孩子。思虹又等了一会儿，才忍不住地说：

"该进来了吧，美婷？"

"哦，妈！"女儿受惊地回过头来，红着脸笑笑。笑容里有着羞怯、兴奋和薄薄的一层歉意。

思虹看着女儿跨进门来，在室内明亮的灯光下，她敏锐地审视着美婷，从她的眉梢，一直到她的衣角。一面关切地问：

"到哪里去玩的？"

"看电影。"

"看电影看到这么晚？"思虹狐疑地说。

"哦，妈。"美婷把面颊对她靠了过来，像个小女孩撒娇般地说，"每一次我回家你都要审我！"

思虹注视着美婷的肩头，在她肩上的衣服上面，正沾着一根青草，思虹心中一震，轻轻地拿下了这根草，沉思地站着。美婷浑然不觉母亲的异样。她吻了吻母亲的面颊，用一种沉浸在幸福里的声调，叹了口气说：

"唔，我困了，妈妈，再见！"

她向自己的卧室走去，思虹目送她隐进卧室的门里，依然执着那根青草发愣。卧室门又开了，美婷换了睡衣走了出来，倚在门上，看着母亲说：

"妈，你觉得小林怎么样？"

"很好呀！"思虹说。

"如果，如果，"美婷吞吞吐吐地说，"我和他结婚，你不反对吗？"

"怎么？"思虹吃了一惊："他——"

"他今天向我求婚了。"

"哦。"思虹拉长了声音哦了一声。忽然间，她感到浑身的紧张松懈了下来，而在松懈之中，另一种伤感中混杂着喜悦的情绪又油然而生。她呆呆地木立着，无法思想也不能行动。美婷不安地说：

"妈，你不赞成吗？"

"哦，不，"思虹大梦初觉地说，"很好，我是说，那很好。"

女儿一阵风似的卷了过来，拥抱了她一下，低低地、羞涩地说：

"谢谢你，妈妈，好妈妈。"

说完，她转身跑进了卧室，关上了房门，自己去独自享受她的喜悦了。思虹全身无力地走到窗前坐下。手中还握着那根青草，心里恍恍惚惚、朦朦胧胧的，像置身于梦中。

她又听到风吹蕉叶的声音了，簌簌的，萧萧的，扰乱了人的心境。像带来了什么，又像带走了什么。她想起了前人的一阕词：

是谁多事种芭蕉?

早也潇潇，晚也潇潇。

是君心绪太无聊，

种了芭蕉，又怨芭蕉!

夜，更深了。芭蕉叶仍然在簌簌地响着。

旭
琴

一

窗外，飘着几丝细雨。

天已经黑了，只要再过几分钟，窗外那些朦胧的树木都将看不清楚了。旭琴握着笔，抬头对窗外灰暗的天空沉思地看了一会儿，又俯下头去，迅速地在稿纸上写了下去。

这篇小说正写到了高潮的阶段，每次都是这样，一写到高潮的地方，旭琴就感到像有一百只小鹿在她胸中冲撞，成串的词句拥挤在她脑海里，使她喘不过气来。于是，她会忘掉了周围的一切，只想拼命写，快点写，以使她的手追得上她飞驰着的思想。

天更黑了一些，旭琴不经心地伸手开亮了桌上的台灯，仍然在稿纸上写着。台灯昏黄的光线笼罩着她：一个瘦小的女人，有着披拂的长发和一张略显苍白的面孔。

木板门被"呀"的一声拉开了，旭琴吃惊地直起了身子，像被谁打了一棍似的。回过头去，她看到季文瘦长的身影站在门口，正在慢吞吞地脱掉雨衣和鞋子。

　　"是你吗，季文？吓了我一跳！"旭琴说，闪动着一对显得深奥的眼睛，这对眼睛是她脸上最美丽的一部分。

　　"吓了你一跳？我希望你不是在写恐怖小说！"季文走上榻榻米，跨进屋子里，疲乏地伸了一个懒腰，在椅子中坐了下来。他年约三十四五岁，但看起来还要苍老一些，鬓边已经有了几根白发。他不是一个漂亮的男人，但他却很有"男性"的气概。他有一张瘦长的脸，嘴角上有两条深深的皱纹，眼睛很有神采，但却常常带着点忧郁气息。两道眉毛很黑很浓，但在眉心间，却有无数直线条的皱纹，证明了他的眉毛并不是经常展开的。旭琴常说他有点像美国电影明星亨弗莱·鲍嘉。他望着旭琴说："写完了吗？"

　　"啊，还没有！你要是饿了的话，碗橱里有面包和果子酱，今天晚饭马虎点吧，就吃面包抹果子酱好了。我今晚必须赶完这篇小说，《妇女周刊》已经来催了三次了。"旭琴说，一面转过身子去望着面前的稿纸。

　　屋子里有一股阴暗而潮湿的味道。季文伸直了腿，把头枕在椅背上，默默地望着窗外的天空，雨仍然在下着，天空是一片暗淡的灰黑色。

　　旭琴让自己的思想跟着小说的角色跑，这故事中的女主角有一个悲惨的身世和遭遇，虽然故事是虚构的，但，旭琴觉得自己已经被自己的小说所感动了。她以一种近乎沉迷的情绪去写这篇小说，直到季文喊她，她才惊醒地抬起头来。
季文正站在她身边说：

"已经快九点了，你不想吃点东西吗？"

"不！等下我自己会去吃的，你吃过了？"

"早吃过了！"

旭琴又埋头在她的小说里，屋子中充满了寂静。季文在
旭琴身边站了一会儿，然后默默地走开，开始给他的学生改
练习本。

夜深了，风从窗子中吹了进来，旭琴感到一阵凉意，她
拉了拉毛衣的衣襟，在稿纸上写下了最后的几个字。然后满
足地、长长地叹了口气。把散乱的稿纸都收集在一起，自己
又从头把小说看了一次，才在首页的题目下签上自己的笔名
"艾文"。这笔名是她十年前就采用了的，那时她正和季文如
醉如痴地恋爱着。

把稿子叠好了，封进了信封里，她伸了个懒腰，感到几
分疲倦，而且饿了。桌子上还堆着一沓待回的读者的信件，
她随手抽出了几封来看了看，都是一些青年们来的信，充满
了稚气的、崇拜的句子。她是一个成功的女作家，尤其擅长
于写悲剧，许多读者都会在信中写："看了你的小说，我不能
不流泪。""我真为你故事中的主角而难受，你为什么要给他
们这么悲惨的结局呢？"看了这些信，旭琴常会感到一阵虚荣
心的满足。

手表上已经十二点半了，旭琴站起身来，到厨房里去找
了点东西吃了。然后走进卧房，季文已睡了。她走到床前，

拉开了帐子，季文正熟睡着。他的睡相像一个孩子，眉毛舒展着，嘴角微微地翘着。

旭琴注视着季文，她和他已经结婚八年了，她爱他。虽然他并不漂亮，但他是个吸引人的男人，她常感到他浑身都带着一种磁性，这是她不会描写的，也就是由于这一点，她摆脱了许多其他的男人的追求而嫁了他。

季文在睡梦中翻了一个身，眉毛微微地蹙了起来，嘴里喃喃地不知道在说什么。旭琴把耳朵凑近了他的嘴，倾听他的呓语，她听到断续的几个字：

"旭琴……不……不要再写了！"

她笑了笑，和衣躺了下去，睡在他的身边。

二

"旭琴，你看，窗外的天气这么好，难得今天又是星期天，我们老待在家里，人都要发霉了，你赞不赞成到郊外去走走？"季文从镜子里望着旭琴说，一面在刮着胡子。

"到哪儿去呢？"旭琴不大起劲地问。

"碧潭怎么样？可以划划船，要不然到乌来去看瀑布！"

"都是去过的地方，也没有什么好玩。而且，我还要写一篇东西给……"

"不要一天到晚写吧！你难道不会厌倦吗？"

"厌倦？写作永远不会厌的，你听说过画家对于画画厌倦的吗？这是一种兴趣，一种爱好，就好像你教了十年书，仍然对教书感兴趣一样！"旭琴加重语气地说。

"那么，你不想出去走走吗？"

"等下星期吧！好不好，季文？下星期一定去！"

季文笑了起来，但笑得有点儿勉强：

"你这语气真像在哄一个孩子：哦，不要闹，乖，妈妈下次带你去！"

旭琴也笑了。

早餐之后，旭琴又开始动笔写一篇小说，室内显得非常地安静。季文坐在一边的椅子上，给学生们改着考卷，或者由于学生们的成绩不合理想，他不时摇摇头，轻轻地叹息一声。旭琴迅速地在稿纸上奋笔疾书着，她又沉迷在自己的小说里了。

安静并没有维持多久，一阵轻轻的敲门声打破了寂静。季文站起身来，脸上掠过一个近乎喜悦的笑容，似乎高兴着有客人来拜访。他把考卷放在桌子上说：

"猜猜谁来了？"

旭琴摇摇头，表示无从猜起。季文走到门边，打开了门。旭琴伸出头去，看到一个陌生的少女站在门口，正畏羞地、嗫嗫嚅嚅地在问：

"请问，艾文先生是不是住在这里？"

旭琴突然想起来了，这是她的一个读者，姓什么，她已记不清了。但确实有这么一个女孩子，曾写信说要来拜访她。

于是，她站起身来，走到门口，用清脆而愉快的声调说：

"我就是艾文！你请上来坐吧！"

那少女的眼睛中流露出一种天真的光彩，但脸庞却由于腼腆而羞红了，她低低地、轻轻地说：

"我是方晓琳，我写过信来……"

"哦，我知道。"旭琴微笑着说。

方晓琳脱掉了鞋子，走上榻榻米，在旭琴那间书房兼客厅的屋子里坐了下来。旭琴一面把季文介绍给她，一面禁不住地打量着她。她很美，美的并不是她的脸庞，而是她那种天真纯洁的神情，和那腼腆娇羞的韵致。她有一对大大的、黑白分明的眼睛，里面好像永远包藏不住丝毫的秘密。鼻子小小的，鼻尖微微地向上翘，嘴唇的轮廓很分明，不大也不小。头发是烫过的，但很短，随意地披在耳际。穿着一件浅绿的毛衣，底下是一条绿色的大花的裙子。看样子，年龄不过只有十七八岁，而且显然没有参加过社交的场合。

旭琴倒了一杯茶给她，她站起身来接过了。季文燃起一支烟，望着她问：

"方小姐在读书？"

"没有，高中毕业之后就没有读了。"

"也没有做事吗？"旭琴问，很想设法使空气轻松一点儿，因为晓琳好像在回答老师的口试似的。

"没有。"晓琳摇摇头。

"方小姐对写作很有兴趣？"季文又问。

"啊，是的，我很想和艾……艾……文先生学习一下写作。"晓琳有点紧张地说，显然她不知道如何称呼旭琴，也不知道自己的请求会不会遭受拒绝。

"哦，我的名字叫李旭琴，艾文是笔名，假如你不认为我托大的话，就叫我一声琴姐吧！"旭琴轻松地说，一面又笑着说，"我真不敢说在写作上能帮你忙，但如果你对它有兴趣的话，我们可以在一起研究研究。关于写作技巧，只要是我知道的，一定都告诉你，但，写作最主要的还是要多看和多写。"

很快地，晓琳摆脱了她的拘谨和畏羞，她天真活泼的个性逐渐显露了出来。不一会儿，她已经很愉快地把自己的家世都和盘地托出来了。她有一个很幸福的家庭，爸爸在港务局做事，家庭经济情形很好，她有三个哥哥和一个姐姐，她是家里的小女儿，去年才在二女中毕业，没有考上大学，因为每天在家里没有什么事，所以想学习一下写作。她说话非常地生动和天真，当她说她父亲是矮矮胖胖的个子，冬天穿上大衣就活像一只熊的时候，季文和旭琴都禁不住大笑了起来。好久以来，他们家里没有这种活泼而愉快的空气了。旭琴笑着说：

"听你的谈话，就知道你是可以写小说的！"

晓琳对于旭琴这句话非常认真，立即问旭琴她可不可以把她写的东西拿来给旭琴看，并问旭琴愿不愿意帮她改。当旭琴答应了之后，她高兴得眉毛都飞舞了起来。继而，当她知道季文在学校里教的是英文的时候，又兴奋地嚷着说：

"啊！我早就想找一个老师给我补习英文，你愿意吗？我每星期来三次，每个月付四百块钱薪水！"

季文大笑起来，眼睛里闪耀着亮光：

"补习是可以的，但决不收费，收费就不教了！"

"那么从下星期就开始好吗？"

"当然可以。"

晓琳一直谈到中午才走，季文和旭琴把她送到门口，目送她那绿色的影子逐渐走远，旭琴回头对季文说：

"她真可爱，我真想写篇文章，题目就叫作'绿衣的少女'。"

季文没有说话，只默默地望着前面的道路，眼睛里显出深思的神情。

三

"哦，真奇怪，晓琳最近怎么不常来了？"旭琴望着季文说，她刚刚完成一个中篇，心情显得非常愉快。

"我看你对晓琳着迷了，几天看不到就要问，她也总有她的事，哪能老待在我们家里？"季文一面批改着作业一面说，并没有从学生的作业本上抬头来。

"不过，她最近确实不常来了，这个月来，我大概只看到她三四次。告诉你，我猜她有了男朋友了！"

"嗯？"季文抬起头来，注视着旭琴，接着又俯下头去，继续改着作业本。旭琴一面整理着文稿，一面又漫不经心地说：

"昨天隔壁老陈说，看到晓琳和一个男人一起看电影，个子和你差不多，高高瘦瘦的，可惜老陈只看到背影，不知道他长得怎么样。你看，晓琳和我们越来越疏远了，以前她收到了情书什么的，都要拿来给我看，现在有了男朋友都不告诉我了，下次非问问她不可！"

季文瞪着面前的作业本，手上的红墨水笔在作业本上滴下了一大滴墨水，像是一滴殷红的血点。

旭琴收拾好了文稿，轻快地说：

"季文，这次我决定休息一个礼拜不写东西了，我们到狮头山或者日月潭去玩玩怎么样？你可以向学校请几天假。本来我还想约晓琳一块儿去，但她有了男朋友，大概不会再和我们这对老夫妻一起出去玩了！"

季文仍然注视着面前的作业本。

"喂！季文，你听见我说的没有？"

"嗯？"季文像大梦初醒似的抬起头来，眼睛里有一种旭琴不常见的迷茫的神情。

"我说出去玩几天，你的意见怎么样？"

"我恐怕不能请假，学校里正在月考。"

旭琴望着季文，她不了解，每次都是季文约她出去玩，而她忙着写稿子，没有时间。现在她有了时间了，他怎么反倒推三阻四起来了？她深思地看着季文，忽然，她发现季文近来憔悴了很多，鬓边的白发似乎也更多了，其实他还年轻，不应该这样的。于是，她有几分怜惜地说：

"季文，近来你的气色不太好，我看你把那个家庭教师的工作辞了吧！每星期要有三个晚上在外面教书，也太累了一点，何况我们又不是要靠那点儿钱……"

季文突然把红笔往桌上一丢，站了起来说：

"我有点头晕，我要出去走走！"

"季文，你怎么了？头晕就在床上躺躺吧！又跑出去干吗？等下给风一吹，更得病了！"旭琴皱着眉头说。

季文站定了脚，他的眼睛睁得大大的，盯着旭琴的脸，里面燃着一种野性的火焰。嘴角抿得紧紧的，一脸的倔强、坚决，和某种说不出来的奇特表情。旭琴诧异地看着他，他这种脸色使她想起关在笼子里的狮子，她有点惊慌地喊：

"你怎么了？你到底是怎么回事？"

"你已经知道了，是吗？"季文低沉地说，声调里含着点威胁的味道，"你已经知道一切了，是不是？"

"知道了什么？"旭琴恐慌地问。

"不要装蒜了，知道了也好，免得大家闷着。我是爱晓琳，我们相爱了半年了，昨天和她看电影的是我，每星期三次的家教也是假的，我们一直在来往，我爱她！这就是一切！"

旭琴呆呆地站着，一开始她不知道季文在讲些什么，但，慢慢地，她明白了过来，她缓缓地坐进了椅子里，手放在膝上，眼睛凝视着前面的空间。

"晓琳……晓琳……晓……琳……"她喃喃地念着这个名字，好像这名字是完全陌生的一般。

"旭琴，"季文一把拉住了她的手腕，握得紧紧的，"旭琴，你一向是宽大的，你向来并不太看重儿女之情，你有你的事业、名誉，和成千上万的崇拜者。你向来把事业看得比家庭更重要，这不见得会打击你，但，晓琳没有你那么富有，如果我抛弃她，她只有死。旭琴，我们离婚吧！你不会很在意的，我相信你是乐于成全我和晓琳的……"

旭琴坐在那儿，一动也不动，季文每一个字都像是讽刺和指责，每一个字都像是一根鞭子。她张开嘴，想说话，但却说不出来。季文又继续说了下去：

"这许多年以来，我们都是貌合神离地生活着，不是吗？每天我下课回家，你总是埋在你的小说里，我们各人过着各人的生活，好像彼此都不相干似的。我曾经想挽回这种局面，但我并没有成功……晓琳原是你的读者，但她太引诱我……你会了解的，是不是？我不能抗拒她，她来的第一天，我就被注定了要去爱她的！……我没有办法，她是那么好！那么美……"

旭琴心里像燃烧一盆火，但却说不出一句话来，她从不知道自己忽略了这个家，她是爱季文的，发狂般地爱着，她从没有爱任何一样东西胜过爱季文。但是，她太忙于写作，她忽略了他，她忘了他是在寂寞地生活着……而现在，难道一切都晚了吗？她觉得眼泪开始向眼眶里涌了进去，不！她不愿流泪，她不愿表现得像个弱者！

"你同意离婚吗，旭琴？你并不很爱我，是不是？你还有你的小说和你的读者，这些会马上使你忘掉我的，但，晓琳只有我……你懂吗？"

她想告诉他，她是多么爱他，她想说他的一切判断都是错误的，但她说不出口，她不愿求她的丈夫施舍爱情。

"你同意离婚吗？"季文紧紧地望着她。

"不！"她咬着嘴唇说，"我不同意！"

四

旭琴坐在方家的客厅里，她的心中充满了乱七八糟的、紊乱的思绪。她不知道自己来这儿的目的是什么。想抢白晓琳一顿？骂她是狐狸精？还是想哀求晓琳把季文还给她？但，无论如何，她要见见晓琳，见见这个一年多以来她把她当作亲妹妹看待的晓琳。

纸门拉开了，晓琳从里面屋子里轻轻地溜了出来，她的脸色苍白，一对大而美丽的眼睛显得无神而憔悴。她一直走到旭琴的身边，以一种惊惶而畏怯的神情望着旭琴，旭琴还没有开口，她就一把拉住旭琴的手，在旭琴脚前的榻榻米上坐了下来，啜泣着对旭琴说：

"不要骂我，琴姐！不要骂我！"她把头俯在旭琴的膝上，像一只受惊的小鸟。

旭琴望着她那乌黑的头，心里涌上一股说不出来的恨意。但，虽然她恨她，却仍然抵不住另一种怜爱的情绪。她还记得晓琳第一次的出现，年轻、美丽而纯洁。后来她和季文学英文，他们常坐在一起，头碰着头地在灯下研究着问题，但自己却没有丝毫地怀疑过。于是，有一天，晓琳说不学英文了，而季文也开始给另外一个学生当家教，她却做梦也想不到他们在来往着。而现在，这个女孩却夺去了她的丈夫！

"琴姐，我没有办法不爱他……琴姐……"

"晓琳，你错了！你并不爱他！"旭琴喃喃地说，诧异着自己的声调竟如此平静，"你那么年轻，他比你大了十六七岁，你们不可能会真正恋爱的！"

晓琳抬起头来，仰着脸儿望着旭琴，眼睛里流露出恐惧和紧张：

"我爱他！我是真真正正地爱他！琴姐！你并不是想要我和他离开吧？不要让我离开他！求求你，琴姐，你并不太爱他的……"

"你怎么知道我不爱他？"旭琴问，她觉得心里烧起了一股怒火。

"你对他很冷淡，不是吗？我一开始就觉得的。"

旭琴咬紧了嘴唇，感到内心在绞痛着。晓琳仍然在仰着头看她，她勉强挣扎着说：

"你只是一时的迷惑，晓琳！在你这种年龄，是很容易自以为恋爱了的，但是，你马上就会发现你错了！"

"不！我一辈子都不会发现我错了。你有一篇小说中也写过，一个少女爱上比她大二十岁的男人，却一辈子都没有变心，为什么你认为我是一时的迷惑呢？"晓琳急促地说，脸色显得更加苍白了。

"可是，小说到底是小说，这根本不写实……我现在才晓得我的小说是多么地幼稚！"旭琴觉得自己要崩溃了，她猛然抓住晓琳说，"晓琳！放开他！算是我求你！你不知道，我一直在爱他，我不能没有他！你还年轻，你还可以找到你的幸福，但是我……"

晓琳的脸色像一张白纸，从她毫无血色的嘴唇里，轻轻地吐出几个字：

"不！太晚了……我已经有了孩子！"

旭琴握紧了沙发的扶手。

"他也知道？"她问。

"不！他不知道，我不敢告诉他。"晓琳垂下头去，有两滴眼泪滴在裙褶上。

旭琴像做梦一样地回到了家里，季文正坐在椅子上，似乎在等着她回来。他望着她的脸，低低地问：

"你去看过她了？"

旭琴点点头，一句话也不说，向卧室里走去，走到了卧室门口，她又回过头来，季文正茫然地望着窗外，两道浓眉微微地蹙着。又一次，旭琴感到他身上那种特有的磁性。她轻轻地说：

"你可以告诉她，我同意离婚了！"

"啊！旭琴！"

季文喊了一声，立刻转过头来看着她，她迈进了卧室，关上了卧房的门，把背靠在门上，让眼泪沿着面颊滚了下来。

听到大门的开合声，她立即冲到窗口，窗外，季文正沿着一年前晓琳来时的那条大路走远了。

她低下头来，桌上放着她初完稿的那个中篇，半年以来，她曾把所有的时间和精力都花费在这个中篇上。她拿起了那厚厚的一摞稿纸，开始机械化地、一页一页地把它撕成两半。

窗外，季文的影子已经消失在路的尽头。

幸运草

一

他们一共是八个人，五个男人，三个女人。

诗苹默默地坐在美嘉的旁边，望着那五个男人彼此忙碌地在帮对方系紧背上的行囊，一面大声地、嘈杂地互相取笑着。克文，她的丈夫正卷着袖子，曲着胳膊在显示手臂上的肌肉给那夏氏三兄弟看，同时高声地嚷着：

"你们别看我都四十了，身体可比你们这些年轻的小老弟强得多呢！尤其你们这三只猴子，把袖子卷起来让我看看，可有这样凸起来的肌肉没有？"

克文那略嫌矮胖的身子，又背着那么大的一个行囊，看起来有点儿滑稽相。夏氏三兄弟中的老大一面系着腰带，一面轻蔑地看了克文一眼，撇撇嘴说：

"你哪里有什么鸡肉？不过有点鸡油罢啦！"

"得了，"站在一棵松树边的江浩回头来笑着说，"老赵还有点鸡油，你们三兄弟就只有几根鸡骨头！"

　　"什么话！"三兄弟哗然地叫了起来。江浩、克文、美嘉，以及美嘉那个同学燕珍都大笑了起来。连诗苹也不由自主地笑了。这些人虽然都是克文的熟朋友，但对诗苹而言却全是陌生的，因此她也显得特别地沉默。本来，这次爬大雪山的计划并没有包括诗苹，可是，克文临时却极力劝诗苹参加，诗苹也破例地参加了，主要因为她实在厌倦了家里那份宁静得出奇的生活。

　　刚刚在这天清晨，她才认识了这小爬山团中的每一个人，在火车站，她首先看到江浩和他的未婚妻李美嘉，江浩是个身材略高的漂亮的青年，有微褐的皮肤和一对闪烁有神的黑眼睛。美嘉更是个美丽得出奇的少女，白皙的皮肤和长而微卷的睫毛使人觉得她像个混血儿。然后，美嘉的同学何燕珍来了，那是个有点喜欢做作的女孩子。接着，三个瘦长的青年喧闹着跑了过来，叫嚣地拍着江浩的肩膀，其中一个顺手也拍了美嘉一下，引起美嘉一声尖叫，克文拉着他们的一个说：

　　"诗苹，让我给你介绍一下夏氏三兄弟……"

　　"不是这样介绍的，"江浩跑过来说，"赵太太，让我来介绍，这是夏氏三猴。"然后挨次地指着说："瘦猴夏人豪，油猴夏人杰，毛猴夏人雄。"

　　一口气认识了这么多人，使诗苹有点头昏脑涨，至于江浩的这个猴那个猴她根本就闹不清楚，但她颇欣赏这夏氏三兄弟，他们看起来都是洒脱不羁的青年，浑身散发着用不完的精力。

他们转了好几次车，又步行了一个多小时的山路，才到达了大雪山林场，林场管理员热情地招待了他们，并且参观了他们的爬山用品后，又坚持要借给他们八个睡袋，因为山上的夜很冷，认为他们仅带毛毯是不够的。然后，林场又用车子把他们送到这儿，再上去，就要开始爬山了。

三位女性被允许不背东西，除了各人一只水壶，每个人一个手提包——其中装着她们自己的换洗衣服，和一部分干粮，而男人们背的东西就复杂了，包括两个帐篷，八只睡袋，五天的干粮和少数几件烹饪用具。夏氏三猴还额外带着两管猎枪。

一切结束停当，江浩大声说：

"我们必须立即出发，无论如何，要在天黑以前找到有水的地方扎营。如果我们的行动太慢，很可能走到半夜都到不了水边。我们这里，除了三位小姐之外，每个人对爬山多少有点经验。赵太太就归赵先生招呼，美嘉既然是我的未婚妻，当然由我管。何小姐呢，就交给你们三只猴子了。可是——"他调侃地望了夏氏三兄弟一眼，又加了一句，"你们可别打架呀！"

听出这话的言外之意，燕珍不依地扭了一下身子，摇着美嘉的手臂说：

"你听他这是什么话，你也不管管！"

"他叫他们三兄弟别打架，关你什么事？"美嘉咯咯地笑着说，同时对三兄弟远远地做了个鬼脸。

诗苹站了起来，大家纷纷准备出发，江浩又叮咛了一句：

"山上绝对没有什么凶猛的野兽，顶多有几只鹿。我们最要小心的是蛇和蚂蟥，给毒蛇咬一口可不是玩的。蚂蟥那玩意儿更讨厌，碰到肉就往里钻，扯都扯不出来，大家可要小心。来，开步走！"

七个人走了一条直线，夏氏三兄弟把燕珍夹在中间走在最前，诗苹和克文居中，美嘉和江浩殿后。路很狭窄，但并不十分难走，这是大雪山林场伐木的栈道。但前两天似乎下过雨，路非常滑，大家纷纷折断树枝用来当手杖，三位女士也每人拿了一根。三兄弟开始在向燕珍解释两管猎枪的用法，两管猎枪的扳机一直在"唠嗒唠嗒"地响。走在后面的美嘉不知在和江浩说什么，一直在咯咯地笑。克文望了诗苹一眼，问：

"怎么样，累吗？"

诗苹摇摇头，笑笑说：

"才开始就累了？还行！"一面望望后面说，"他们真是漂亮的一对！"

"可不是，名副其实的郎才女貌！订婚两年了，想出去了再结婚，江浩是个蛮有志气的孩子！"

诗苹不再说话，太阳渐渐移到头顶，山路也越来越难走了，汗从每个人头上滴了下来。前面夏氏三兄弟中不知道谁领先高歌了起来：

努力，努力，努力向上跑！我头也不回呀，汗
也不擦，拼命地爬上山去……

接着，后面的江浩也高声地加入：

半山了，努力，努力向上跑！上面已没有路，
我手攀着石上的青藤，脚尖抵住岩石缝里的小树，
一步，一步地爬上山去……

然后，除了克文夫妇之外，大家都加入了合唱，歌声响
彻云霄，似乎连天地都被震动了。诗苹知道他们唱的是胡适
早期的一首白话诗《上山》，但这首诗被谱成歌她却不会唱。
克文更不用说了，对唱歌完全是门外汉，生平只会唱一首歌，
唱起来还会让人笑破肚子。一曲既终，大家停下来乱拍着掌，
同时一面笑一面胡乱地喊着再来一个。克文望了望诗苹耸耸
肩：

"年轻人！"

"难道你就是老年人了吗？"诗苹微笑地问。

"胡说！你要不要看我的肌肉！"克文玩笑地说。

"算了，留着你的肌肉去向那些猴子神气吧！"

队伍继续向前走，太阳的威力更大了，大家的脚步都滞
重了许多，汗开始湿透了衣服。男人们的行囊显然成了一大
负担，累极了就用棍子支着后面的背包略事休息。小姐们也
显得无精打采了，燕珍首先提议休息，但江浩否决了，因为

按林场的山高指示牌来看，他们还没有走到第一天预定行程的一小半。大家继续向前走，江浩不住地提醒着大家节省一点水喝，因为按照地图，他们要到天黑时才能走到有水的地方。克文抬头看了看参天的树木，突然大声地叫前面的三兄弟说：

"看哪，那儿有不少你们的同类呢！"

大家抬起头来看，树梢正有好几只猴子在对他们探头探脑地窥视着。夏人豪举起了猎枪，江浩立即抢上去按住枪管说：

"不要打它们，第一，严禁同类相残。第二，它们都是些没有恶意的小东西。"

美嘉又咯咯地笑了起来。诗苹不禁看了她一眼，她实在很美，有一对伊丽莎白·泰勒似的大眼睛，高高的鼻子和厚厚的、性感的嘴唇。身段略嫌矮了一些，但并不损于她的美丽。和她比起来，燕珍显得黯然失色，燕珍正是那种最平凡的，找不出特点来的女孩，只是身材还不错。和她们在一起，诗苹觉得自己很老似的，虽然她今年也不过刚满二十六岁。

夏人豪对江浩做了个滑稽的鬼脸，收了枪。大家继续向前走，夏氏兄弟一直东张西望地找寻有没有野兽的踪迹。山路窄而陡，好几次要翻过几块高大的岩石。山耸然直立，从下向上看，只见青黑色的树木和蓝天，山似乎高不可测。人走在山里，听着风声，给人一种渺小空虚的感觉。美嘉开始大声地抱怨天热，并且"叽里咕噜"地后悔没有带把檀香扇来，又埋怨长裤不如裙子舒服，胶布鞋穿起来不习惯……江浩不耐地说：

"小姐，忍耐点吧，你现在怪天气热，到夜里就会冻得你浑身发抖了！"

"我真想吃冰淇淋！"美嘉噘着嘴撒娇似的说。

"哼！"江浩嘲弄地冷笑了一声，"可惜这儿没有冰店，早知道李美嘉小姐要爬山啊，冰店、饭馆、咖啡厅、电影院都该搬到这山上来的！"说着，他拍了克文肩膀一下，说："老赵，你知道美嘉准备怎么一副打扮来爬山？白尼龙纱的大裙子，里面还硬邦邦地穿了两条衬裙，白高跟鞋，足足有三寸高！我逼着她换长裤，她还不高兴呢！好像这山上的树和石头都会欣赏她似的！"

"哼，我怎么知道是这样子爬山，我还以为像爬观音山、仙公庙似的，哪里像这样一个劲地在大太阳底下走！早知如此我才不来呢！"美嘉没好气地说。

"又不是我请你来的，还不是你自己一定要来！才开始就抱怨，这以后还要走好几天呢，要打退堂鼓趁早，最好现在就回头！"江浩大声说。

"回头就回头，你以为我稀奇跟你走，神气些什么？"美嘉一跺脚，真的往回就走。

"喂喂喂，这算怎么回事！"克文跳过去，一把拉住美嘉，对江浩说，"老弟，不是我说你，对小姐要温柔点，到底年纪轻，火气大。大家出来玩，吵吵闹闹的多煞风景！来，李小姐，我们到前面去，看看那三只猴子能不能打到什么东西！"

原来夏人豪声称找到了动物的足迹，并打赌说亲眼看到有东西在树丛里动，所以三兄弟簇拥着一个何燕珍，都跑到树林里去了。克文拉着美嘉，也追踪而去。诗苹看了江浩一眼，微微一笑说：

"原谅她！她年纪轻！"

"她不是年纪轻，她根本是无知、胡闹！"江浩愤愤地说。

诗苹又微微一笑，轻声说：

"你不能说错误都在她，你也真的火气太大了一些！"

"你不知道，我早就叫她不要来，她一定要来，来了又抱怨！她哪里想爬什么山，不过想凑热闹罢了！"

诗苹看着脚底下陡峻的山路，很吃力地向上走着。江浩默然地望了她一会儿，问：

"你第一次爬山？"

"是的。"

"很吃力？"

"是的。"

"可是你并不抱怨，也不表示。"

诗苹站住了，望了望山下，眼前是一片的绿。绿的山，绿的树，绿的草。山风猛烈地吹了过来，她的头发全被风吹起了。她深深地吸了口气说：

"这大自然真使人眩惑，站得这么高，迎着风，给人一种遗世独立的感觉。我从来不知道世界是这么神奇的。我很高兴我参加了爬山，什么事需要我抱怨呢！这儿，连风和城市里的都不同，草和泥土都是香的！"她以新奇而迷惑的眼光环视着四周，像是才从一个长眠中醒来。

"哦！"江浩兴奋地说，"你现在才刚刚开始爬而已，如果你爬到山顶，从山的最高峰看下去，好像全世界都在你的脚底下。天和你只是一臂之隔，星星仿佛都可以伸手摘到，那种感觉才真使人透不过气来呢！"

诗苹看看江浩，他的黑眼睛里焕发着光辉，微褐色的脸颊泛出了一片红晕。诗苹点点头说：

"我想我能了解那种感觉！"

一阵嘻嘻哈哈的声音从树丛中传来，克文和美嘉首先穿出树丛，接着燕珍和夏人杰也走了出来，燕珍正抱怨着草太深，满衣服都沾了许多槲衣——那是一种靠粘在其他动物身上而传种的植物。夏人杰在一边帮她耐心地摘取着，江浩对身边的诗苹说：

"你看过这样的打猎没有？这么一大群嘻嘻哈哈的人，真有动物也给他们吓跑了，跑到这么深的草里了，没有被蛇咬一口算他们的运气！"

夏人雄和夏人豪最后走出来，沮丧地提着两管猎枪。

"怎么样？"江浩扬声问，"猎到了什么？大象还是狮子？"

"这儿什么动物都没有，"夏人雄说，"除了蚱蜢以外。"

"还有你们的家族！"燕珍说，指指树上的猴子。

大家都笑了。向前又走了半小时，他们发现了一个比较平坦的斜坡，上面长满绿茵茵的草，美嘉首先找了一个树荫，不管三七二十一地往下一躺，把手中的手提包扔得远远地说：

"我要休息了，天塌下来我也不管了！"

于是，大队人马都停了下来，男人们卸下了沉重的行囊，一个个坐了下来。克文靠在一棵树上直喘气，汗把衣服湿得透透的，像才从水里爬起来一样。夏人杰走到克文身边，调侃地说：

"怎么，你的肌肉好像并不太帮你忙嘛，我们比赛一下，别休息，再一口气爬他两小时怎样？"

克文拱了拱手说：

"谢谢，老弟，我实在不敢和猴子比爬山！"

大家都打开行囊，开始吃午餐——罗宋面包、罐头牛肉是主要的食品。每个人都吃得狼吞虎咽，连美嘉都一口气吃了三个面包。江浩开了一个凤梨罐头，送到诗苹面前，诗苹拿了一块，对江浩笑笑说：

"别侍候我，去侍候她吧，年轻人吵吵架是常事，不要把别扭闹大了！"她指了指美嘉，后者正和燕珍坐在三个兄弟的中间，三兄弟在争着给她们的面包抹牛油。

"她正在享受她的生活，我不想打搅她！"江浩冷冷地说，把凤梨罐头送到克文面前去。

休息了四十分钟，江浩第一个站起来，鼓着掌催促大家动身，美嘉躺在地上假寐，脸上盖了一条手帕。听到江浩的声音立即翻了个身，叽咕着说：

"我才不高兴走呢！"

大家都站起来整理行装，只有美嘉仍然赖在地上。诗苹走了过去，轻轻揭起她脸上的手帕，温柔地一笑说：

"起来，我们一块儿走吧！"

美嘉不好意思地红着脸，一翻身坐了起来。

队伍又向前开动，夏人杰扛着一管猎枪走在最前面，又扯开了喉咙开始高歌了：

努力，努力，努力向上跑！我头也不回呀，汗也不擦，拼命地爬上山去！

二

黄昏的时候，他们终于来到了水边。美嘉欢呼了一声，把手提包一抛，就对着小溪跑去，一面跑一面把鞋子也脱了下来，一脚踩进水里，高声叫着说：

"燕珍，来呀，这水凉极了，舒服极了！"

燕珍也跑了过去。男人们放下行囊，立即开始觅取架营帐的地方。因为离天黑已经很快了，他们必须在天黑以前把营帐竖起来。找好了地点，大家就匆匆忙忙打开背包，开始扎营。诗苹站在一边问：

"需要我帮忙吗？"

"不，"江浩说，"如果你想洗洗手脸，最好赶快去，天一黑溪水就变得冰一样冷了！"

诗苹走到水边，美嘉正和燕珍在彼此泼着水，两人身上都湿淋淋的。诗苹洗了手脸，把脚也泡进水里，走了一天山路的脚，泡进水中真有说不出的舒服。太阳很快地落了山，黑暗几乎立即接踵而至。诗苹穿上了鞋，溪水已经变得很冷了。美嘉和燕珍也匆匆上岸，拭干了水，穿鞋子。忽然，燕珍发出了一声尖叫，美嘉下意识地大喊着：

"蛇！蛇！"

男人们冲了过来，夏人豪和夏人杰举着两管猎枪，江浩拿着一根大木桩。克文跟在后面跑，拼命追着问什么事。燕珍直起了腰，惨白着脸，举起了右手。右手的小指上，不知被什么咬了一口，立刻红肿了起来。夏人豪问：

"你看到蛇了吗？"

"我什么都没看到，刚俯身穿鞋子，就给咬了一口。"

夏人杰拿枪管在附近的草里乱扫了一顿，什么都没有。江浩走过去，对燕珍的伤口仔细看了看，低下头在草堆里寻找，不一会儿，他小心地摘下一片叶子，举起来说：

"就是这个！"

那是一个长形的叶片，上面密布细小的针尖形的东西。江浩笑着说：

"求生的一种，它靠这种方式来攫取食物，"他把叶子丢得远远的，对燕珍说，"没关系，明天就好了！"

一场虚惊就此过去。大家来到帐篷边，两个帐篷都已经竖好了，底下垫着油布，江浩找出一罐黄色的粉末，围着帐篷撒了一圈，诗苹问：

"这是什么？"

"硫黄粉，防蛇的。"

天气骤然地凉了起来，山风呼啸而来，四周全是树木的沙沙声，大家都找出预先带来的毛衣，但仍然冷得发抖，美嘉又在"喃喃"地抱怨了。夏人杰找来一堆干的树枝，没多久，帐篷前的空地上已生起了一堆熊熊的火。克文提了水来，用石头架了一个炉子，诗苹在自己的手提包里找出一罐咖啡，用带来的水壶煮了起来。咖啡香味弥漫四处，从水边洗了手脸回来的江浩和夏氏兄弟不禁发出一阵欢呼。

　　围着营火，饱餐了一顿之后，疲劳似乎恢复了不少。夏人雄摸出了一支口琴，优哉游哉地吹着《小夜曲》。火光跳跃着，映照得每个人脸上都是红的。诗苹用双手抱住膝，沉思地凝视着那堆猛烈燃烧着的柴火，这种夜色、这呼啸的风声、这帐篷，都带着另一种奇异的味道，使人感觉是置身在一个梦里，而不像在现实中。

　　克文首先打了个大哈欠，声称他必须睡觉了。江浩发给每人一个睡袋，劝大家连毛衣都别脱，就这样睡在睡袋里，因为夜里会非常冷的。五个男人睡一个帐篷，三个女人睡另一个。美嘉伸头到帐篷里看了一眼，就叫着说：

　　"天呀，这样也能睡觉的吗？"

　　"小姐，你将就点好不好？"江浩皱着眉说。

　　美嘉叹息了一声，打了个哈欠，火光照着她水汪汪的眼睛，美丽得出奇。她睡意蒙眬地注视了江浩一会儿，低声说：

　　"浩，你今天怎么专找我闹别扭！"

　　"没有呀，别多心！去好好睡一觉，希望你有个好梦！"

　　美嘉和燕珍先后钻进了营房，男人们也纷纷地去睡了。

只有江浩仍然望着营火发怔。诗苹钻进帐篷，美嘉正在对燕珍说：

"爱情，就是这么回事，你必须抓住它，要不然它就会飞跑了！"她发现了诗苹，突然问："赵太太，你为什么嫁给赵先生？"

诗苹一愣，接着笑笑说："你以为我为什么要嫁给他？"

"我不知道，我想你不会爱他的，他比你大那么多，而且——而且你又那么美，你应该嫁一个年轻的——像江浩那样的男人！"

"可是年轻的人是浮的，情感热烈却不可靠，克文那种人很稳重笃实，最起码可以给你安全感。"她想起自己的初恋，那个拿走了自己的整个心又将她轻轻抛掷的年轻人，感到那旧日的创痕仍然在流血。"你又为什么要和江浩订婚呢？"她问。

"怎么，我爱他呀！"美嘉坦率地说，"他很漂亮，不是吗？大家都说他是美男子！"再度打了个哈欠，她翻了个身："哦，我困极了。"合上眼睛，她又叹了口气，"唉，我真想念家里的席梦思床。"诗苹望着她，她很快地睡着了。再看看燕珍，也早已入了梦乡。用手抱住膝，诗苹感到毫无睡意，美嘉的几句话勾起她许多回忆，思潮起伏，越来越乱。又披了一件衣服，她悄悄地走出帐篷。迎接她的是一阵扑面而来的冷风，她不禁打了个寒噤。火边，她诧异地发现江浩仍然坐在那儿，正默默地在火上添着树枝。她走了过去，江浩惊觉地回头来看着她：

"怎么还没睡？"他问。

"睡不着，想出来看看！"她打量着四周，月光很好，到处都朦朦胧胧的，树木是一幢幢的黑影，远处溪水反映着银白色的光芒。她深深地呼吸了一下，脱口而出地念："空山新雨后，天气晚来秋。明月松间照，清泉石上流。"

"很美，是不？"江浩问，"有一个画家能把这景致画出来吗？"他望着远处，低声说："我本来对绘画和文艺有兴趣，可是我却念了森林系！"

"为什么？"她问。

"出路问题，像做生意一样，这是投机！"他对自己冷冷地嘲笑了一声，又接着说，"我的出身是孤儿院，从小我为自己的生活奋斗，我怕透了贫穷，我不能学一门无法谋生的东西，再去受喝西北风的滋味！"

诗苹默默不语，这使她想起嫁给克文的另一个原因——贫穷。他有钱，这是张长期饭票。

"你觉得美嘉怎样？"江浩忽然问。

"美丽、善良，一个很可爱的女孩子！"诗苹说。

江浩注视着诗苹，黑眼睛里闪着一丝奇异的光。

"我以前追求美嘉的时候，追她的人起码有一打，能够打败这些人而获得成功，我认为自己简直是个英雄。而且，和她订婚还有另外一个好处，她家庭富有，而她又是独生女，她父母准备送我们出去。我久已想出去念书，也出去淘金，我渴望金钱和名誉，我渴望成功！"他看着火，双手握拳，诗苹可以从他的拳头里看出属于一个青年的壮志和野心。他抬头对诗苹惘然一笑说："你可以认清我了，一个庸俗的、平凡的人！"

"未见得如此，你的想法并没有错，青年不追求金钱和名誉又追求什么呢？从小，我们的父母和师长教育我们都是要有远大的志向。我一直到二十岁，还幻想着有一天能拿到诺贝尔的文学奖金！"

"你写作吗？"他问。

"二十岁以前我写作，二十岁之后我的志向是做一个最平凡的人——我不再追求任何东西。"

"为什么？"

"我认为人生只有'现在'是最真实的，其他全是虚幻，为了渺不可知的未来，我们常常会付出过多的代价，到头来仍然是一场空的！二十岁我遭遇了一场变故，一个我可以为他生也可以为他死的男孩子和另一个女孩结婚了，这使我看穿了一切，名、利、爱情！"

江浩深深地望着她。

"你好像给我上了一课！"

"不！"诗苹有点慌乱地说，"别听我胡说八道，这月光、这夜色，以及这营火使我迷惑，我讲了许多不该说的话！青年人应该有点抱负的！"

"你说'青年人'，仿佛你已经很老了！"他笑着说。

"我常觉得自己很老了！"

"你多少岁？"

"二十六！"

"比我还小两岁，那我成了老头子了！"

他们相视而笑。

夜并不宁静，山风在树林中穿梭呼啸，附近有不知名的虫在此鸣彼应。但月色是柔和的，那闪烁的星星也是柔和的。江浩抬头看了看天，沉思地说：

"只有在山里，只有在这种晚上，和大自然距离得如此之近，我才能找到真正的自己！我总觉得有两个不同的我，一个我拼命孜孜于名利的追求，另一个我却渴望着一份安宁、和平而淡泊的生活。"

"或者每个人都有两个不同的我！"诗苹说，感到一阵恓惶，她的一个我已嫁给了赵克文，另一个我却失落在何方呢？

夜深了，凉气袭人，诗苹站起身来：

"我要去睡了！"江浩望着她，说，"我们好像已经认识很久了！"

诗苹笑了笑，轻声说：

"晚安！"转过身子，她走到营帐里去了。

第二天一清早，天不过微微有些亮，大家都纷纷起身，一面吃早餐，一面拔营准备开路。他们必须在太阳上升之前多赶一些路，因为太阳一升起来，爬山就会很热了。美嘉一面不情愿地起身，一面"叽里咕噜"地说：

"鬼迷了心窍才跑来参加这种要命的爬山，我每根骨头都是痛的！"

"应该让你锻炼锻炼！"江浩说，一面拔营。美嘉才跨出营门，帐篷就"呼"地倒了下去。美嘉大叫着说：

"你想砸死我呀!"

"死不了的,小姐!"江浩冷冷地说,和夏氏兄弟卷起了营帐,打好背包。

队伍又开动了,清晨的空气出奇地美好,凉爽而清新。克文声称夜里吹了风,肩膀上的风湿要发作了。夏人豪打趣地问他,有那么厚的肌肉,怎么还会害风湿?燕珍和夏人杰走在一起,正谈论不久前发生的一件情杀案——一个电影明星刺伤了一个武侠小说的作者。美嘉一直在噘着嘴,不知为什么事生气。夏人雄在一边哄着她,给她说笑话。

这一段路比昨天的更加艰巨,道路越来越陡峻,树木渐渐稀少,都是参天的针叶树。好几次他们经过的地方是峭壁上的窄路,一面就是山谷。男人们不住停下来帮小姐们的忙,燕珍不住口地叫"我的妈"。美嘉则怕得发抖,又怨声载道。诗苹虽然害怕,却一直保持沉默,然后轻声地向帮助她的人道谢。走了没多久,每个人都已汗流浃背,再没心情和精力来高谈阔论了。

中午,他们找到一个比较平坦的草地,卸下背包,开始休息和吃午饭。美嘉瘫痪地倒在地下说:

"我真想回去!我真希望现在是坐在家里的沙发里,听音乐,吃冰淇淋!"

诗苹坐在一个斜坡上,脚下全是绿油油的草。克文在另一边,躺在地下喘息。江浩拿了一个沙丁鱼罐头,走到诗苹身边坐下,把罐头递给她:

"要吗?"

诗苹点点头，接了过去。山上的风奇大，只一会儿，大家被汗湿透的衣服又吹干了，反而感到一丝凉意。江浩从诗苹的脚边摘下一片草，奇异地望着，然后抬头看看诗苹，微笑地把草递过去说：

"幸运草！十万片里才可能有一片！"

诗苹接过了草，那是一种极普通的植物，由三瓣心形的叶片合成的一片叶子，心尖都向里连在叶梗上。但这片叶子却由四个心形叶片合成。江浩解释地说：

"这种草学名叫酢浆草，都是三瓣心形叶片合成的。有人说，假如能找到一片四瓣的，就叫作幸运草，得到的人能获得幸福！现在，我把它献给你，希望你能获得幸福，真正的幸福！"

诗苹看了看草，又看看江浩，后者的眼睛深沉而明亮。诗苹感到一阵迷茫，这漂亮的男孩子是谁？是才认识一天的江浩？她收起了草，低低地说：

"谢谢你，希望你也获得幸福！"

"我有一种感觉，"江浩说，"那另一个'我'在慢慢抬头了，或者这是受你昨夜一篇话的影响。我的血管里有一种新的力量在流动，这使我觉得自己是个新人！"

诗苹笑了笑，想说话，却不知道说什么好。美嘉在那边叫了：

"浩，给我一个凤梨罐头！"

"去吧，"诗苹说，指了指美嘉，"那儿是你的幸运草，她将带给你许多东西：爱情和前途！"

"你在讽刺我吗？"江浩站起身来说，声音里带着几分鲁莽，"我现在不关心前途。"

"这是因为在山上。"诗苹微笑地说，目送江浩走去给美嘉开罐头。

这一天，他们比昨天早一些来到河边，扎了营之后，太阳还没有落山。洗了手脸，大家在营帐前散乱地坐着，美嘉和燕珍坐在一起，两人都显得疲倦而无精打采。美嘉一再宣称她再也不要吃罗宋面包了，她要吃白米饭，又埋怨江浩不预先带一点米。燕珍则脱了鞋子，用手揉着脚，不住地叫："我的妈呀，这两只脚不是我的了！"夏人杰站在她身边问："要不要我帮你按摩？"说着，真的去抓她的脚，燕珍立即夸大地发出一声尖叫，一面跳着躲开。

诗苹独自坐在较远的一块石头上，克文因为刚刚突然想起忘了有一个公司里的董事会议，所以在帐篷前懊恼着。江浩和夏人杰抱了许多树枝来准备取火，经过诗苹面前时，江浩对诗苹微笑了一下。猛然，他停住了，笑容冻结在嘴唇上，眼光紧紧地盯着诗苹所坐的石头。诗苹诧异地顺着他的眼光一看，血液立即凝固了。一条青色的小蛇正在距离她不及两尺的地方，对她高高地昂着头，吐着红而长的舌头。诗苹第一个冲动是想跳起来，江浩立即低沉地说：

"你不要动，千万不要动！"

"可惜我的猎枪不在身边。"夏人豪低低地说。

"诗苹！"克文不知想起什么，叫着走了过来，江浩紧张地对他做了个手势，克文一看到这局面，马上呆住了，苍

286

白着脸说了一句："我的天！"就站在那儿呆呆地发愣。燕珍、美嘉和夏人雄也好奇地围了过来，立即响起了一片紧张的"啊，呀，我的妈！"的声音。江浩轻轻地把手里的木柴移交到夏人雄的手里，在其中选了一根较粗而没有枝丫的树枝。然后小心地、轻轻地、一步一步挨近诗苹。围观的人都屏住呼吸，没有一个人敢出气。江浩走到诗苹面前，伸出一只手给诗苹，诗苹本能地伸手拉住江浩的手，江浩立刻猛然一拉，诗苹借势向前冲去。同时，那条蛇跳了起来直扑诗苹，江浩另一只手的棍子已当着蛇头打下去，一连打了十几下，那条蛇终于偃卧不动，蛇头已经打得血肉模糊。江浩丢掉了木棍，脸色苍白地走开。美嘉发出一声欢呼，跳过去拉住江浩的手，带着一种崇拜而骄傲的神情喊：

"啊，浩，你打死了它！你打死了它！"立刻，她变了脸，诧异地说，"怎么，你在发抖，你害怕！"

"这不过是条小蛇罢了！"夏人雄说。

"小蛇？"江浩愤愤地说，"你知道这是什么蛇？这种蛇和竹叶青同类，比竹叶青更毒，而且动作灵敏，被咬到的人顶多活两小时！我能打到它只能说是奇迹！想想看可能有什么结果！"他对诗苹看了一眼，打了一个冷战，默默地走开了。

克文向诗苹走过去。

"你没有怎么样吧？"他急急地问。

"没有。"她说，呆呆地望着江浩的背影。

火燃了起来，天已经全黑了。火光把四周照得亮亮的，有一种电影里描写的吉卜赛人的味道，蛇所引起的恐惧很快消除，瞌睡悄悄地爬到每一个人身上。大家纷纷钻进帐篷，只有江浩仍然和昨夜一样对着火出神。诗苹看到大家都进了帐篷之后，对江浩轻声说：

"谢谢你，谢谢你今天帮我的忙。"

江浩迷惑地望着她，文不对题地说：

"你真美，美得奇异，美得清新，你的眼睛像个梦……我从没有见过像你这样的女人，纤弱得像一株草，优美得像一首诗。"

"晚安，江先生！"诗苹说，转身对帐篷走去。江浩没有移动，却低低地说了一句：

"不要躲开我，我并不比那条蛇更可怕。"

"你并不比那条蛇更可怕，"诗苹站住说，"但比那条蛇更危险！"

转过身子，她隐进了帐篷里。

三

山上第三天。

午后，天空突然被一阵厚密的乌云布满，天马上黑了下来，山风狂啸怒卷着，一刹那间飞沙走石，天地变色。燕珍大叫着：

"我的妈呀！好像山要崩了呢！"

江浩抬头看看天，静静地说：

"要下大雨了！"

话还没有说完，一道耀目的电光划空而过，紧接着一声霹雳，震耳欲聋。美嘉发出一声尖叫，燕珍用手掩住了耳朵。顷刻之间，雨点"唰"地洒了下来，雷声不断地响着，每响一次，似乎整个的山都在震动。夏人豪高声叫大家向一块突出的岩石下躲去，但狂风怒卷之下，每个人都步履维艰。克文挽住诗苹，防止她跌倒，可是一阵风卷来，克文自己都不禁跟跄了一下，诗苹对他摇摇头说：

"我可以照顾自己，你小心，背的东西那么重！"

夏人豪首先到达岩石下，解下了背上的行囊，他立即跑过来接应后面的人。江浩把背包递给他，然后反身抱起美嘉，跨过一条深沟，把她送到夏人豪那儿。回过身子，他又依样把燕珍送了过去。诗苹摇着头说：

"我自己可以走！"

话刚说完，一阵风迎面扑来，她往旁边侧了一下，脚底下既陡且滑，她立足不稳，立刻倒了下去，她伸手想抓住一枝矮小的树枝，但没有抓牢，她的身子就迅速地向山下滚去。克文努力想赶过去抢救，却没法胜过那强暴有力的风雨，每迈一步，都有失足的危险。江浩对诗苹蹿过去，身手矫捷得像一只猩猩，连滑带滚，他扑向诗苹，刚好在诗苹向一块大石头撞去的当儿抓住了她的手，诗苹也一把拉住了地上的草，阻止了向下冲的趋势。好不容易，她站了起来，倚在树干上喘息，手臂上全是石块割破的伤口，衣服头发，和脸上是一片泥泞。她喘着气说：

"谢谢你，第二次救了我！"

江浩出神地望着她，一句话都不说，握住她的手也没有放松。诗苹拂了拂散乱的头发，雨水从他们的头上一直流下来，两人都湿得像才从水里爬起来的鸭子。她勉强地笑了一下说：

"我的样子一定很狼狈……"接触到了他的目光，她猛然停住了口，他的眼睛定定地望着她，里面燃烧着火焰。

克文终于跌跌撞撞地赶了过来，一路地喊着诗苹，诗苹抽回了自己的手，高声地说：

"我很好，我没有受伤！"

克文喘着气，站在诗苹面前，头发湿淋淋地贴在额角上，看起来有几分滑稽相。他抓住了诗苹，急急地问：

"你确信没有受伤？"

"没有！真的没有！"诗苹说。

"我真懊悔让你来爬山，你已经两度遭遇危险了！"

"我并不懊悔参加爬山，真的，克文，我很高兴我来了！这山……"她仰头向上望，大雨中的山显得无比地神秘、壮伟和高不可测。人在山中，渺小得像一粒沙尘。她叹息地说："这山是这么高，这么伟大！"

雨势来得快也收得快，没多久雨停了，太阳又穿出了云层，灼热地照着山头。除了从山顶向下直泻的水可以看出下过雨外，其他地方已找不出雨的痕迹了。山路变得更加难走，泥泞而陡峻。美嘉滑了一下，弄得满身泥浆，因为江浩正在默默出神，根本没有注意她，她开始对江浩大肆攻击：

"你是怎么回事，看到我摔跤也不拉一把，跟你出来爬山简直是倒透了霉！风吹，日晒，雨淋，以后我再爬山就不是人！"

江浩望着美嘉，那眼色就像她是一个他从不认识的人。这使美嘉更加愤怒，她跳着脚说：

"你听到了没有？听到了没有？"

"听到了又怎样？"江浩冷冷地问，干脆转身离得美嘉远远的。美嘉在他身后一个劲儿喊：

"我告诉你，我们解除婚约，解除婚约！"

"哎，你们这一对是怎么回事？从上山就闹别扭！"克文说，一面拉了美嘉说，"别和他吵，过一会儿他就会来向你道歉了。"

这天夜里，诗苹在帐篷里辗转反侧，按照行程，明天清早八点钟就可以到达山顶了。到了，旅程的终点就快到了！诗苹不知道为什么自己有一种惘然若失的感觉。正像一桌丰盛的筵席，现在就等着上最后一道菜，然后就该散席了，那些坐在一个桌子上互相恭维的客人马上就将各走各的路，又漠不相关了。她翻了一个身，三天来的疲倦袭击着她，她感到浑身酸痛，下午摔跤跌破的地方也隐隐作痛，连头里都是昏昏沉沉的。身边的燕珍发出模糊的呓语，但她可以听清"夏人杰"三个字。她转头看了燕珍一眼，黑暗中无法辨识她的脸，这个少女显然在捕捉着爱情，但她能捉到吗？

诗苹开始感到燥热，虽然气温很低，冷风正从帐幕的缝里灌进来。她觉得口渴，渴望有一口水喝。爬出了睡袋，她穿上厚厚的毛衣，悄悄地溜到帐篷外面。冷风扑向她来，她不禁打了个寒噤。在黑暗里，一只手突然抓住了她，她几乎惊叫了起来，立即，她听到江浩的声音：

"是我，请跟我来！"

她茫然地跟着他走到一块大山石底下，气温低得惊人，她在发着抖。

"我在你帐篷外面站了两小时，我猜想你或者会出来。"他说，声音低低的。

她不说话，仍然在发抖。猛然间，他强而有力的手臂拥抱住了她，她不由自主地倒进了他的怀里，他乌黑的眼睛在月光下闪烁，带着一抹狂野的光芒。他的嘴唇在她脸上滑动，额角、眼睛、鼻子，最后落在嘴唇上。

"不要，"她模糊地、软弱地说，"请不要！"

他的回答是把她挽得更紧，紧得她透不过气来，他的嘴唇压着她的唇，他的手环抱着她的腰和背。她闭上眼睛，感到恐惧，感到甜蜜，感到说不出的各种复杂的情绪。但，接着，一切思想离开她，她也紧紧地抱住了他的腰，不顾一切地，疯狂地回吻了他。那个失落的"我"回来了，那一直埋藏在冰山的外表下，热情如火的"我"又觉醒了！她觉得呼吸急促，心脏在剧烈地撞击着胸膛。

"诗苹，这是你的名字，是吗？我听到他这样叫你！"

"不要提到他，请不要！"她说。

他们继续吻着，他解开自己那件晴雨两用的风衣，把她包了进去，她小小的身子紧贴着他的……两条软软的胳膊勾着他的脖子。

"诗苹，离开他，你是我的！"他说，"我小小的诗苹，像一株小草，一株幸运草！"他又吻她，然后审视着她的脸，她的眼睛。

"不！"她挣扎地说，"我不是你的，你的幸运草在那边，那边帐篷里！她会带给你金钱和名誉！我却空无所有！"

"你带给我心灵的宁静与和平，你使我找回即将消灭的真'我'！我要你，诗苹，我从没有这样强烈地要一样东西，世界上其他任何的东西我都不要了！"

"你会要的，当你下了山，又走到'人'的世界里去的时候，你会要其他那些东西的。"

他凝视她，她轻轻地说：

"我说过，我只相信'现在'，我不相信'未来'，现在我在你怀里，你可以吻我，但不要去追求渺小不可知的未来。下了山，你将是李美嘉的未婚夫，我是赵克文的妻子，我们所有的只是'现在'！"

他继续凝视她，用手指轻轻地抚摸她的面颊，然后盯住她的眼睛，一个字一个字地说：

"我要你！我告诉你我要你！"

她不再说话，只把面颊紧紧地贴在他那宽阔而结实的胸膛上。他搂住她，感到她在剧烈地颤抖，他把她裹得更紧，问：

"你冷吗？"

“不。”

“你在发抖！”

她搂紧了他的腰，内心有一个小声音在警告地叫她回去，叫她摆脱这个男孩子，但那声音是太小了，太弱了，她叹息了一声说：

“我害怕！”

“你怕什么？”

“我不知道！”

他托起了她的下巴，于是，他们又接吻了，她闭上眼睛，感到天地都在摇动，她晕眩，她也快乐。“这山是神奇的。”她模糊地想，“这夜也是神奇的。”她想。把自己全身都倚在江浩身上，心底那个警告的小声音迅速地隐没了。

清晨，大家都起得很早，奋斗了三天，终于要到达山顶了，每个人都有种无法抑制的兴奋。他们把行囊收拾好，仍然放在营地，除了水壶以外，他们随身不带任何东西。因为，按计划他们八时就可以到达山顶，十时就可返回营地，然后就该动身下山了。

这一段上去是没有路的，他们必须从一条泉水沟里走上去。水很浅，只齐足踝，但坡度极陡，而且水里的岩石奇滑无比，水又冰冷彻骨，每走一步，比以前走十步还艰难。美嘉紧紧抓住江浩的手，几乎每步路都要颠踬一下。燕珍在走这一段的时间内，所叫“我的妈”的次数大概比她一生所叫的还要多，有一次几乎整个身子溜进了水里，夏人杰拉了她一把，她又几乎全身倒进了夏人杰的怀里。克文一面吃力地支持着自己的体重，一面扶持着诗苹。诗苹已经栽倒了好几次，整个裤管都是湿漉漉的，汗珠沿着额角滚下来。每当克文来扶她的时候，她总是情不自已地避开了眼光。"我并不适宜做个坏女人，我不懂得欺骗和掩饰。"她想，"良心，这也是一个人的负担，人活在世界上，负担太多了。"

终于，他们走到了这条水沟的尽头，几乎一步就跨上了山顶。

夏氏兄弟跳跃着，彼此拍打着肩膀，然后欢呼着向那最高点的三角标记跑去。燕珍拉住美嘉的手，也跟着跑了过去。克文慢慢地走着，一面走一面喘气，诗苹望着他，一刹那间，一丝似乎怜悯的感情在她心头悸动。"到底他已经四十岁了，不管他如何努力，他仍然斗不过自己的年龄。"她想，同时她看出克文也有相同的思想，他的眼光追随着那三兄弟，脸上有几分惆怅的神情。

山上的风奇大，美嘉拿出一条手帕，顺着风一抛，手帕立即被风卷得无影无踪。夏人雄不知从哪儿摸出了一面红旗子，把它插在那三角架上，高声地大喊：

"我们征服了大雪山！"

接着，三兄弟就手臂搭着手臂地跳了起来，一面跳一面喊：

"啦啦啦，啦啦啦，大雪山在我们的脚底下！啦啦啦，啦啦啦……"

"看这三只猴子！"燕珍笑着说，莫名其妙地笑得喘不过气来。

"这是他们的定例，哪怕他们爬上了一个三尺高的土坡儿，他们也会表演这一手！"克文笑着说。

诗苹迎风而立，远处许多山顶都在他们的脚下，有好几朵云彩从下面飘过。诗苹开始领悟到江浩以前说全世界都在脚下的滋味。她一瞬也不瞬凝视着前方，眼睛里竟没来由地充满了泪水。她觉得被一种神秘的力量所震撼，想哭也想笑。

江浩高高地站在那儿，脸上有种崇高的、严肃的神情，他眺望四周，自言自语地说：

"现在是我最纯洁的时候，没有野心，没有奢求，但愿'人'的欲望再也不要来烦扰我！"

"你在说些什么？"美嘉诧异地望着江浩，但江浩太专心了，并没有听到。

诗苹看着远远的天，太阳刚刚上升，又红又圆又大，四周的天边被染成一片绯红色，蔚为奇观。诗苹深呼吸了一口气说：

"我真想大叫一声！"

"叫吧，为什么不叫呢？"克文说，深深地注视着诗苹。

诗苹用手在嘴边围了一个圆形，高声地叫：

"啊——呵——啊——呵——啊！"

声音向四周散开去。

"啊，我觉得我的声音一直跑到了世界的尽头！"诗苹说，眼睛又湿润了。

在山顶上停留了约半小时，大家都渐渐感到奇寒彻骨，山风像刀子一样凛冽，吹得肌肤发痛，刚刚上山时的汗早已被风吹干了。因为是夏季，山头没有雪，但气温在零度左右。半小时后，他们开始依原路下山。美嘉叹了口气，不满地说：

"我真不懂，我们这样千辛万苦地跑到山顶，费了整整三天的时间，只为了停留半小时，又要下山了，这到底是为了什么？"

"本来就是这样。"江浩说，他脸上有一种新的领悟的神情，"我们已经爬到了最高峰，只有往下走，因为没有再高的地方可以爬了！"他的眼光追寻着诗苹的，后者立即把眼光调开了，她小小的手臂吊在克文的胳膊上。

下山并不比上山容易多少，但速度却快了许多。在营地，他们略事休息，就背上行囊向山下走去。预计只要住一夜，就可以到大雪山林场。不知为什么，下山时大家的情绪都比上山时低落，半天都没有人说话。江浩的脸上开始显出一种奇异的表情：好像他在患牙痛。诗苹始终拉着克文的胳膊，像个畏怯的小女孩依附着她父亲一般。克文望望她，温柔地问：

"你累吗？"

"不，但我希望快点到山下。"她轻轻地说。

克文迷惑地望着她，不解她脸上那个近乎求助的表情。

四

黄昏的时候，他们在水边扎了营。

诗苹拿了毛巾，独自到水边去洗手脸，她渴望有一个单独思索的时间，因此她一直走到水的上游。洗完了脸，她站起身来，江浩像个石像般站在她身后，脸上一无表情，只定定地注视着她的脸。

"啊！"

诗苹轻轻地叫了一声。

"为什么要躲避我？"他逼视着她，"为什么连说一句话的机会都不给我？"

她垂下了头，注视着手里的湿毛巾。他轻轻地拉住了她的手腕，她毫无反抗地，做梦似的让他牵着走。他们隐进了旁边的树林里。落日的光芒斜照在水上，反映着水红色的霞光。半个天空都被晚霞染红了，连那绿的草、绿的树似乎都带着红色。

"诗苹！"他托起她的下巴，注视她的眼睛。

她想转开头去，挣扎着说：

"让我们回去，他们会找寻我们，他们会疑心的！"

"让他们疑心去！"他说，把她拉近了自己。

"不，请你！"她无力地转开了头，"我们不能这样做，我们不能对不起良心！"

"诗苹，"他望着她，"我们不是为了他们而活着，生命是我们自己的，为什么要顾虑那么多？"

"但是我们却生活在他们中间！"她低低地、无奈地说。

他凝视了她一段很长的时间。

"诗苹，和他离婚，请你答应我。嫁给我！"

"你不是真心的，你不知道自己在说些什么！"

"我不是真心的，你是什么意思？"他愤愤地问。

"我是说，等下了山，你会觉得自己糊涂了，到了山下，又在人群中生活的时候，你会发现没有金钱和名誉，人的世界并不容易混，那时候，你会懊悔。"

"有了你，我不要金钱和名誉。"他鲁莽地说，声音中夹着愤怒和烦躁。

"你要的，你会要的，"诗苹固执地说，"我们都是些最平凡的人，我们不能脱离这个社会而生活。你贫穷过，也奋斗过，才会有今天的成就，我也一样。假如我们结合，我们又将和生活挣扎，于是，有一天我们会彼此不满，彼此怨恨，爱情在生活的担子下被磨得黯然无光，你的那个有野心的'我'又将抬头……"

"不要再说了！"他大声打断了她，猛然拥紧了她，低下头去吻住她的嘴唇，她想挣扎，但却浑身无力。于是她的手环抱住了他的脖子，闭上了眼睛，时间、空间、山和水都不存在了。

"诗苹，"他低声说，眼睛对着她的眼睛，鼻子对着她的鼻子，"诗苹，认识你以前，我不知道什么叫恋爱，我一直以为爱着美嘉，现在我才知道我对美嘉只有野心，没有爱意。

这以前，我并不晓得爱情会使人像害疟疾似的发冷发热，会使整个心和身子都悬在半空里一般，会每一根纤维都去注意你的一举一动、一言一语。看到你把手放在他的胳膊上，我觉得自己被妒忌燃烧得要爆炸。哦，诗苹……"他狂热地吻她，吻了又吻，她喘息着，努力试着把头转开。

"放开我，请你！"她说，但却更紧地靠着他，"他们一定在找我们了。放开我，我不会和你结合，但我会记住你，永远记住你，你和那枚幸运草……"她的眼光模糊，内心掠过一抹刺痛。幸运草，它将带给人幸福，但，幸福在哪儿？

"我要你，随你怎么说，我要你！"他的嘴唇继续在她的嘴唇上移动。

忽然，一声尖锐的叫声使他们迅速地抬起了头来。美嘉苍白着脸站在树林边，紧紧地盯着他们。落日的光照在她脸上，她眼光里的神色就像看到一个可怕的野兽一般，双手握紧了拳，嘴巴诧异地张成了一个"O"形。

在一刹那间，三个人之间弥漫着一种难堪的沉默，然后，美嘉的眼珠转动了，突然，她爆发地对诗苹大叫了起来，一连串的话像流水般使人吃惊地倾倒了出来：

"好！赵太太，你这条毒蛇，你这个阴险的狐狸！赵克文还不能满足你，你还要来勾引别人的未婚夫！你这个卑鄙的、下流的、无耻的女人，你嫁给赵克文的金钱，再来诱惑别的男人！天下有个大傻瓜赵克文娶你，又有个大傻瓜江浩来接受你的诱惑！你怎么会不害羞？你怎么这样不要脸？赵克文对你那么好，你的良心呢？你简直是条毒蛇！毒蛇！"她剧烈地喘着气，眼睛里充满了泪水，转过头对江浩喊："江浩，你不要再来骗我，你说过有了我，天下的女人全不在你的眼里，记得吗？现在……现在……"她的嘴唇颤抖着，泪珠涌了出来，嘶哑地说，"我恨你，江浩，我恨你！我恨你！我恨你！"转过身子，她对着森林乱草中狂奔而去，一面跑一面喊："我再也不要看到你们！我再也不要看到你们！"

好半天，诗苹无法恢复神志，只呆呆地站在那儿，江浩也一样。过了好久，她才突然抬起头来，急急地对江浩说："你还不去把她追回来！"

一句话提醒了江浩，他看了诗苹一眼，就对着美嘉跑走的地方追了过去。

诗苹望着江浩的身影消失，乏力地在地上坐了下来，把头埋在手心里。就这样，她一直坐着，脑子里像是一片空白，没有意识，也没有思想。她不知道坐了多久，直到她听到一片人声在呼喊，其中夹着克文的声音，在焦灼地叫着她的名字。她惊醒了过来，发现天已经全黑了，她正孤零零地坐在黑暗的森林中。

"赵太太！赵太太！"

"江浩，美嘉！"

"诗苹！你们在哪里？"

诗苹听着这些呼声，努力支持自己站了起来，她觉得头晕目眩，有些站立不稳。扶着树木，她走出了树林，克文很快地发现了她，他向她跑过来，一把拉住她的手说：

"你们在干什么？大家都在找你们呢！"诗苹默然不语，

克文诧异地望着她。

"怎么？诗苹，你没有不舒服吧？你的脸白得像一张纸，江浩和李美嘉呢？他们不和你在一起？"

"李美嘉跑了，江浩追她去了！"诗苹疲乏地说。

"怎么一回事？发生了什么？"克文追问。

"李美嘉跑了，"诗苹重复地说，"克文，你还不懂吗？江浩去追她了！"说完，她向帐篷走去，三兄弟和燕珍都围了过来，但诗苹一语不发地钻进了帐篷。克文追过去，扶住营门问：

"到底是怎么回事，诗苹？"

"请你让我安静一下，我要好好地想一想！请你！"

克文木立着，咬紧了嘴唇，手指几乎握碎了帐篷的帆布。

一小时后，江浩跑回了营地，他的脸色惨白，黑眼珠显得特别地黑。

"我找不到美嘉，"他说，"夏人豪，我们必须燃上火把，分头到山里去找！"

克文对江浩走过来，把他拉到一边说：

"我很想揍你一顿，但我要帮你先把美嘉找回来！"

江浩直望着克文的脸，坦率地说：

"你可以揍我，我是情不自已。"然后又轻轻加了一句，"她怎样，她好吗？"

克文望着江浩，他的眼睛愤怒地燃烧着。但，他终于克制了自己的情绪，只冷淡而简短地说：

"江浩，你错了，美嘉和你才是一对！我告诉你，你不要再去招惹诗苹！"

江浩望着克文，然后反身去点火把说：

"我要先去找美嘉！"

诗苹钻出了帐篷，她仍然苍白，但却显得坚决。她迅速地走到克文身边说：

"我要和你们一起去找美嘉！"

"你最好去睡一下，你看起来像是生病了！"克文温柔地说。

"不！"诗苹说，"我要去！"

夏氏兄弟诧异地望了望诗苹、克文和江浩，奇怪着发生了什么事情。燕珍却以她女性最敏锐的感觉猜到了事情的真相，脸上带着领悟的神情，注视着诗苹。

大家很快地燃上了火把，夜已经深了，月亮和星星俯视着大地，带着点嘲弄的味道。他们分散开向山的每一个角落里搜寻，一面高声呼唤着，摇晃着火把。在这样的深山里，想找寻一个人，正像大海捞针般地艰难。山上草深没胫，他们钻了进去，忘了对蛇的恐惧。到处此起彼应地响着呼叫声：

"美嘉！"

"美嘉！"

"美嘉！"

最后，他们在森林里碰了头，每个人都显得垂头丧气。江浩抬头望着山，这山是如此高，如此大，第一次，他慑服于山的力量之下了。夏氏兄弟用火把无意识地在附近照着，克文仍在高声地叫着美嘉。忽然，他们听到一个轻微的、近乎呻吟的声音，大家都向着声音的发源搜过去，江浩高声地喊：

"美嘉，你在哪儿？"

那声音又响了一次，这次已经很清楚地可以辨出是一声啜泣。大家跑了过去，于是，在火把照耀下，他们发现了美嘉。她瑟缩在一棵大树底下，衣服都撕破了，头发零乱地披在额际，大眼珠里有眼泪，还有恐惧。她双手抱着肩膀，正在发着抖，那样子显得无比地孤独无助，也无比地美丽。

"美嘉，"江浩冲了过去，激动地握住她的手，重复地喊，"美嘉，美嘉！"

"在那树叶后面，"美嘉颤抖地抓住江浩说，"有一对眼睛在看我！"

每一个人都紧张了起来，夏人豪本能地伸手到肩膀上去拿猎枪，这才想起来猎枪并没有带在身边，他喃喃地自语着说：

"奇怪，每次需要猎枪的时候，它总是不在身边！"

夏人雄和夏人杰同时举起火把，向树叶后面搜寻，但，什么东西都没有。燕珍眼尖，高声地叫了起来：

"啊，鹿！"

大家看过去，一只美丽的公鹿正向森林里逃走了。

"没事了！美嘉，我们到营地去吧！"江浩说，搀着美嘉站起来，声音出奇地温柔。

他们回到营地，大家都不说话。夜很深了，营火噼啪地响着，这是山里最后的一个夜。诗苹坐得离火很近，注视着火焰，她心里有一百种情绪在交织着，有一刹那，她竟想到死，想到解脱。她的目光如梦，神情显得茫然若失。半天之后，她感到有人在拍她的肩膀，抬起头来，克文正深深地注视着她。

"去睡吧！夜深了，明天还要走一天山路呢！"他说。

她站起身来，顺从地钻进了帐篷。帐篷里，美嘉还没有睡，正双手抱膝坐在那儿，对营外的星光出神。诗苹望着她，轻轻地说：

"请原谅我！"

美嘉有点吃惊，脸立即红了，也轻轻地说："也请原谅我，我说了许多没教养的话。"

诗苹钻进睡袋。但，这是个无眠之夜，美嘉却依然很快地睡着了，燕珍整夜说着呓语，叫着夏人杰的名字。

天亮了，他们拔营，向山下走去。最后一天的山路比起以前的是好走得多，下山的速度非常地快。一路上，美嘉始终拉着江浩的手，对江浩问东问西，经过这一次事件，她对江浩似乎反而柔顺了。江浩则相反地十分沉默。诗苹一路上几乎没有讲过话，克文小心地照顾着她，但也默默不言。只有燕珍在三兄弟中谈论不休，可是，三兄弟却显然不大感兴趣。

黄昏又来临了，他们已经距离林场不远，到了林场，他们预料可以受到很丰盛的招待，然后可以搭车子直驶山下，今夜，他们将可以在城里过了。诗苹默默走着，一直若有所思地，当克文伸手帮她下一个山坡的时候，她忽然抬头望着克文，摇摇头说：

"你不要再对我这么好，在发生这一切之后，我不可能再和你一起生活了，我要离开你，独自去过日子。"

克文握紧了她的手说：

"一切都会好转的，相信我。这一切都过去了，我们已快到山下了。"

"你为什么不生气？为什么不骂我？"她问。

"我爱你！"他简单地回答，诗苹愕然地望着他，他把她的手握得更紧了。

天黑了，林场的灯光已隐约可见，美嘉深深地叹口气说：

"看到了灯光真好，我多希望躺在沙发里，喝一碗好汤。"

"我只想洗个热水澡！"燕珍说，又加了一句，"我的妈，这几天总算挨过去了！"

江浩脸色憔悴，始终在深思着，美嘉望着他说：

"你在想什么？"

"我在想，又回到人的世界了！"

他惨然一笑，笑得很无奈，很恓惶。习惯地搜寻着诗苹的眼光，后者正紧倚着克文，眼睛依然望着远方。

"那有什么不好，快到家了，妈一定早就惦记着了！"美嘉说。

诗苹机械地移动着步子，"再会了！山！"她想，心中掠过一抹刺痛。莫名其妙的眼泪充塞在眼眶里。"有时候，"她默默地想，"我们对许多事情是无可奈何的，看那些灯光，那儿是人的世界，我讨厌它，但我还是要回到那儿去，没有人能逃开这个世界！"她伸手去拿手帕，一样东西落了下来，她俯身拾起它，是那片枯黄的幸运草，她审视着它，嘲讽地微笑着。"我们怎么知道世界上有多少幸运草？"她想，"或者遍地皆是，只是我们忽略了它，没有去把它摘下来！也可能这世界上根本没有幸运草，这只是片变态的叶子而已。"

"哦，"夏人杰打了个哈欠，对夏人豪说，"我想起了，星期六晚上还有个舞会，我要去请周小姐！"

"今天星期几？"美嘉问。

"大概是星期三。"夏人豪说。

"对了，星期五你要到美国大使馆去办签证，别忘了！"美嘉对江浩说。

"没有忘。"江浩无力地说，声音低得只有自己听得到。

灯光已近在眼前了，在那儿，迎接着他们的有饭菜、有热水、有文明，还有一份无奈的人生。

山很快地被抛在后面了。

（全书完）

（京权）图字：01-2025-0195

图书在版编目（CIP）数据

幸运草 / 琼瑶著. -- 北京：作家出版社，2025.1.
（琼瑶作品大全集）. -- ISBN 978-7-5212-3236-3

Ⅰ. I247.7

中国国家版本馆 CIP 数据核字第 202509BN51 号

幸运草（琼瑶作品大全集）

作　　者：琼　瑶
责任编辑：王　昉
装帧设计：棱角视觉　纸方程·于文妍
责任印制：李大庆　金志宏
出版发行：作家出版社有限公司
社　　址：北京农展馆南里 10 号　　　邮　　编：100125
电话传真：86-10-65067186（发行中心）
　　　　　86-10-65004079（总编室）
E-mail: zuojia@zuojia.net.cn
http://www.zuojiachubanshe.com
印　　刷：中煤（北京）印务有限公司
成品尺寸：142×210
字　　数：192 千
印　　张：9.75
版　　次：2025 年 1 月第 1 版
印　　次：2025 年 1 月第 1 次印刷
ISBN 978-7-5212-3236-3
定　　价：2754.00 元（全 71 册）

品　琼　瑶　经　典

忆　匆　匆　那　年

琼瑶作品大全集